공부가 좋아서

공부가 좋아서

배움으로 삶을 바꾼 12인의 이야기

이유출판

프롤로그

한국인에게 공부는 평생 따라다니는 애증의 대상이다. 한국의 부모들 대부분이 자녀가 어릴 때부터 '공부 잘하라'고 권유하고, 공부를 잘했을 때 최고의 칭찬을 해준다. 공부를 잘해서 얻는 성취는 자기 자신뿐만 아니라 가족 모두의 기쁨이 된다.

사회의 지도층도 상당수가 '공부'에 성공한 사람들이다. 공부를 잘한 사람들은 판사가 되기도 하고, 모두의 부러움 속에서 의사가 되기도 하며, 정치인이 되기도 한다. 한편, 공부를 잘하지 못한 사람은 그것을 평생 한으로 여기며 자녀의 사교육에 전폭적인 에너지를 쏟기도 한다.

이런 사회에서 '공부'를 이야기한다는 건 상당히 어려운 일이다. "공부 같은 건 못해도 그만이야."라고 속 시원히 말하고 싶어도, 현실적으로 공부는 개인의 삶의 질을 좌우하는 너무나도 중요한 요소로 작용한다. 청년들은 대부분 '공부하기'를 통해 취업 불안을 해결하려 한다. 은퇴를 앞둔 중장년층 역시 노후 불안에 대한 답을 자격증 공부나 각종 재테크 공부에서 찾는다. 사교육 문제는 전 세계적으로도 매우 심각해서, 사람들을 너무 극심한 경쟁으로 몰아넣는다는 문제가 끊임없이 제기된다. 그야말로 공부가 헝크러진 실타래처럼 얽혀 있는 세상이라고 할 수 있다.

이런 시대에 여기 모인 12명의 저자는 저마다 공부의 의미를 다르게 파헤치고자 했다. 공부에 대해 이야기한다는 건 마치 사랑에 대해 이야기하는 것과 비슷하다. 우리는 모두 사랑을 하지만, 사랑하는 방식도, 사랑에 대한 가치관도, 사랑에 대해 가지는 감정과 생각도 다르다. 공부 또한 마찬가지다. 12명의 저자들은 이 책에서 각자가 공부와 맺은 다양한 관계를 보여준다.

사실 우리 사회에서 공부란 그런 식으로 말해질 수밖에 없다. '공부'에 대해 내가 '모든 걸' 알려 주겠다고 호언장담하는 누군가가 있다면, 그 말은 아마도 거짓일 것이다. 물론 그의 이야기에도 나름의 진실이 있겠지만, 개인적인 언설에 지나지 않을 것이다. 태어날 때부터 죽을 때까지 우리가 씨름한 공부 얘기를 하려면 그야말로 수많은 사람이 진심으로 말하는 진짜 '공부 이야기'를 들어봐야 한다. 그래야만 '나의 공부'도 반추해볼 수 있고, 이 세상을 점령한 '공부'에 대해서도 어렴풋하게나마 이해할 수 있다.

이 책에 담긴 공부 이야기들은 무척 다채롭다. 누군가는 공부와 평생 좋은 관계를 이어왔다. 그는 공부를 즐거움으로 정의한다. 누군가는 공부를 생존 수단으로, 누군가는 애증의 대상으로, 누군가는 성취와 성공의 수단으로 말한다. 누군가는 사회를 역행하는 새로운 공부에 대해 이야기하기도 한다. 그 모든 것 하나하나에 공부의 진실이 깊게 담겨 있다. 나는 우리 시대를 살아가는 모든 사람이 이 '공부 이야기'를 한 번쯤 읽고 생각해봐야 한다고 믿는다. 당신은 지금까지 무엇을 해왔는가? 아마 공부를 해왔을 것이다. 앞으로 무엇을 하고 싶은가? 아마 공부를 하고 싶을 것이다. 입시부터 시작해 각종 자격증과 취업 준비, 재테크와 금융, 요리와 취미, 대학원과 아트 클래스까지. 우리 삶에서 공부는 평생 이어지는 무엇이다.

　　이 책은 단순히 공부에 대해 성찰하는 걸 넘어서 삶에 도움이 될 법한 여러가지 팁과 실천 방법, 다시금 배움에 대한 자극으로 이끌어줄 에피소드를 풍성하게 담고 있다. 나는 이 책의 집필에 참여하면서 공부에 대해 새로운 감각을 느끼고, 또 다양한 공부를 시작할 자극도 얻었다. 공부와 평생 부단히 씨름해온 이들의 이야기를 들어보길 바란다. 이 책에는 나의 이야기보다 더 진실되고 값진 11개의 공부 이야기가 담겨 있다. 당신이 공부에 얽힌 삶을 살아왔고 또 살아갈 것이라면, 이 책의 이야기가 반드시 마음 깊이 와닿을 것이다.

2026. 1.

정지우

차례

프롤로그   5
작가소개   300

1부. 공부는 의심하고 다시 묻는 일

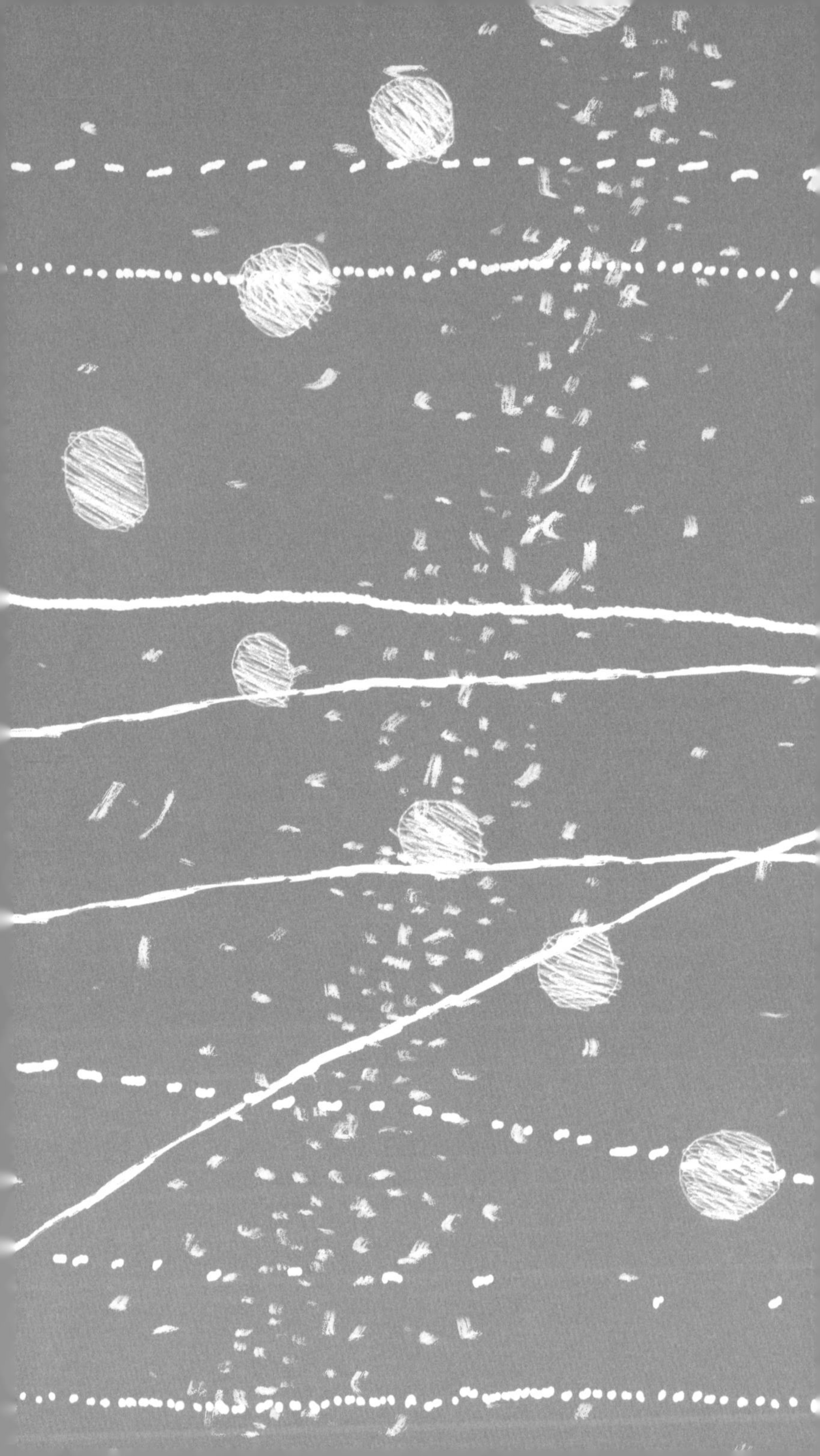

1부. 공부는 의심하고 다시 묻는 일

제도 밖에서, 혹은 제도 속에서
다시 정의한 공부의 의미

강후림

국어 교사의 공부 :

학교 안팎을 잇는 배움의 길

수업이 시가 되려면

감상보다 정답이 우선일 때

고등학교 국어 교사로 일한 지 17년이 되었다. 국어 교과는 문학, 문법, 독서, 작문, 화법 등 다양한 세부 과목으로 나뉘는데, 교사마다 유독 애정을 쏟는 분야가 있다. 나는 문학, 그중에서도 시 수업을 할 때 가장 설렌다. 시는 말하려는 바를 반쯤만 보여준다. 교묘히 숨기고 엉뚱하게 비틀며 여백과 모순으로 사람을 붙잡는다. 그러한 능청스러움은 교실 안에서 더 깊고 풍성한 대화를 끌어낸다.

시 수업에서 살아 있는 대화를 이끌어내기까지 나에게도 긴 시간이 필요했다. 발령 초기에 나는 매시간 학생들에게 나눠줄 학습 자료를 제작하는 데 집중했다. 시어 하나하나를 빠짐없이 분석하고, 표현 기법과 주제를 명쾌하게 정리해 학생들이 시를 정확하게 이해하도록 했다. 대학 시절 다양한 문학교육 이론을 배웠지만 현실 수업에 제대로 녹여내기란 어려웠다. 내가 쉽게 할 수 있는 건 빈틈없는 설명이었다. 그것이 내가 학창 시절 받아온 주입식 교육의 연장이라 해도, 학생들이 고개를 끄덕이며 "아하!" 하는 반응을 보일 때면 나름 보람을 느꼈다.

그런 내 생각은 학기 말에 통째로 뒤흔들렸다. 학생들이 내가 준 학습 자료들을 폐지 수거함에 쏟아붓고 있었다. 온갖 과목의 교과서, 공책, 학습 자료들이 구겨진 채 버려지는 광경 앞에서 한동안 멍해졌다. 내가 고심해서 만든 자료들은 시험이 끝나자마자 가장 먼저 털어내고 싶은 것이 되어 있었다. 나는 그동안 무엇을 해온 걸까. 허탈감이 와락 밀려왔다. 마음속 허해진 자리에 질문이 떠올랐다. 나는 왜 시를 좋아하게 되었나. 왜 문학을 가르치고 있나.

내가 시를 좋아하게 된 것은 시가 가진 여백과 모순 때문이었다. 그러나 교사인 나는 빈틈없이 채우고 가지런히 정리한 시를 학생들에게 떠먹인 후, 감동을 강요하고 있었다. 교사로서의 편의와 두려움 때문이었으리라. 시는 하나의 의미로 고정되지 않는다고 말하면서도, 정작 학생들의 다양한 생각을 온전히 받아들일 준비는 되어 있지 않았다. 학생들이 혼란스러워하진 않을까, 혹여 내가 감당하지 못할 질문을 던지진 않을까 두려웠다. 시를 제재로 삼아 하나의 정답을 요구하는 객관식 평가 문항을 탐탁지 않게 여기면서도, 그 방식을 핑계로 수업의 깊이를 얕게 만들던 셈이다. 물론 객관식 평가 문항 자체가 무용한 것은 아니다. 시가 아무리 다층적인 해석이 가능한 문학이라 해도, 텍스트의 기본 맥락과 주제를 파악하는 문해력은 반드시 길러야 할 능력이다. 다만 객관식 문항으로는 측정할 수 없는 시 감상의 영역이 분명히 존재한다. 실제 자기 삶에 비추어 시의 의미를 풍부하게 확장해내는 능력은 시험으로 측정하기 어렵다.

시 해석의 내용이 평가 과정에서 하나의 결론으로 좁혀지더라도, 그 흐름 속에서 내가 할 수 있는 수업을 고민해야 했다. 시를 구절구절 쪼개고, 평설의 내용을 정답처럼 외우게 하는 수업은 더 이상 하고 싶지 않았다. 입시 제도의 한계 내에서도 학생들이 시를 단순히 학습 내용으로만 받아들이지 않도록 해야 했다. 수업 중에만 잠깐 반짝이고 사라지는 이해가 아니라, 수업을 넘어서도 오래 남는 감동을 전하고 싶었다.

시의 본질을 찾아서

가르치는 일이 버겁게 느껴지거나 학교라는 공간이 답답할 때면 나는 종종 교실 밖으로 눈을 돌렸다. 산책을 하며 바깥 공기를 마시고 숨을 고르듯, 학교 밖의 배움은 내게 신선한 자극이자 새로운 수업의 씨앗이 되어주었다. 교과서와 평가에서 잠시 벗어나, 시를 순수하게 좋아하는 마음으로 돌아가고 싶었다. 시를 통해 나 자신을 더 깊이 들여다보고 싶다는 생각이 나를 이끌었다.

그리하여 어느 시집 읽기 모임에 참여하게 되었다. 한 인문학 공동체에서 수년간 운영해온 모임으로, 매달 정해진 시집을 읽어와서 각자 좋았던 시를 낭독한 후 자유롭게 감상을 나누었다. 같은 시집을 읽고도 저마다 다른 시를 골라오는 것이 흥미로웠다. 특히 낭독의 순간이 기다려졌다. 혼자 눈으로 훑을 때는 무심코 지나쳤던 구절들이 누군가의 목소리를 통해 되살아나자 한 줄 한 줄 특별하게 느껴졌다.

어느 날 누군가 문태준의 「종이배」를 낭독했다. "어쩌면 당신에겐 아직 소년의 얼굴이 남아 있습니까. 물아래 말갛고 조용한 모래들이 서로 반짝이듯이 하십니까." 이 구절을 듣는 순간, 눈앞에 앉아 있는 이의 얼굴에 오래전의 표정이 겹쳐보였다. 깊게 팬 이마의 주름과 흰 머리 너머로 젊은 날의 순정한 얼굴이 아른거렸다. "당신의 새파란 앞가슴에 새잎 같은 초승달이 앳된 소년이 서 있는 것을 봅니다. 나는 동이 트는 당신을 지나갑니다." 마지막 문장을 들을 때에는 울컥 눈물이 솟았다. 미세하게 떨리는 목소리에서 앳된 날들을 향한 그리움이 배어났다. 그의 지난날을 알 순 없지만, 시를 사랑하는 마음이 그를 여전히 빛나게 하고 있다는 생각에 가슴이 뭉클해졌다.

하루의 어느 때에 마음을 내어 시집 곁을 서성이는 사람들, 한 권 또 한 권 시집을 통과하며 더 깊어지는 얼굴들, 삶으로 시를 품으며 살아가는 이들이 그곳에 있었다. 김기택, 황규관, 허수경, 박라연, 마종기 등 여러 시인의 시를 접하며 시를 더욱 사랑하게 되었다. 학생들과 나누고픈 시들도 차곡차곡 모아나갔다. 천양희 시인이 「그 말이 나를 살게 하고」에서 '내 속 어딘가에 소리 없이 활짝 핀 열꽃 같은 말들'이라고 했듯, 내 삶을 비춰줄 등불 같은 시들로 나는 한껏 든든해졌다.

좋은 시를 많이 읽다 보니 자연스레 나도 시가 쓰고 싶어졌다. 그러다 우연히 '불법 무단 사설 야매 시인학교'라는 이름의 모임을 알게 되었다. '시인학교'라는 고상한 단어 앞에 보란 듯이 붙어 있는 불온한 수식어들이 묘하게 매력적이었다. 운영자 또한 정식으로 등단한 시인이 아니었다. 내가 다니던 대학 앞에 매일 입간판 내용이 바뀌는 독특한 카페가 있었는데, 그 입간판을 손수 쓰던 사람이었다.[1] 저런 글은 누가 쓰나 내심 궁금했었기에 더 반가웠다. 그는 본인을 '야매 시인'이라 칭하며 첫 만남에서 이렇게 말했다.

"제가 시를 가르치고 여러분이 배우는, 뭐 그런 걸 하자는 게 아입니더. 시라는 매개를 통해서 자기를 깨부수고 또 주체적으로 재구성하는 경험을 함께 해보자는 것이지예. 착한 사람 말고, 그냥 쪼매 더 나은 사람이 돼보입시더."

모임 참여자는 시인을 꿈꾸는 20대 청년, 50대 택배 노동자 그리고

---

[1]　입간판 내용은 이런 식이었다. "밥 푸는 기 명상이고, 밥 노나묵는 기 구도고, 땅 파는 기 공부고, 손잡는 기 실천이고, 좆도 아인 줄 아는 기 용기고, 모르는 줄 아는 기 지혜다. 선방에서, 단상에서, 교회당에서, 강단에서 개후까시 떨지 마라."

나 이렇게 셋이었다. 다소 뜻밖의 조합이었지만, 우리는 간판도 없는 작은 공간에서 몇 달에 걸쳐 함께 시를 공부하고 서로의 시를 합평했다.

며칠씩 고민해서 써간 시는 혹평을 받기 일쑤였다. "겉멋만 부렸군요." "자기감정에 도취되어 있어서 독자가 들어갈 틈이 없어요." 처음엔 상처였지만 곧 인정할 수밖에 없었다. 미사여구와 상투적인 수식어들은 내 언어가 아니었으므로 걷어내야 했다. 내 감정을 진솔하게 전달하되 여백을 남겨두어 시적 긴장감을 확보해야 했다. 교실에서 '시란 이런 것'이라며 아는 척하고 가르쳤지만, 그곳에서 나는 무지렁이일 뿐이었다. 그럴듯한 표현들로 감정을 덧입히기보다 감정을 오롯이 통과해야 비로소 좋은 시가 된다는 것을 조금씩 배워갔다.

택배 노동자가 쓴 시들은 투박했지만 깊은 울림이 있었다. 그는 로켓배송의 폭력성을 꼬집으며 이렇게 썼다.

초속, 저항, 반작용 같은 거 몰라도
재어놓은 욕망에 명령어만 입력하면
그 어느 곳이든 무슨 물건이든
발사대를 떠난
로켓 같은 가속도로 날아갈 수 있는 시대
그림자도 따라가지 못하는

불가능한 빠름이 일상이 된 시대, 인권도 존엄도 뒤로 미뤄둔 채 이익과 속도만을 좇는 세상의 풍경이 낯설지 않았다. 그는 평소 말수가 적은 사람이었지만 시 안에서는 정확히 말했다. 삶의 한복판에서 꺼낸 말들은 조심스럽고 묵직했다.

내가 처음 칭찬받은 시는 야간자율학습 감독 중에 느낀 감정을 표현한 것이었다. 대다수의 학생이 학원이며 과외며 사교육 현장으로 빠져나가고, 몇몇만이 교실에 남아 늦게까지 공부를 하던 날이었다.

아무도 서로에게 관심 없으면서
모두가 서로를 불쌍히 여기는
이곳은
숨죽인 각개 전투의 현장
누가 적인지 차마 말할 수 없어라
낡은 훈장 하나 달고
뒷짐 지며 걷는 무력의 시간
– 강후림 「야자 감독」 중

입시 경쟁 속에서 피로와 압박에 시달리는 아이들을 바라보는 내 마음에는 애정과 연민, 그리고 미안함이 혼재했다. 미문을 걷어내고 최대한 솔직하게, 힘을 빼고 쓴 덕분에 처음으로 긍정적인 평을 들었다.

교실을 벗어나 시 읽는 즐거움과 시 쓰는 고통을 배우며 학생들에게도 ‘진짜 시’를 전하고 싶다는 마음이 강해졌다. 시가 가진 본래의 힘과 가치를 학생들도 경험할 수 있길 바랐다.

학교 밖에서 공부한 시간 덕에 학교 안에서 어떤 교사가 되어야 할지 깨달았다. 시를 잘 해석하는 기술을 전수하는 사람이 아니라, 시를 사랑하고 일상에서 향유할 수 있도록 돕는 사람이고 싶었다.

시가 교실을 넘어 학생들의 삶 속으로 서서히 흘러들게 만들고 싶었다. 내가 할 수 있고 또 해야 할 일들이 선명해지기 시작했다.

시가 피어나는 교실

학교 밖에서 다양한 경험을 품고 다시 교실로 돌아왔을 때, 나는 이전과는 조금 다른 눈으로 시 수업과 학생들을 바라보게 되었다. 그동안 읽고 쓴 시의 흔적이 자연스럽게 교실 안으로 스며들었다.

담임을 맡은 해면 지각생 지도에 골머리를 앓기 마련인데, 이전처럼 벌점이나 청소 같은 익숙한 처벌 방식 대신 시 암송을 시도했다. 밑줄 칠 만한 문장 하나가 하나 마나 한 잔소리보다 나을 수 있다고 믿었다. 이장근의 청소년 시집 『나는 지금 꽃이다』를 자주 활용했다. 쉽고 간결하지만 여운이 깊고 학생들이 공감할 만한 시가 많았다.

「울지 않는 울보」라는 시가 있다. '텅 빈 몸속이/울음으로 가득 찼다는 걸/아무도 모른다'라는 구절이 마음을 저릿하게 울린다. 학교 부적응으로 자주 지각하던 학생이 이 시를 외우더니 조용히 덧붙였다. "선생님, 이 부분은 꼭 지금 제 마음 같아요. 일부러 이 시를 외우라고 하신 거죠?" 통 속내를 드러내지 않던 아이였기에 그 말이 반가우면서도 안타까웠다. 이후로도 여전히 지각은 잦았지만, 아이의 시선이 눈에 띄게 부드러워졌다. 시 한 편이 우리 사이의 벽을 조금은 허문 듯했다.

「운명을 편곡하다」라는 시도 반응이 좋았다. '원곡은 별로였는데/편곡을 하면/명곡이 되기도 한다/(중략)/나는 나를 편곡 중이다' 이 시를 외운 학생이 어느 날 웃으며 말했다. "선생님, 제가 지금은 말썽 피우고 애먹여도 걱정하지 마세요. 저는 꼭 명곡이 될 거니까요." 아이의 비장한 표정에 웃음이 났다. 남들이 보기엔 불협화음일지 몰라도 그 아이는 자신만의 리듬으로 조금씩 변주를 이어가고 있었다. 누군가 그 노력을 알아봐 준다는 사실만으로도 아이는 한결 가벼워 보였다. 고심해서 맞춤 처방한 시들은 학생들을 우아하게 교화하고, 다정하게 위로해 주었다.

수업 진도를 나가기에 앞서 인사말 대신 시를 낭독하기도 한다. 입학식이 있는 3월에는 새로운 시작에 어울리는 시를, 5월에는 가족의 의미를 돌아보게 하는 시를, 수능을 앞둔 11월에는 조급하고 긴장된 마음을 풀어줄 시를 고른다. 중요한 사회적 이슈가 있을 때는 그와 관련된 시를 찾아본다. "선생님, 그 시도 시험에 나와요?" 이따금 이런 질문이 튀어나오지만 대부분은 '그냥 선생님이 좋아서 읽어 주시는구나.' 하고 넘어간다. 낭독이 끝나면 교실 전체가 짧은 침묵에 잠기기도 하고, 옅은 탄성이 터지기도 한다.

부끄럽지만 내가 직접 쓴 시를 용기 내어 읽을 때도 있다. 그러면 교실은 금세 시끌벅적해진다. 교과서나 문제집 속에서 만나던 시와 달리, 시를 쓴 사람이 눈앞에 있으니 학생들에게는 또 다른 경험이다. 이 구절이 무슨 뜻이냐며 질문을 퍼붓고, 멋지다며 한껏 추켜세우거나 짓궂은 장난을 치기도 한다. 시에 대한 벽을 낮추고 마음껏 즐기는 시간이다.

학생들 반응이 가장 뜨거울 때는 역시나 사랑에 대한 시를 읽어줄 때다. 내 첫사랑 이야기를 들려달라는 통에 수업이 지연되기도 한다. 한번은 나희덕의 「푸른 밤」이라는 시를 읽어주었다. '나의 생애는/모든 지름길을 돌아서/네게로 난 단 하나의 에움길[2]이었다'라는 문장으로 끝나는 절절한 사랑 시다. 사랑은 도착점이 아니라 끝없이 이어지는 길이며, 그 길 위에서 우리는 상처 받고도 다시 사랑하는 존재임을 보여준다.

　며칠 후 한 학생이 찾아와 잔뜩 목소리를 낮추며 비밀스럽게 말했다. "선생님, 저 그 시에 나온 문장으로 짝사랑하던 친구에게 고백했어요." 나는 호들갑을 떨며 반색했다. "정말? 멋지다! 선생님이 그런 고백을 받았다면 진짜 감동했을 거야!" 얼굴이 발그레해진 아이를 바라보며 생각했다. 너는 이제 알겠구나, 하나의 비유가 복잡한 감정을 단숨에 전달하기도 한다는 것을. 앞으로도 계속 그렇게 시를 이용해 주기를. 시가 너의 말이 되고 그 말이 누군가에게 무사히 가닿기를.

　시를 주체적으로 감상하는 힘을 길러주기 위해 여러 가지 수업 방식을 시도해보고 있다. 빈틈없는 학습 자료를 통해 정확한 해석을 요구하기보다, 시가 남기는 여운을 스스로 느끼게 유도한다. 한 번에 이해되지 않아도 괜찮다고 말해준다. 세상은 원래 모르는 것투성이니까. 여러 번 소리 내어 읽고 자주 등장하는 단어나 구절을 찾아보게 한다. 그리고 그 말들을 연결해 시의 전체 내용을 한 문장으로 정리하는 과정을 거친다.

　수업의 절정은 감상을 나누는 순간에 온다. 기억에 남는 구절이나 도무지 이해되지 않는 대목을 중심으로 친구들과 대화를 나누게 하면 의외로 깊이 있는 감상이 흘러나온다. 때로는 내가 미처 생각지 못한 시선으로 시를 읽어내는 학생들도 있다. 질문이 질문을 낳고, 각자의 해석이 서로를 자극하면서 감상은 훨씬 깊고 풍성해진다. 시

2　굽은 길 또는 에워서 돌아가는 길.

가 단순히 문제 풀이의 대상이 아니라 서로의 감정과 생각이 자유롭게 오가는 장이 될 때, 수업은 더 시에 가까워진다.

숨 가쁘게 돌아가는 평가 중심의 교육 체제에서 학생들은 시간적, 체력적으로 여유롭지 않다. 시의 함축성에서 오는 다양한 해석을 받아들이고 인식의 확장을 꾀하기보다 조급하게 정답을 요구하기도 한다. 난 덩달아 조급해하지 않는다. 학생들이 시의 모호함을 불편해하지만 않게 애써본다.

같은 시를 봐도 누군가는 상실을, 누군가는 사랑을 읽는다. 시험에는 정답이 있을지 몰라도 시에는 정답이 없다. 모든 걸 명확히 설명하지 않아도 괜찮다는 감각, 단 하나의 시각만이 정답이 아님을 인정하고 배워가기를. 시를 감상한다는 건 결국 삶을 단정 짓지 않는 연습이기도 하다. 세상은 늘 단순히 설명되지 않고, 관계는 쉽게 정리되지 않는다. 그러니 우리는 끝없는 질문을 안고 살아가야 한다. 시는 그 불확실함을 버티게 돕는다.

어느 날 백무산의 「정지의 힘」이라는 시를 읽다가 마음이 환해졌다. '무엇이 되지 않을 자유, 그 힘으로 나는 내가 된다/(중략)/씨앗처럼 정지하라, 꽃은 멈춤의 힘으로 피어난다'라는 구절이 나를 붙들었다. 학교 밖에서 경험한 생생한 시 공부가 나에게는 멈춤의 힘, 씨앗의 시간이 되었다. 입시를 위해 달리는 고등학교 현장에서도 시가 학생들의 삶으로 스며들게 할 수 있다고 믿는다. 시험은 끝나지만 시는 남으니까. 나에게 주어진 귀한 만남, 그 귀한 시간 속에서 깜냥껏 시의 아름다움을 전하겠다. 꽃은 드문드문 피어날 것이다.

그림책으로 읽는 세상

너에게 책을 읽어주다가

고등학교 국어 교사인 나는 매일 텍스트와 씨름한다. 인문, 사회, 과학, 기술, 예술 등 다양한 분야의 독서 지문은 수차례 윤문을 거쳐 간결하고 명확하게 다듬어진 결과물이다. 문장 하나하나가 지문에 딸린 객관식 문항의 근거가 되며, 의미 전달 외의 요소는 철저히 배제된다. 여백이나 감성과는 거리가 멀다. 그런 독서 지문에 익숙한 내게 그림책이 나타났다. 그림책은 완전히 다른 세계였다. 서사는 단순하지만 시적인 문장과 아름다운 그림들로 가득한 그림책은 나에게 휴식과 위로가 되었다. 아이를 키우지 않았다면 접하지 못했을 분야였다.

『똥벼락』이라는 그림책을 처음 읽던 순간이 아직도 생생하다. 돌쇠 아버지는 성실하게 일한 끝에 도깨비의 도움으로 돌밭을 비옥하게 일구어 많은 수확을 얻는다. 이를 시기해 심술을 부린 김 부자에게는 결국 똥벼락이 내려진다. 권선징악의 익숙한 구조지만, 온갖 종류의 똥이 '후득후득 처덕처덕' 쏟아져 내리는 장면에서는 아이와 함께 배를 잡고 웃었다. 돌쇠 아버지, 김 부자, 도깨비가 등장할 때마다 표정과 눈빛이 달라지는 아이의 얼굴이 그렇게 사랑스러울 수 없었다. 불쌍하다, 괘씸하다, 통쾌하다는 말을 번갈아 내뱉으며, 이야기가 전하고자 하는 뜻을 얼추 읽어내는 아이가 기특했다. 내 앞에 앉은 아이의 작은 등을 감싸안고 이런저런 대화를 나누며 책장을 넘기다 보면 하루의 피로가 스르르 녹아내리는 듯했다. 바쁜 하루 속에서 짧지만 오롯이 몰입하는 시간, 아이와 나는 그림책을 매개로 더욱 단단히 이어졌다.

하지만 아이를 사랑하는 마음과는 별개로 엄마의 삶은 고된 것이었다. 가족이라는 관계 속에서 엄마로서 역할을 수행하다 보니 많은 것을 포기하게 되었다. 원하는 시간에 책 한 권 펴는 일도 녹록지 않았고, 하고 싶은 공부나 취미 생활은 으레 다음으로 미뤄졌다. 가지 않은 길에 대한 아쉬움과 선망이 때때로 나를 괴롭혔다.

그러던 중 벵자맹 쇼의 『곰의 노래』라는 그림책을 만났다. 꿀벌을 쫓던 아기 곰이 숲속 동굴을 벗어나 도시 한복판 오페라 극장에 이르는 이야기다. 아이는 처음 읽자마자 아기 곰의 모험에 푹 빠졌는데, 나는 같은 부모의 위치에서 아빠 곰에게 더 눈길이 갔다. 호기심 넘치는 아기 곰은 앞뒤 재지 않고 앞으로 나아가는데, 아빠 곰은 그런 아기 곰을 찾아다니느라 애가 타고 정신없어 보였다. 아이를 키우며 하루에도 몇 번씩 안절부절못하는 나의 모습은 아빠 곰과 별반 다르지 않았다. '그래, 이게 부모 마음이지.' 싶었다.

하지만 아빠 곰에게도 예상치 못한 변화가 찾아온다. 아기 곰을 뒤쫓는 과정에서 생전 못 가본 곳을 방문하는가 하면, 휘황찬란한 오페라 극장 무대에서 노래를 부르기도 한다. 자식을 찾아 헤매던 여정이 아빠 곰 자신의 새로운 경험이 된 것이다.

성장하는 존재는 아이만이 아니다. 엄마로서 내 삶에서 많은 것이 사라졌다고 생각했지만, 엄마여서 배운 것과 얻은 것 역시 많았으니까. 엄마가 되지 않았다면 몰랐을 것들이 새삼 소중해졌다. 아이와 함께하는 시간이, 그리고 그 시간을 함께 채우는 그림책이 내게 새로운 가능성을 열어주고 있었다.

그림책, 새로운 배움의 문을 열다

읽다 보면 '이건 어른을 위한 그림책이잖아.'라는 생각이 드는 책도 많았다. 아이보다 나에게 더 큰 울림을 주는 책들, 선뜻 의미를 파악하기 어려운 책들을 만날 때면 다른 이들과 감상을 공유하고 싶었다. 혼자서는 온전히 풀어내지 못한 해석의 지점들을 대화를 통해 좀 더 풍성하게 만들고 싶었다. 어른을 위한 그림책 모임을 찾아보던 중 그림책 지도사 자격증 과정이 있다는 것을 알게 되었다. 그림책 활용법과 이를 실제 교육 현장이나 독서 지도에 적용하는 법을 배우는 과정이었다. 주제별로 다양한 그림책을 읽고 각 책의 교육적 가치를 탐색하는 시간도 포함되어 있었다. 자격증 취득이 애초의 목적은 아니지만, 목표를 정해 공부하면 그림책을 더 깊이 이해할 수 있겠다는 생각이 들었다. 아이가 초등학교에 입학하던 해 나는 휴직을 했고, 오전 시간을 활용해 가까운 대학의 평생교육원에서 수업을 듣기 시작했다.

수업에서 가장 행복한 순간은 강사님이 그림책을 직접 읽어줄 때였다. 늘 아이에게 읽어주는 입장이었는데, 전문가의 목소리로 실감 나게 그림책 낭송을 들으니 그렇게 재미있을 수가 없었다. 읽어줄 의무에서 벗어나자 글이 아닌 그림에만 온전히 집중할 수 있었다. 그제야 알 것 같았다. 아이가 글자를 깨친 뒤에도 자꾸만 책을 읽어달라고 한 이유를.

사라 룬드베리의 『잊어버리는 날』이라는 책이 특히 좋았다. 알마의 생일날, 노아와 엄마는 알마의 집으로 향한다. 하지만 노아는 영 내키지 않는다. 알마와 친하지 않기 때문이다. 마지못해 따라나선 노아는 선물을 사기 위해 들른 곳마다 자꾸만 물건을 두고 나온다. 몇 번이고 길을 되짚어간 그들은 결국 애써 고른 선물마저 버스에 두고 내린다. 겨우 알마의 집에 도착했는데, 정작 알마의 생일이 다음 주라는 사실을 알게 된다. 잃어버린 선물이 알마에게 이미 있는 물건이라는 사실을 위안 삼으며, 둘은 정신없고 바쁜 하루를 마무리한다. 오늘 일은 잊어버리자, 내일은 아무것도 하지 말자고 다짐하며. 버스에 두고 내린 선물은 어떻게 됐을까. 노아의 손을 떠난 선물의 이후 여정이 에필로그로 펼쳐진다.

그림책 속 장면 하나, 대사 한 줄에서 각자의 사연이 흘러나왔다. 시큰둥하게 양말을 신고 있는 노아를 보며 가기 싫은 자리에 억지로 끌려가던 자신의 어린 날을 떠올리기도 했고, 아이의 마음을 자세히 살피지 않고 서두르기만 하는 엄마의 태도에서 부모로서의 자기반성이 이어지기도 했다. 안달복달했지만 돌아보면 별것 아니었던 일들, 애써 노력한 것들이 아무 의미 없게 느껴지던 순간, 예상 밖의 지점에서 새로운 이야기가 시작되었던 경험 등 각자의 이야기가 책의 감상을 더욱 풍성하게 만들어 주었다. 우리가 잃어버린 물건들은 그 후에 어떻게 됐을까. 그 상상을 이어가는 일이 이 그림책이 남긴 또 다른 여백이었다.

수업을 들으며 그림책은 단순히 어린이용 콘텐츠가 아니라, 삶을 읽고 나누는 도구임을 깨달았다. 그림책의 글과 그림은 서로를 보완하고 때로는 충돌하며 더 풍부한 의미를 만들어낸다. 볼 때마다 혹은 보는 이에 따라 새로운 의미가 발견되는 이유다. 그림책을 매개로 나눈 이야기는 단순한 감상이 아니라, 그림책의 여백을 저마다의 삶으로 채운 또 하나의 변주곡이었다.

그림책은 활자에 익숙하지 않은 이들도 쉽게 몰입할 수 있는 텍스트다. 독서에 대한 장벽을 낮추거나 학생들의 학습 동기를 유발하는 데 그림책이 유용한 도구가 되겠다는 생각이 들었다. 그림책의 가능성에 눈을 뜬 나는, 수업이 끝나면 늘 근처 도서관에 들러 그림책 서가에서 한참을 머물렀다. 품 안 가득 골라든 그림책들은 아이를 위한 것이기도 했지만, 나를 위한 것이기도, 학생들을 위한 것이기도 했다. 아이와 나누던 교감의 순간, 동료 수강생들과 울고 웃던 순간이 학교에서도 이어지길 바랐다.

고등학교에서 그림책을 펼치다

고등학교 수업과 그림책은 어울리지 않는 조합처럼 보일 수 있다. 하지만 짧은 이야기와 그림이라는 형식은 학생들의 주의를 집중시키고 낯선 주제를 부담 없이 받아들이게 한다. 복잡한 개념이나 민감한 사회적 주제를 직관적으로 꺼내기 좋은 마중물 역할을 해준다. 나는 '공존'을 큰 주제로 삼고, 가족, 질병과 늙음, 장애, 동물권 등의 세부 키워드를 중심으로 프로젝트형 수업을 기획했다. 관련 그림책과 심화 텍스트를 함께 읽고, 토의하고, 글을 쓰는 흐름이었다.

그중에서도 장애를 주제로 한 수업이 특히 기억에 남는다. 이자벨 카리에의 『아나톨의 작은 냄비』라는 그림책으로 이야기를 시작했다. 어느 날 갑자기 빨간 냄비를 달고 다니게 된 아나톨은 그 냄비 때문에 사람들과 어울리는 일이 점점 어려워지고, 결국 숨어버리려 한다. 하지만 누군가가 아나톨에게 냄비와 함께 살아가는 방법을 알려준다. 그로 인해 아나톨은 자신이 잘할 수 있는 일을 발견하고 자신만의 속도로 세상에 다가간다. 장애인의 사회적 고립, 장애를 바라보는 시선과 포용의 방식에 대해 고민할 기회를 제공하는 그림책이었다.

이후 우리는 김초엽과 김원영이 함께 쓴 인문 에세이 『사이보그가 되다』를 읽었다. 이 책은 장애를 단순한 결핍이 아니라, 인간과 기술과 사회가 얽힌 복합적인 조건으로 바라본다. 학생들은 점점 기술이 장애를 해결해야 한다거나 장애는 극복의 대상이라는 익숙한 관점에 의문을 품기 시작했다. "기술은 장애를 없애는 도구가 아니라, 장애인이 더 편리하게 살아가도록 돕는 수단이 되어야 한다."는 한 학생의 의견이 많은 공감을 얻었다. 청각장애인이 보청기를 통해 처음 소리를 듣는 영상, 지체 장애인이 기술의 도움으로 휠체어를 박차고 일어서는 순간을 보여주는 광고가 '감동 코드'로 소비되는 이유에 대해서도 다양한 의견이 오갔다. 장애를 가진 삶을 정상화하려는 대신, 있는 그대로의 삶을 존중하는 태도가 필요하다는 인식이 학생들 사이에 자리 잡기 시작했다.

마지막 글쓰기 활동에서도 학생들은 기대 이상의 성장을 보여주었다. 극복의 서사를 벗어나 장애를 새롭게 바라본 글, 장애인과 비장애인이 공존하기 위한 사회적 조건을 모색한 글 등 한 줄 한 줄에 고민과 사유의 흔적이 배어 있었다. 그중에서도 특히 인상 깊었던 내용은, 장애를 하나의 '작은 차이'로만 여기는 시선이 아나톨의 변화를 가능하게 했다는 해석이었다. 그 글은 수업의 방향을 또렷하게 요약해 주었고, 모두에게 깊은 울림을 주었다.

수업을 시작할 즈음, 일부 학생들은 장애인의 이동권을 주장하는 지하철 시위에 대해 부정적인 시각을 보였었다. 나는 그 반응에 적잖이 당황했다. 하지만 『아나톨의 작은 냄비』를 함께 읽으며 이야기를 나누고 다양한 심화 자료를 더해 논의를 확장하는 과정에서 학생들의 인식이 점차 달라지는 것을 확인했다. 논리적인 설득보다 우선한 것은 그림책이 건드린 감성이었다. 감정이 움직이자 사고가 유연해졌고, 논리적 이해를 거듭하며 공감의 깊이도 한층 깊어졌다.

그림책은 수업의 출발점이자 학생들의 사고를 확장하는 좋은 매개물이 되었다. 짧지만 상징적인 문장, 여백 많은 구성, 글과 그림의 상호작용을 함께 읽어내는 과정은 학생들에게 추론력을 요구했고, 이후 토의와 글쓰기는 창의적 사고와 표현력의 확장으로 이어졌다. '고등학교에서 그림책이라니?'라며 의아해하는 사람이 있다면, 나는 망설임 없이 그림책을 한 아름 안고 그에게 달려갈 것이다. 함께 그림책을 읽으며 세상사에 대한 의견을 주고받고, 생각이 한 뼘 더 자라는 즐거움을 나누기 위해서.

브루노를 위한 책

학교 수업에서 활용하려고 모아둔 그림책들이 책장 가득 꽂혀 있다. 짧은 서사 속에 복잡한 사회적·철학적 질문을 담고, 다층적인 해석을 가능하게 하는 그림책은 무궁무진하다. 특히 혐오와 배제, 생태 윤리, 성 감수성, 관계와 소통 등을 다양한 방식으로 조명하는 그림책들을 수업에 적극 활용하고 있다.[3] 처음에는 "이 나이에 웬 그림책이예요?"라고 의문을 품던 아이들이 시간이 흐를수록 꽤나 재미있어한다.

수업하러 교실에 들어서면 그림책에 맛들인 몇몇 아이들이 묻는다. "오늘도 그림책 읽어 주시나요?" 반짝이는 눈 속에 기대와 호기심이 담겨 있다. 나는 못 이기는 척 웃으며 그림책을 꺼내든다. 그림책을 펼치는 순간 우리는 또 다른 이야기를 만나고, 새로운 질문을 던지며, 생각의 폭을 넓혀간다. 그렇게 한 권 한 권, 그림책이 단순한 읽을거리를 넘어 사고의 출발점이 되는 순간들을 쌓아간다.

학기 초, 새로운 학생들을 만날 때면 호기롭게 선언한다. "삶에는 크게 두 가지 길이 있어. 책을 읽는 삶과 책을 읽지 않는 삶. 국어 교사로서 내 최종 목표는 너희가 평생 독자가 될 수 있도록 돕는 거야." 그 첫걸음을 나는 언제나 그림책과 함께 내딛는다. 그러면서 꺼내드는 책이 바로 니콜라우스 하이델바흐의 『브루노를 위한 책』이다. 책을 멀리하던 브루노가 친구 울라 덕분에 책 속 모험에 빠져들고, 마침내 독서의 즐거움을 깨닫게 되는 이야기다.

울라는 브루노가 책을 읽도록 하기 위해 꾀를 낸다. 목에 반창고를 붙이고는 일부러 브루노에게 보여주며 말한다. "책 속 뱀한테 물렸어." 브루노는 결국 호기심에 책장을 넘기게 되고, 울라가 읽어주는 이야기를 들으며 책 속 세상에 빠져든다. 뱀이 지혜의 상징임을 고려하면 어렵지 않게 그 의미를 파악할 수 있다. 독서는 단순히 학습의 도구이기만 한 것이 아니라 새로운 세계를 경험하는 과정,

---

3   요르크 슈타이너와 요르크 뮐러의 『난 곰인 채로 있고 싶은데』, 『토끼들의 섬』, 『두 섬 이야기』는 동화적인 서사를 통해 인간 사회의 문제를 총체적으로 담아낸다. 아민 그레더의 『섬』은 집단의 배제와 폭력을 강렬한 이미지로 그려내며, 숀 탠의 『이너 시티 이야기』는 도시를 배경으로 자연과 인간의 공존, 문명의 발전 속에서 소외되는 존재들을 성찰하게 한다. 배빗 콜의 『내 멋대로 공주』, 오소리의 『노를 든 신부』는 전통적인 여성 캐릭터의 서사를 비틀어 주체적인 여성의 삶과 독립적인 선택의 중요성을 강조한다. 또한, 유리의 『돼지 이야기』, 소윤경의 『레스토랑 Sal』, 권정민의 『이상한 나라의 그림사전』은 동물권과 생태 윤리에 대한 고민을 던지며, 이보나 흐미엘레프스카의 『두 사람』은 관계 속에서 빚어지는 오해와 화해, 소통의 의미를 섬세하게 담아낸다.

변화와 성장의 계기가 된다.

울라는 왜 브루노와 함께 책을 읽고 싶었을까. 브루노가 더 오래 놀다 갔으면 좋겠다고 생각했기 때문이다. 나 역시 그렇다. 아이와 학생들에게 그림책을 읽어주고, 벗들과 함께 그림책을 펼치는 일도 결국 같은 마음에서 비롯된다. 그림책을 통해 더 자연스럽게 더 친밀하게 연결되길 바라기 때문이다.

책 속 뱀에게 물린 자국처럼, 그림책은 우리 안에 크고 작은 흔적을 남긴다. 그것은 단순한 흉터가 아니라 모험의 흔적이고, 배움의 자취이며, 성장의 증거다. 함께 그림책을 읽는다는 것은 그 흔적을 나누는 일, 같은 이야기 속을 걸으며 서로의 변화를 지켜보는 일이다.

나는 오늘도 브루노들을 위해 그림책을 펼친다. 목에 붙인 반창고를 슬며시 내어보이며 말한다.

"어때, 같이 한번 읽어볼래? 자, 내가 읽어줄게."

읽히기 위해 쓰다

우물 바닥에서 길어올린 문장들

사람들은 대개 국어 교사라면 글을 읽고 쓰는 일에 누구보다 익숙하고, 또 애정이 깊으리라 생각한다. 나 역시 그런 기대에 부응하는 교사가 되고 싶었지만, 어느 순간부터 도리어 글과 멀어져갔다. 매 학기 반복되는 수행평가와 채점 업무 속에서 글은 '마음을 나누는 통로'가 아니라 '점수화해야 할 대상'으로 바뀌었다. 학생들의 서툰 문장 앞에서 한숨부터 쉬게 되었고, 책상 위에 쌓인 과제 철을 보는 것만으로도 숨이 턱 막혔다. 유의미한 피드백 없이 글을 점수화하는 데 그치는 경험이 반복되면서 쓰기 교육에 대한 회의감도 깊어졌다. 글을 쓰고 평가받는 일련의 과정이 학생들에게 결국 쓰기에 대한 피로감만 남기는 건 아닐까 염려도 되었다.

종일 글을 읽고도 정작 나 자신은 한 줄도 쓰지 않던 어느 날, 문득 이런 의심이 피어올랐다. '교사인 나도 쓰지 않으면서, 학생들에게만 쓰라고 말할 수 있을까?' '글을 평가의 대상으로만 다루고 있는 내가 과연 쓰기의 본질을 가르칠 수 있을까?' 그즈음 나는 결혼과 출산, 휴직과 복직을 거치며 인생 최대의 변화를 겪고 있었고, 그 혼란을 정리할 수단이 절실했다.

대학 시절 문예 동아리에서 열심히 글을 쓰던 때를 떠올렸다. 복잡하게 얽혀 있던 마음이 문장 속에서 천천히 질서를 되찾고, 한 걸음 더 나아갈 용기가 차오르던 시간들. 그때처럼 다시 글을 써봐야겠다는 생각이 들었다. 간만에 먹은 마음이 흐지부지되지 않도록 제대로 공부하고 싶었다. 글쓰기의 일정한 리듬과 자극을 만들어 가고자 공동체의 문을 두드렸다.

가장 먼저 참여한 모임은 은유 작가의 '감응의 글쓰기'와 홍승은 작가의 '우리를 돌보는 글쓰기'였다. 두 모임 모두, 함께 책을 읽고 그 안의 문장을 발화점 삼아 자신의 이야기를 풀어내는 방식으로 진행되었다. 같은 책을 읽고도 마음이 흔들린 부분은 제각각이었 다. 생각이 움트는 지점, 묵혀둔 기억과 감정을 일깨우는 문장을 일 명 '씨앗 문장'이라고 하는데, 이 씨앗 문장에서 꽃피워낸 이야기들 은 삶의 풍경만큼이나 다채로웠다. 참여자들은 이름이나 나이 같은 신상을 굳이 밝히지 않고 필명으로만 소통했는데, 그래서일까 관계 가 편안하고 수평적이었다. 제각기 다른 이력의 사람들이 책과 글 을 매개로 자연스럽게 접점을 만들어가는 과정이 낯설면서도 따뜻 했다. 각자 써온 글을 직접 낭독할 때면 눈으로만 읽을 땐 느끼지 못했던 문장의 리듬과 감정의 온도가 목소리를 타고 전해져 나는 자주 울컥했다.

그런 우호적인 분위기 속에서도 막상 빈 화면을 마주하면 손끝이 곧잘 멈칫했다. 스스로를 적당히 포장하는 데 익숙해져 있었던 탓 에 나를 솔직하게 드러내기가 쉽지 않았다. 모임을 거듭하면서 조 금씩 마음이 열리고 생각의 방향도 바뀌었다. 애초에 글을 쓰기 시 작한 이유가 '나는 괜찮은 사람'임을 증명하기 위해서는 아니었으 니까. 게다가 글쓰기 모임은 삶의 접점이 오직 글뿐인 관계였다. 공 유하는 일상이 없다 보니 오히려 더 거침없이 말할 수 있는 지점이 존재했다. 누군가의 아주 사적인 고백에서 내 이야기를 발견하고 내 이야기가 다른 이의 공감을 불러오는 경험을 반복하면서, 억눌러둔 감정과 외면해오던 생각들을 비로소 정면으로 마주했다. 그러다 보니 행복하거나 아름다운 기억이 아니라, 삶의 어두운 조각들이 먼저 글의 출발점이 되었다.

출산 후 육아휴직을 했던 1년의 세월을 글로 풀어낸 적이 있었다. 산후조리원을 퇴원한 후 집으로 돌아와 아이를 품에 안고 보낸 첫날 밤, 아이 얼굴을 들여다보다가 문득 눈물이 났다. 기쁨이나 감격만으로는 설명할 수 없는, 이상하고 낯선 감정이 밀려왔다. 아득한 불안감에 덜컥 겁이 나기도 했다. 아이가 앞으로 살아가야 할 시간에 대한 걱정, 엄마로서의 삶에 대한 두려움이 뒤엉켜 있었다. 아이와 오롯이 함께한 1년 동안 행복한 순간도 물론 많았지만, 그만큼 지치고 버거운 순간도 자주 찾아왔다. 모유 수유가 뜻대로 되지 않아 남몰래 울던 날, 피곤한 몸을 이끌고 억지로 이유식을 만들던 날도 있었다. 함께 부모가 되었지만 엄마인 내 삶에만 유독 거센 격변이 밀려든 것 같은 억울함에 배우자에게 모진 말을 쏟아낸 적도 많았다.

그 모든 기억을 복기하며 토해내듯 써내려간 글은 감정이 앞서 표현이 거칠었고, 지나치게 많은 사건이 한데 섞여 있는 포화 상태였다. 하지만 그 글은 내게 '쓰는 삶'의 물꼬를 터주었다. 그 글을 시작으로 어린 시절의 결핍, 원가족 내의 갈등, 결혼 후 형성된 새로운 역할 속에서 겪은 혼란, 교사로서의 한계와 자기 의심 등이 차례로 글의 제재가 되었다.

글쓰기는 마음속 깊은 우물의 바닥을 한 번은 흔드는 일이다. 겉으로는 평온한 듯 보이지만, 그 아래에는 오래도록 가라앉아 있던 진흙 같은 감정과 기억들이 있다. 가끔 기포처럼 수면 위로 올라와도, 우리는 대개 그것을 내버려두는 데 익숙하다. 그러나 글을 쓰기 시작하면 더 이상 외면할 수 없는 순간이 온다. 한 번은 건드려야 하고, 그 순간 고요는 단숨에 뒤집힌다. 침전물들이 일렁이며 맑았던 물이 한순간에 흐려진다. 마음속 깊은 곳 들여다보지 않던 자리에서 불현듯 떠오른 기억들이 마침내 문장으로 쏟아져 나온다. 불순물을 걸러내며 다시 맑아지는 물처럼, 내 안의 우물도 글을 쓰는 동안 조금씩 투명해졌다.

글 너머의 세계

글을 읽고 쓰고, 또 읽히는 경험은 일상의 흐름에 작은 파문을 일으켰다. 익숙한 삶의 궤도에서 잠시 멈춰 선 채로, 무심코 흘려보내던 감정과 생각을 붙잡아 나만의 역사를 만들어갔다. 그냥저냥 흘러가는 대로 살지 않고, 주체적으로 삶을 이끌어간다는 느낌이 나쁘지 않았다. 나는 더 잘 쓰고 싶었고, 계속해서 글쓰기에 몰두할 수 있는 자리를 찾아나갔다.

김수우 시인의 '글쓰기 심화반'에서는 괴테, 칼비노, 레비나스 등의 책을 함께 읽었다. 글에 담긴 철학적 사유를 되짚으며 인식의 폭을 넓혀갔다. '타인을 소유하고 장악하고 인식할 수 있다면, 그는 더 이상 타인이 아니다.'라는 레비나스의 문장을 읽으며, 가까운 이들을 내 방식대로 이해하고 통제하려 했던 건 아닌지 돌아보게 되었다. 타자성에 대한 존중이 관계를 지속하는 힘이라는 걸 깨닫고, 나와 배우자, 나와 아이 사이에 각자의 고유함을 인정하고 조율할 여유도 만들 수 있었다. 철학과 문학을 넘나드는 여러 고전을 읽으며 내 삶의 구석구석을 다시 바라보는 동안, 유려한 표현보다 중요한 건 치열한 질문과 성찰이라는 점도 절감했다.

그즈음, 출산 후 1년의 세월을 토해내듯 써내려갔던 글을 다시 꺼내 읽었다. 내가 썼던 글인데도 틈을 두고 보니 또 달라보였다. '나는 왜 자주 불안하고 갑갑해졌던 걸까?' '도대체 엄마란 어떤 존재일까?' 자문하며 그 시절을 거듭 들여다봤다. 그 혼란의 중심에는 '엄마라면 이래야 한다'는 수많은 사회적 통념을 비판 없이 받아들이던 내가 있었다. 모유 수유나 엄마표 이유식 외에도 분명히 다른 선택지가 있었지만, 그때의 나는 그런 가능성을 스스로 차단했다. '좋은 엄마'의 기준을 스스로 세우지 못한 채 타인의 시선을 내면화하여 끊임없이 나 자신을 검열하고 자책하던 시간이 글 속에 고스란히 남아 있었다.

그 글을 다시 써보기 시작했다. 퇴고는 단지 기억을 되짚는 일이 아니었다. 한 걸음 물러나 그때의 나를 얽매던 통념과 구조를 정밀하게 들여다보는 일이었고, 동시에 그 시절의 나를 다독이는 일이었다. 한 개인의 고단한 감정에서 출발했던 글은 점차 개인을 둘러싼 사회적 맥락을 성찰하는 문장으로 나아갔다.

이어서 참여한 정지우 작가의 '월동준비 글쓰기 모임'에서는 글 자체에 더욱 몰두하는 법을 배웠다. 한 편의 글에 이렇게 오랜 시간 집중해 세밀한 피드백을 받은 것은 처음이었다. 초고에 머무르지 않고 퇴고하는 훈련을 반복하자 글의 완성도가 눈에 띄게 높아졌다. 다른 모임보다 써야 할 분량이 많아서 내용의 깊이와 구조적 안정성을 모두 고민해야 했다. 단순히 잘 쓰는 법을 넘어, 글을 쓰는 행위가 어떤 책임과 태도를 요구하는지 배운 시간이었다.

글쓰기 모임의 핵심은 합평이다. 나는 숱한 합평을 통해 내 글이 타인의 시선에서 어떻게 읽히는지를 냉정하게 마주했다. 한번은 학교라는 고정된 공간과 반복되는 일과 속에서 교사로서 느끼는 답답함을 글로 쓴 적이 있었다. 그 글에서 상대적으로 자유로워 보이는 프리랜서의 삶을 부러움 섞인 시선으로 묘사했는데, 합평 시간에 한 참여자가 이렇게 말했다.

"유연한 삶을 유지하기 위해 프리랜서가 감수해야 하는 불안정함에 대해서도 생각해 보셨는지요."

나는 뜨끔했다. 내가 다른 조건에서 살아가는 이들의 현실을 단순화하거나 이상화해 쓴 걸까. 내 의도와는 무관하게, 읽는 이의 삶의 맥락에 따라 글이 전혀 다른 의미로 해석될 수 있다는 것을 처음으로 실감했다. 내 글이 '읽힌다'는 것은 결국 타인의 세계에 조심스럽게 발을 들이는 일이다. 어떤 삶을 전제로 쓰느냐, 어떤 경험을 보편으로 가정하느냐에 따라 나의 편향이나 무심함이 드러날 수도 있다. 그날 이후로 글을 쓸 때면 늘 자문하게 된다. 내 글이 누군가를 소외시키지는 않을까. 내 시선이 지나치게 협소하거나 단정적이지는 않을까. 타인의 복잡한 맥락을 충분히 고려하지 못한 채 어떤 사람을 하나의 얼굴로만 그려내고 있는 건 아닐까. 읽는 이에게 조금이나마 의미 있는 울림을 줄 수 있을까.

성격도 방식도 제각기 달랐던 글쓰기 모임은 나에게 단순한 취미나 여가 활동이 아니었다. 나를 더 깊이 이해하고 타인과 연결되기 위한 공부의 장이었다. 내 안의 질문을 정직하게 마주하고, 다른 이의 이야기에 기꺼이 귀 기울이는 태도야말로 글쓰기를 통해 배운 가장 중요한 자세였다. 학교라는 닫힌 공간에서 벗어나 다양한 직업과 연령, 삶의 궤적을 지닌 사람들을 만나며 새삼 깨달았다. 세상에 단순한 사람은 없다는 것. 누구든 저마다의 사연을 품은 '겹의 존재'로 살아간다는 것. 다자 간 고해성사와도 같은 글쓰기 공동체 안에서 나는 한편씩 글 탑을 쌓아올렸다.

그렇게 차곡차곡 모인 글들이 좋은 기회에 첫 책으로 출간되었다. 글쓰기 모임원과 주변인들로 한정되었던 독자의 범위가 좀 더 넓어졌다. 하루에도 수십 권씩 신간이 쏟아지는 출판 시장에서 특별한 주목을 받지는 못했지만, 책이 아니었다면 닿을 수 없었을 사람들에게서 간간이 도착하는 피드백은 내게 더없는 감동을 주었다. "내 이야기 같았어요." "이 구절에서 울컥했어요." 다정한 공감의 말들이 눈물 나게 고마웠다.

앞으로도 계속 누군가에게 가닿는 글을 쓰고 싶다. 내 문장이 누군가의 하루를 잠시 멈추게 하고 마음속 우물의 바닥을 흔들 수 있다면, 그것은 내가 계속해서 글을 쓰는 이유일 것이다.

슬기로운 글쓰기 수업

글쓰기가 삶의 일부가 된 이후, 자연스럽게 학교의 글쓰기 교육을 돌아보았다. 학생들에게 글을 써보라고 권하면서도 정작 어떻게 지도해야 할지 막막했던 순간이 떠올랐다. 평가를 위한 글쓰기, 퇴고 없이 점수로 귀결되는 과제, 정형화된 틀 안에서 무미건조하게 채워지는 문장들. 이대로는 안 되겠다는 생각이 들었다. 유의미한 글쓰기 교육은 어떤 모습이어야 할까.

가장 먼저 '무엇을 쓰게 할 것인가'부터 고민했다. 글쓰기 수행평가는 대개 형식적인 독후감에 머무는데, 학생들은 '줄거리 요약+

인상 깊었던 부분+느낀 점'이라는 안전한 공식을 따랐다. 하지만 글이란 자기만의 언어로 자기만의 경험을 풀어내는 일이어야 한다. 나는 글쓰기의 출발점을 '자기 표현적 글쓰기'로 삼았다. 프랑스의 문학평론가 롤랑 바르트는 사진 한 장에서도 사람마다 '찔리는 지점'이 다르다고 말했다. 이를 '푼크툼'이라 하는데, 각자의 기억과 감정에 따라 달라지는, 지극히 사적인 감응의 지점이다. 나는 아이들 각자가 책 속에서 자신만의 푼크툼을 발견하고, 거기서부터 글쓰기를 시작하길 바랐다.

독후감이라는 익숙한 틀은 유지하되 접근 방식을 달리했다. 책의 내용을 요약하거나 보편적인 감상을 나열하는 대신, 책 속 한 문장을 씨앗 삼아 자신만의 경험을 쓰도록 유도했다. 공선옥의 「나는 죽지 않겠다」라는 소설을 읽고 한 학생이 '나는 그 소리들을 뒤로 하고 안개 속으로 사라질 것인가를 생각했다.'라는 문장을 골랐다. 중학교 시절 따돌림을 당하며 느낀 고립감과 상실감이 다시 떠올랐던 것이다. 그 학생이 쓴 「나는 사라지고 싶었다」라 는 제목의 글을 몇 번이나 읽었던지. 친구들의 외면과 단절 속에서 버티던 시간이 고스란히 전해져 가슴이 먹먹해왔다. 누구에게도 쉽게 꺼내지 못했던 기억이 한 문장 때문에 불쑥 떠올랐고, 그 기억을 솔직하게 풀어낸 글은 단순한 독후감을 넘어 치유적 글쓰기의 출발점이 되었다.

'어떻게 쓰게 할 것인가'도 중요한 문제였다. 글을 단순히 평가의 도구로만 삼고 싶지 않았다. 초고를 쓰고, 피드백을 받고, 다시 고쳐쓰는 과정이 글쓰기 수업의 큰 흐름이 되어야 한다고 생각했다. 처음부터 잘 써야 한다는 부담 대신, 글은 다듬을수록 좋아진다는 가능성을 알려주고 싶었다. 합평 시간에는 문장의 표현 수준에만 머무르지 않고, '글쓴이의 고유한 시선이 잘 드러나는가?' '이 글이 독자에게 어떤 울림을 줄 수 있을까?'와 같은 질문에 초점을 두어 피드백을 나누게 했다. 단지 서로의 글을 평가하는 것이 아니라, 감정과 생각, 표현 등을 조율하며 함께 성장하는 경험이 되길 바랐다.

글쓰기 과제를 제시할 때 내가 쓴 글을 먼저 보여주는 것도 중요한 실천이다. 완성된 글을 통해 기준을 제시하려는 것이 아니라, 나 역시 함께 쓰는 사람이라는 것을 전하고 싶어서다. 내가 쓴 글을 보여주면 학생들은 순식간에 마음을 연다. 비록 평가의 형식을 띠고 있지만, 글은 서로의 마음을 잇는 내밀한 소통의 도구가 될 수 있음을 강조한다. 그리고 과제 외에도 시든 소설이든 일기든 혼자 끄적인 글이 있다면 언제든 공유해 달라고 말한다. 글을 쓸 때는 혼자이지만, 누군가에게 읽히는 순간 새로운 이야기가 만들어지는 법이라고 덧붙이며.

고맙게도 몇몇 학생들이 용기 내어 자신의 글을 가져온다. 과제가 아니라 스스로 꺼내든 이야기라는 점에서 더 귀하다. 흥미로운 건 아이들이 가져온 글이 대개 시나 소설의 형식이라는 점이다. 자신을 있는 그대로 드러내는 일은 생각보다 큰 용기를 요구한다. 나역시 그러지 않았나. 아이들의 글은 종종 허구라는 옷을 입지만 그 안엔 분명히 그들이 있다. 단어 하나, 문장 하나, 설정 하나에 '나 아닌 척하는 나'가 조심스럽게 숨어 있다.

말보다 글이 편한 아이들이 있다. 그들은 대개 교실에서 조용하고 눈에 띄지 않는다. 온갖 질문을 내면에 품고 있지만, 선뜻 드러내기보다는 조용히 곱씹으며 자기 안에서 키워가는 아이들. 나 역시 교사라는 역할 때문에 말하는 것이 일상이지만, 정작 나를 가장 진실하게 드러내는 방식은 말보다 글이었다. 쭈뼛쭈뼛 제가 쓴 글을 수줍게 내미는 아이들이 나는 유독 사랑스럽다. 말로는 도달할 수 없는 진심이 글 속에 담겨 있다. 글이 아니었다면 결코 알지 못했을 사연과 마음들이 밀물처럼 밀려온다. 그 잔잔한 물결 속으로 나는 천천히 걸어 들어간다.

윤경

전업주부의 불변의 공부 :

대안을 찾는 삶의 여정

나를 찾아가는 공부

노란색 번호표

송아지가 태어났다. 멀리서 보았지만, 어둠 속에서 갓 태어난 송아지가 일어서려고 온 힘을 다하며 앙상한 다리가 몹시 흔들리던 것을 기억한다. 목장 사무실 안에서 외할아버지는 서류에 갓 태어난 송아지의 고유한 얼룩무늬를 그대로 그려넣는 도식화 작업을 하고 있었다.

유치원 시절, 나는 주말이면 목장에서 놀았다. 외할아버지가 목장 관리직으로 일했기 때문에 목장 안에 있는 외갓집 가는 것이 좋았다. 소들에게 여물도 주고 털도 쓰다듬고 긴 속눈썹과 큰 눈망울을 보고 있으면 시간 가는 줄 몰랐다. 종이 치면 일제히 젖을 짜러 들어가야 했지만 내가 우리로 다가가면 소들이 느릿느릿 다정하게 몰려왔다. 파란 하늘 아래 60마리 좀 넘게 있었던 것 같은데 귀에 노란색 번호표를 꼽고 있었다.

하얀 목련이 힘없이 툭툭 떨어지던 오르막길을 오르며, 가슴팍에 이름표가 잘 붙어 있는지 확인하며 학교로 들어섰다. 교복을 입고 다니는 중학생이 되었고 나는 27번이었다. 그닥 친하지 않았던 26번 아이가 두발 불량으로 교무실에서 머리카락을 잘리는 장면을 보았다. 같은 잘못을 해도 반마다 선생님에 따라 처벌이 달랐다. 반항심이 가득 찬 아이들, 선생님 눈치를 보는 아이들, 공부 잘하는 아이들, 눈에 띄지 않는 아이들, 이름도 잘 기억나지 않는 아이들까지, 모두 똑같은 옷을 입고 있었다. 우리는 효율적이고 헷갈리지 않게 번호로 불리며 지냈다. 나는 멀쩡한 이름을 두고 번호로 불리는 게 납득이 되지 않았다. 어린 시절 목장 젖소들의 번호표가 생각났다. 수학, 영어 시간엔 시험 성적에 따라 반을 이동하며 수업을 들었다. 서열화된 경쟁 교육 속에서 적응하지 못한 나는 내가 있어야 할 자리를 끝내 찾지 못했다. 그곳에서는 누구 한 명 사라져도 상관없을 것 같았다.

고민 끝에 나는 학교를 관두었다. 다른 대안이 보이지 않았다. 이모네가 프랑스에 있다는 이유 하나만으로 나는 그 먼 땅으로 갔다. 프랑스어를 하나도 모르는 채 파리 외곽에 있는 일반 중학교에 다니게 되었다. 매 수업마다 다른 선생님이 일일이 출석 체크를 했는데, 프랑스인이 다소 발음하기 어려운 내 이름을 신경 써서 불러주었다. '윤켜엉', '윤콩', '윤큥' 등 '윤경' 소리가 날 때까지 내 입 모양을 따라 하기 위해 나를 똑바로 응시하던 이들의 다채로운 눈동자를 기억한다. 지금 여기, 너와 내가 분명하게 존재한다는 강렬한 느낌을 받았다. 그곳에서 나는 늘 내 이름으로 불렸다. 숨 막히는 경쟁으로 내몰리지 않고, 다양한 차이들이 이해받는 교실 속에서 한 존재로 존중받는 것 같았다. 민들레 풀씨들이 날아다니던 드넓은 벌판을 가로지르며 학교를 마치고 돌아오던 길, 고향을 향한 그리움도, 낯선 외국에 있다는 사실도 잠시나마 잊을 만큼 가슴이 뻥 뚫리는 자유로움을 느꼈다.

그렇지만 부모 없이 지내는 10대의 타향살이가 어디 쉽기만 했겠는가. 깊이 있게 속을 나눌 사람이 없었다. 무슨 이야기라도 할 수 있고, 친구처럼 마음이 잘 통했던 엄마의 빈자리가 몹시 컸다. 지금 생각해보면 국제 통화라도 자주 했으면 좋았을 텐데, 괜히 눈치가 보여 그러지도 못했다. 도착하려면 일주일 넘게 걸리는 편지를 쓰면서 헛헛한 마음을 달래었다. 내 이름은 되찾았지만, 고독 속에서 나를 잃지 않아야만 했다.

고등학교 때 조형미술 공부를 시작했다. 그런데 갑작스레 몸에 이상이 생겨 수술까지 하고 나자 더 이상 타지살이가 버티기 힘들었다. 한국으로 돌아와 내키지 않는 대학을 다녔다. 지방 사립대를 나와서 원하는 곳에 취업하기는 어려웠다. 도망치듯 다시 돌아간 프랑스에서 학업을 이어나가고 싶었지만 대학원 시험에서 번번이 떨어졌다. 실패와 좌절의 20대였다. 제도권에서 발붙일 곳이 없는 것만 같았다. 하루 벌어 하루 먹고살았다. 알바를 전전하고, 비정규직으로, 외국인 노동자로 일하고, 공장도 다녀보고, 뚜렷한 삶의 목표와 방향 없이 지냈다. 살면서 무엇을 공부해야 좋을지 정확하게 모르던 혼란의 시기였다. 제도권 밖으로 이탈하면 다른 삶은 없는 것일까? 혼자서 낯선 샛길로 들어선 것 같았다. 한 분야의 전문가가 되거나 특정 직업으로 나 자신을 규정하고 싶다는 마음이 점점 희미해졌다. 그럼에도 막연하게 삶 자체가 예술이 되기를 꿈꿨다. 나는 내가 누구인지 늘 궁금했다. 프랑스에서도 이방인, 한국에 돌아와서도 이방인, 어디에도 잘 속할 수 없는 나의 존재가 불투명하게 느껴졌다. 내 삶의 진짜 주인이 되고 싶다는 열망이 더 커져갔다.

내면으로 들어가다

내가 누구인지, 어떤 삶을 살고 싶은지 본격적으로 고민하기 시작했다. 제도권 밖의 철학 인문학 강좌를 기웃거리기도 했고, 좋아하는 예술과 철학에 매달려 보기도 했다. 그럼에도 내가 가야 할 길이 또렷하게 보이지는 않았다. 철학 안에서 현대 문명에 대한 비판적 사유와 지적인 성찰을 할 수는 있었지만, 마음의 허기는 여전했다. 배운 대로 어디서부터 어떻게 내 삶을 꾸려나가야 할지 도무지 자신이 없었다. 마주하고 있는 내 현실과 이상의 괴리감은 너무 컸고, 그걸 감당하기에 난 몹시 작고 무력한 존재로 느껴졌다. 프랑스에서 일을 해도 외국인이라는 약자 신세를 면치 못했고, 한국에서 사람들과 어울려도 속은 외국인인 것 같은 정서적 충돌을 느꼈다. 어디에 있든 이대로는 다른 사람들과 비슷한 모양새로 내 삶을 끌고 나갈 자신이 없었다. 어느새부턴가 나는 헛된 희망을 품고 프랑스와 한국을 오가며 도망 다니다 어디에도 정착하지 못한 채 부유하고 있다고 느꼈다.

더 이상 그렇게 살고 싶지는 않았다. 결국 나는 파리에서 그나마 일하던 직장도 때려 치우고, 프랑스 남서부 보르도Bordeaux 지방에 있는 플럼 빌리지Plum Village를 찾아갔다. 베트남 출신 승려이자 평화운동가인 틱낫한 스님Thich Nhat Hanh(1926~2022)이 만든 명상공동체였다. 그곳에서는 각국에서 모인 사람들이 '마음 챙김Mindfulness'을 배운다. 호흡할 때도, 걸을 때도, 앉아서 명상할 때도, 먹을 때도, 쉴 때조차도 매순간 자신의 현재 상태를 알아차리는 수행을 하는 것이다. 마음 챙김이란 자신의 모든 움직임에 주의를 집중해서 어떠한 판단 없이 나를 알아차리는 공부이다. 그렇게 할 때 어떤 상황에서도 보다 의연하게 대처할 수 있는 깨어 있는 마음이 될 수 있다고 한다.

플럼 빌리지에서 지내던 어느 날, 걷기 명상을 하던 숲길로 혼자

산책을 나섰다. 고요한 숲, 평화로 물든 자연 속에서 마음이 편안해짐을 느꼈다. 저 멀리 내 앞에 노랑머리 여자가 마침 맨발로 걷고 있어서 나도 맨발로 천천히 뒤따라갔다. 걸으면서도 내 호흡을 놓치지 않고, 발바닥에 의식을 두고 오로지 걷는 것에만 집중하려고 애썼다. 한참을 걷고 있는데 풀 사이로 뱀 한 마리가 스르륵 지나갔다. 깜짝 놀라서 "으악!" 소리를 지르고 말았다. 순식간에 초록색 잎사귀들 사이로 수놓은 빛나는 햇살이 포식자들의 이글거리는 눈동자로 보였다. 정글 한가운데 놓여 있는 줄 알았다. 두려움에 휩싸여 놀란 입을 다물지 못하고 꼼짝없이 얼어 있는데 앞서 걷던 여자가 나와 눈이 마주치자, 너도 봤냐는 듯 환하게 웃으며 말했다. "So beautiful!"

우리는 같은 것을 보고도 다르게 반응한다. 고작 뱀 한 마리를 만났을 뿐인데, 게다가 그 뱀은 날 위협한 것도 아니고 그저 자기 갈 길을 가는 중이었을 뿐인데, 나는 발끝에서 머리끝까지 무서움에 사로잡혀서 한순간에 호흡이 가빠지고 온몸이 굳어버렸다. 위험 요소 가득한 숲에서 나 혼자였으면 어쩔 뻔했을까 싶어 등골이 오싹했다. 나는 내 안에 두려움과 불안감이 몹시 크다는 것을 알게 되었다. 코끝에서 들어왔다 나갔다 하는 숨을 느끼며 그 감정을 바라보는 순간, 어느새 내 마음이 진정되고 다시 편안해지기 시작했다.

그렇다고 해서 내 마음에서 무섭다고 느낀 감정이 완전히 사라지는 건 아니었다. 마치 내가 느낀 감정을 내 마음 안에서 찰흙을 빚는 것처럼, 내가 다룰 수 있을 만큼, 내 손안에 들어올 수 있을 만큼 작은 공 모양으로 만들려고 만지작거렸을 뿐이다. 내면에서 부정적인 감정이 일어났다고 해도 내가 어떤 마음으로 그 상황을 받아들일 것인지에 따라서 각각 다른 세계를 경험하게 된다. 내가 느끼는 감정을 의식하지 않으면, 내 손안에 있던 작은 공 모양의 감정은 내 의지와 상관없이 자기 마음대로 부풀려졌다 커졌다 하며 내 몸 속을 마음대로 돌아다니게 된다. 외부 상황에 대해서 내가 어떻게 행동하고 반응할지에 대한 선택의 자유는 내게 있다. 나는 더 이상 외부의 자극에 휩싸여서 감정에 끌려다니는 무력한 마음으로 살고 싶지 않았다. 내 마음을 지키고 싶었고, 불안하거나 두려운 상황에서도 내 마음을 선택할 수 있는 자유로운 내가 되고 싶었다.

나는 어쩌면 그동안 세상을 두려움과 경계의 대상으로 바라보고, 어디에도 깊이 속하지 못하고 안정감을 느끼지 못한 채 살아왔던 건 아닐까. 세상은 늘 있는 그대로인데, 내가 어떤 마음으로 반응하느냐에 따라서 세상이 아름다울 수 있다는 것을 체감했다. 분명 살면서 행복하고 평화로운 순간도 많았을 텐데, 그런 순간들이 그저 외부에서 수동적으로 주어지는 것뿐만 아니라, 나만의 시선으로 넓혀나갈 수 있다고 생각하자 조금씩 마음에 여유가 생기는 것 같았다. 살면서 무슨 일을 하더라도 나의 감정을 바르게 알아차리고, 내 감정을 잘 돌보는 일이 가장 중요한 공부라고 느꼈다. 마음공부를 하는 데 다양한 방법이 있겠지만, 나는 어려움이 닥칠 때마다 마음 챙김과 같은 명상을 통해서 내 호흡을 놓치지 않고 감정을 바라보는 방법을 배웠다. 나에 대해서 가장 잘 알 수 있는 사람은 바로 나 자신이었다. 나를 찾겠다고 하면서, 그동안 바깥에서 해답을 구했던 것만 같다. 우리네 삶의 질감을 다르게 만드는 건 내면의 세계를 어떻게 가꾸는가에 달렸는데 말이다.

되찾은 내 이름

나는 세상이 정해놓은 탄탄대로를 걸어가는 공부를 하지는 못했다. 돌이켜보면, 지나온 길이 울퉁불퉁해서 늘 이리 걸려 넘어지고 저리 걸려 넘어져 아파하고 실패한 지난날이 아니었나 싶다. 세상의 기준에서 쓸모 있는 사람이 되는 길도 물론 중요하지만, 더 나다워지는 길을 택하려고 애를 써왔던 것 같다. 나의 경우, '마음 챙김' 명상 같은 마음공부를 한다는 것이 꼭 절대적 깨달음을 얻기 위함이 아니었다. 나의 삶을 좀 더 유연하고 보다 조화롭게 만들어 나가고 싶었고 내 삶의 주인이 되고 싶었을 뿐이다.

마음공부라는 것은 그 결과가 가시적으로 바로 드러나는 것이 결코 아니다. 그래서 우리 삶의 우선순위에서 뒤로 미뤄지거나 등한시되는 경향이 있다. 그럼에도 불구하고 우리는 일상에서 늘 마음을 부대끼며 살고 있다. 내 마음을 잘 알게 되면 내가 가고자 하는 길이 더 잘 보이고, 내면의 목소리를 더 잘 들을 수 있게 된다. 내가 어떤 삶을 살고 싶은지 더 잘 알게 되는 일이기도 하다. 자연스레 내가 원하는 삶을 주체적으로 만들어 나가는 힘이 생기게 되는 것이다.

첫째 아이를 낳고, 둘째 아이가 뱃속에 있을 때였다. 대학 시간 강사였던 남편은 결혼 전부터 10년 넘게 자발적으로 시간 강사 생활을 유지해 왔는데, 무슨 영문인지 2018년 봄 학기에 배정받은 모든 강의가 폐강되었다. 인문학, 철학을 듣는 학생들이 갑자기 꼬리를 감춘 것만 같았다. 이대로는 생계가 막막했다.

당장 나는 어린아이를 돌봐야 했고, 평생 학문을 하던 남편이 다른 일을 한다는 건 쉽게 상상이 되지 않았다. 한순간에 직장 밖으로 내몰리는 불안한 현실이 가혹하게 느껴졌다. 우리는 대안을 찾다가 이걸 계기로 자본주의에 덜 상처받는 사회에서 마을 사람들과 평화롭게 살아가는 꿈을 현실에서 이뤄보는 건 어떨까 싶었다. 여러 선택지를 고민하다가 인도의 오로빌Auroville 마을로 떠나기로 결정했다. 책에서만 보던 '그들만의 이야기'를 우리 삶으로 실현해보고 싶다는 열망에 휩싸였다. 남인도에 위치한 오로빌은 각국에서 온 대안적 삶을 추구하는 이들이 모여 거주하는 세계 최대의 생태 영성 공동체로, 그 규모가 약 3000명이다.

결혼을 하고 내가 만든 안전한 울타리 속에서 다시 어딘가로 멀리 떠날 일은 없을 거라고 여겼는데 역시 인생은 한 치 앞을 알 수가 없다. 여전히 나는 두려움이 많은 사람이지만, 언젠가부터 나에게 주어진 삶의 변화에 크게 동요하지 않는 나 자신을 발견하게 되었다.

오로빌로 향하는 길은 결코 만만치 않은 여정이었다. 인도라는 낯선 곳에서 과연 둘째 아이를 무사히 출산을 할 수 있을까 하는 고민부터 시작해서, 앞으로 남편이 경력 단절자가 되어 자신이 있던 세계로 복귀하지 못하게 되는 건 아닐까 하는 걱정까지, 두려움이 앞섰다. 아마도 한동안은 한국에 못 돌아오겠구나 싶어 서글펐다. 나는 왜 이렇게 남들과 비슷한 평범한 삶을 이어가지 못하는 걸까 하고 비교도 했다. 그럼에도 새로운 세상에 대한 기대감과 호기심을 따르고 싶었다. 앉아서 비관하는 삶보다 남들이 가지 않는 길을 한번 가보고 싶었다. 현실과 불화하기보다 가슴에서 들리는 목소리를 따르고 싶었다.

다가오는 파도를 피할 수 없듯이 삶의 흐름에 나를 내맡기자 다가온 모든 예기치 않은 우연한 일들이 더 이상 가시덤불처럼 느껴지지 않고, 순히 받아들일 수 있는 삶의 선물이 되었다. 예전처럼 더 이상 어딘가로 도망치듯 떠나야 되는 게 아니라 내가 가야 할 길이 분명히 있다는 것, 부정적인 감정이 올라오는 것을 찬찬히 바라볼 수 있는 여유가 생겼다는 것이 스스로 뿌듯했다. 내가 추구하는 세상이 소수의 길일지라도 기쁜 마음으로 갈 수 있었다는 건 매우 귀한 경험이었다. 인생을 계획적으로 꾸려나가는 것도 중요하지만, 인생은 어차피 계획대로 되지 않는다. 어떻게 될지 모르는 미래를 너무 불안해하며 걱정하지 않아도 된다는 것을 알게 되었다.

시간이 느리게 흐르는 소박한 마을인 오로빌에서 계속 있을 줄 알았다. 한국에서 있을 때처럼 독박 육아가 아닌 결이 비슷한 이웃들과 자연 속에서 마음 편히 아이들을 키우고 살게 될 줄 알았다. 천천히 영어를 익히고, 뒤늦게라도 내 재능을 발견하고, 진정으로 원하는 일을 하면서 살게 될 거라 생각했다. 남편도 마을 공동 주방에서 요리하는 일을 새롭게 배워나갔다. 그러면서도 남는 시간엔 자신이 좋아하는 명상도 하고, 동양철학을 연구하는 학자인 만큼 본인의 공부를 이곳에서 더 심화할 수 있을 거라고 여겼다.

우리 삶이 오로빌 사람들의 삶과 점점 더 닮아가는 것을 느끼며 작은 평화를 만끽했다. 그들처럼 돈이 없어도 웃을 수 있는 마음의 여유가 생겼고, 서로 비교하지 않아도 되었고, 작은 것이라도 내가 가진 것을 더 나누는 일에 몰두할 수 있었다. 이대로 딱 좋다고 생각할 때였다. 삶이 그렇게 쉽게 우릴 내버려둘 리가 없었다. 아이들 학교 방학 기간에 네팔에 여행을 갔다가 코로나19가 유행하면서 인도 정부가 외국인 출입을 막는 바람에 우리는 오로빌 집으로 돌아오지 못하는 상황에 놓였다. 한국에 살던 집도 다 정리하고 떠나왔는데 참 난감했다. 우리 넷은 덜렁 여행 트렁크 하나 든 국제 미아 신세가 되었다. 도무지 다른 길이 보이지 않아 궁리 끝에 결국 한국으로 다시 돌아왔다. 2년 반이라는 시간 동안 꿈을 꾸다 온 것 같았다.

이 모든 게 헛된 꿈이었을까? 안주할 만하면 삶은 우리에게 새로운 배움을 주려고 기다리고 있었다는 듯이 다양한 시련을 안겨주는 것 같다. 받아들이는 몫은 결국 나 자신이다. 내가 가고자 하는 삶의 방향이 있다면 어떻게든 살아진다고 생각한다. 이제는 남들과 다르게 비껴나간 인생에도 길은 항상 열려 있다고 믿는다. 우리의 인생에 올라가야 할 순서와 계단만 있는 것은 결코 아니다. 거듭 실패를 한다고 해도 정말로 괜찮다. 원하는 대로 되지 않았다고 해도 괜찮다. 정말 마음으로 세상을 잘 끌어안게 되면, 어떤 모양의 인생도 하나도 모나지 않다.

때론 일상을 뒤흔들어 놓는 일이 생긴다. 하지만 그것이 더 이상 나에게 시련이나 걱정거리로만 여겨지지 않는다. 오히려 이걸 통해서 내가 어떤 인생을 만들어 나갈 수 있을지, 가슴이 두근대는 설렘과 새로운 열망이 솟아오르는 것을 느끼게 한다. 불안한 상황 속에서도 다가오는 미래를 의연하게 맞이할 수 있다는 것이 나 자신에게도 신기한 일이었다. 많은 길들 중에서 보다 나다운 선택과 결정을 내릴 수 있는 용기가 바로 내 안에 있다는 것을 배우게 되었다.

오로빌 마을에 살면서 작은 목장을 방문한 적이 있었다. 그곳에는 열댓 마리의 소들이 자유롭게 풀을 뜯고 있었다. 어린 송아지들은 외양간에서 쉬고 있었다. 순수한 눈망울 위로 작은 칠판에 하얀색 분필로 쓰여 있는 알파벳 조합들이 눈에 들어왔다. 툴라시, 미라, 말리, 아이샤, 조란다……. 나는 그제야 제 이름을 가진 소들을 만나게 되어 울컥했다. 그것은 내가 어린 시절 프랑스에서 내 이름을 온전히 불리던 때보다 훨씬 더 감격스러운 일이었다. 사람뿐만이 아니라, 모든 존재가 있는 그대로 존중받는 삶도 이 세상 어딘가에는 가능하다는 것을 마주하게 된 순간이었다. 나는 이제 내 이름이 무엇으로 불리어도 괜찮다. 마음공부를 통해서 내면을 돌볼 수 있게 되었고, 가슴의 목소리를 따르는 삶을 살게 되었으며, 뒤늦게나마 나는 내 마음의 주인이 되었기 때문이다.

부모가 되는 공부

맨발로 노는 아이들

인도 동남쪽 끝, 퐁디셰리 Pondicherry 라는 항구 도시 인근의 작은 시골 마을인 오로빌에서 나는 둘째 아이를 출산했다. 낯선 곳에서 아이를 낳았지만 아이들이 자라는 소리는 세계 어디나 비슷하다. 젖 달라고 울고, 눈을 맞추고 웃고, 엄마 손가락을 잡고 머리카락을 잡아당기고, 눈을 반짝인다. 조심스레 아기의 보드라운 볼을 비비고, 안아보고, 입을 맞추고, 업었다가, 재우다가, 기저귀를 갈고, 젖을 물린다. 한시도 아기 곁에서 눈을 뗄 수가 없다. 마냥 신기한 생명체가 우리 집에 찾아오자 온 마음과 정신이 빼앗겼다. 내 몸이 힘든지도 모르고 온 생활 리듬이 아기에게 맞춰졌다.

오로빌에서 아기는 몹시 성스러운 존재다. 그곳에선 붉은 땅 위에서 대지의 신처럼 발가벗고 노는 아이들을 볼 수 있다. 어딜 가나 아기에게 환희에 찬 얼굴로 손 키스를 날리는 사람들도 볼 수 있다. 마을에서 아기들은 존재감만으로 빛났다. 마치 본연의 생명력을 있는 힘껏 드러내는 것 같았다. 내 몸에서 나왔지만 대자연에서 온 신성한 생명체처럼 느껴졌다.

오로빌의 아이들은 스스로 자유롭게 몸을 움직이고 조절할 때까지 늑대소년 모글리처럼 자연에서 마음껏 뛰어다니며 놀았다. 우리 아이들도 오로빌의 아이들처럼 야생의 에너지를 뿜어내며, 마치 놀기 위해 태어난 아이들처럼 맨발로 어디든 달리며 놀았다. 아이들의 웃음소리는 마을에 생기를 더했다.

아이를 한 번 낳아봤다고 해서 두 번째 육아가 쉬운 일이 되지는 않는다. 하나에서 둘이 되는 순간 일상생활에서 육아 비중의 밀도가 더 높아졌다. 엄마가 되고 아이와 함께 살아간다는 건 하나부터 열까지 처음 겪는 일들이어서 배워야 할 일 투성이었다. 한 생명을 내 손으로 책임져야 하는 부담감을 안은 채 먹일 것, 입힐 것, 양육 방법, 교육법에 대해서 공부를 게을리할 수는 없었다. 한국에서는 아이를 낳는 순간부터 육아의 필요한 모든 것이 정형화되어 일정한 단계를 밟아나가야 할 코스가 있는 것처럼 보였다. 남들처럼 하지 않고는 독박 육아로 홀로 외로움을 껴안고 시대에 뒤처지는 엄마가 되는 것만 같았다. 당시 자연에서 아이를 키우고 싶다는 바람은 나 자신을 더욱 고립시키기 딱 좋았다. 게다가 아이를 돌보는 일이 전문기관 또는 전문가에게 의존해서 아이에게 더 좋은 서비스를 주는 것이 부모의 역할인 것처럼 느껴졌다. 그렇게 남들 하는 대로 유행을 따라가는 육아를 하다간, 내 아이에 대해서 찬찬히 알아갈 기회를 잃어버리게 되는 건 아닐까 하는 생각이 들었다.

닭이 울고 자동차 소리보다 새소리가 더 요란한 오로빌은 시간이 느리게 흐른다. 그곳에서는 멀구슬나무가 햇살을 흔들어대며 아침을 알리고 히비스커스 꽃이 인사를 한다. 어디선가 달큰한 향기가 불어오는 가운데 팔다리가 많은 반얀트리_{Banyan Tree} 아래 작고 빨간 애벌레들이 조용히 기어다닌다. 1년 내내 햇빛 가득한 날들만 이어지진 않는다. 몬순 시기가 찾아오면 석 달 정도는 꼬박 빗물과 친해져야 한다. 축축하고 눅눅한 시간을 견디며 아이들과 구름 속에서 천둥 번개가 오랫동안 번쩍거리는 것을 보았다. 처음으로 천둥이 아름답다는 걸 알게 되었다. 자연의 흐름 속에 아이와 함께 온전히 머무는 것만으로도 꽤나 괜찮은 부모가 되는 것 같았다.

비가 촉촉하게 오는 날, 네 살 된 아이가 흙장난을 하는 걸 가만히 보고 있는데 발가락이 간지러워 뭔가 했더니, 작은 애벌레가 물을 피해 내 발등 위로 올라오고 있었다. 깜짝 놀라 "우악!"하고 소리를 지르자 아이가 함박웃음을 지으며 정답게 내게 말했다. "애벌레가 엄마가 좋아서 왔나 보다!" 이 말을 들은 순간 아이가 내게 큰 스승으로 보였다. 다른 생명과 나를 둘로 나누지 않는 마음, 생명 하나하나를 소중히 여기는 마음, 서로를 적으로 경계 짓지 않는 마음, 편안하고 너그러운 마음을 아이의 표정에서 배울 수 있었다. 이런 아이들에게 어른들은 무엇을 더 가르치고 알려주려고 그렇게 애썼을까 싶다.

자연 속에서 아이와 부모는 모두 함께 배우는 존재다. 자연은 밖에만 있는 것이 아니다. 아이 자체가 자연이다. 아이 안의 생태계가 온전히 건강할 수 있도록 아이들의 고유한 리듬을 믿어야 한다. 서로를 꽉 믿으면서 정글 같은 세상을 헤쳐나가는 것이 중요하다. 어른의 불안을 아이에게 투사하는 순간 아이들은 무거워진다. 부모의 지나친 걱정과 두려움으로 아이들을 '7세 고시' 아니, '4세 고시'도 치르게 한다는 뉴스를 보았다. 아이는 부모의 소유물이 결코 아니다. 선행학습은 기본이고, 학원 없이는 아이 돌봄이 어려운 대한민국의 치열한 현실 속에서 좋은 부모가 된다는 것은 과연 무엇일까.

오늘날 경쟁 교육의 현실에서 자연에서 멀어지는 아이들이 신체적, 정서적, 지성적, 영적으로 온전한 성장을 하는 것이 점점 더 어려워지고 있다. 아이들에게 더 좋은 물건을 사주고, 더 좋은 성적을 내게 하고, 더 좋은 학교로 보내는 것으로 부모의 역할이 끝나지 않는다고 본다. 결국, 육아 공부에서 가장 중요한 것은 좋은 어른으로 성장하는 일이다. 어떻게 하면 아이와 부모가 서로 잘 성장할 수 있도록 할 것인가의 고민은 부모의 정서적 회복, 마을, 공동체에 대한 고민으로까지 이어진다.

매일 밤, 자고 있는 아이들의 까칠까칠한 발바닥을 습관처럼 쓰다듬는다. 이 작은 발로 거친 땅을 누비고 돌아온 것 같아 마음이 뭉클해진다.

우리 안에도 어린아이가 살고 있지

아이들은 늘 무언가를 표현하고 싶어 하는 것 같다. 오늘 어떤 일이 있었는지 시시콜콜 이야기하고, 크레파스 하나로 뭐든 그려내고, 산책을 다녀오면 늘 솔방울, 도토리, 돌멩이, 열매, 풀꽃 선물을 가져다주고, 날다람쥐처럼 세차게 뛰어다니다가 아기곰처럼 안기고, 매일 밤 지겹지도 않은지 같은 이야기를 또 해달라고 조르고, 아침이 되면 뭐든지 되고 싶다고 말하는 아이들, 세상에서 제일 행복한 얼굴로 웃는 아이들, 바다에서 태어난 아이처럼 물을 좋아하고, 산에서 태어난 아이처럼 숲을 좋아하고, 요정 같은 눈빛으로 매일같이 사랑한다고 고백하는 아이들과 함께 살고 있다는 것이 정말이지 기적 같다.

이렇게 사랑스러운 아이들과 살고 있으면서도 불구하고 한 번씩 욱하고 화가 치밀어 올라올 때가 있다. 지나고 나면 후회할 법한 야단을 치고 나면, 그날 밤은 어김없이 자괴감에 빠져서 엄마로서 자격이 있는지 수도 없이 자문하게 된다. 해맑은 아이들이 마냥 예쁘게 보이다가도 어느 순간에는 감정이 폭발하고 만다. 아이들을 양육하는 일이 이렇게 힘들어서야 될 일일까? 왜 이렇게까지 감정 조절이 안 되고, 지나치게 화를 내면서 육아를 하고 있는 것인지 의문이 들었다. 다른 사람들은 이런 시기를 어떻게 지나갔는지 정말 궁금했다.

한번은 아홉 살 된 아이가 아침에 학교 갈 준비를 하며 내게 자기가 원하는 스타일로 머리를 묶어달라고 했다. 난 그 말에 갑자기 언성을 높이고 말았다. 이제 머리 정도는 혼자서 묶을 수 있는 일 아니냐며 그다음 날도, 그다음 날도 머리 묶어달라는 말이 이상하게 들어주기 힘든 부탁 같았다. 여태껏 이보다 더 에너지가 드는 일도 마음에 아무런 거스름 없이 들어줬는데, 어쩜 그렇게 머리 묶어주는 일만큼은 싫은 감정이 올라왔는지 모르겠다. 앞으로 매일 아이 머리를 묶어줘야 한다는 사실도 힘겹게 다가왔다. 그날 아이는 울면서 학교에 갔다. 나 자신이 어처구니가 없었다. 별일도 아닌데 과도하게 대응하는 모습을 돌아보며 그 이유를 찾기 시작했다.

이 책 저 책을 뒤지다가, 많은 육아 전문가들이 부모의 '내면아이'를 언급하는 것이 눈에 들어왔다. '분노하는 지점에 상처가 있다'라고들 한다. 아이의 특정 행동이 내 안의 채 아물지 못한 내면아이의 상처를 건드린다는 것을 알게 되었다. 불현듯 어린 시절 엄마가 내 머리를 묶어주었나 하는 의문이 들었다. 바빴던 엄마를 귀찮게 하고 싶지 않아서 머리를 이렇게 저렇게 예쁘게 묶어달라고 요구한 기억이 없었다. 원했지만 차마 요구하지 못했던 마음이 남아 있었던 게 아닐까 생각하자 그만 눈물이 나왔다. 내가 경험해보지 못한 것을 주는 일이 쉽지 않았나 보다.

아이들은 그저 사랑이 필요할 뿐이다. 아이들에게 좀 더 다정하게 대하기 위해서라도 나의 내면아이의 상처를 돌보는 일이 시급하다고 느껴졌다. 초등학생이었던 어린 나는 되도록 뭐든 스스로 다 해야 한다고 나를 몰아붙였던 것 같다. 그 시절을 떠올리면, 어슴푸레한 마음 한구석에 애어른 같은 아이가 입을 꾹 다물고 안쓰럽게 서 있는 풍경이 그려진다. 숙제도 한번 봐달라고 부탁한 적이 없는 것 같다. 뭔가를 도와달라고 말하는 것이 그토록 어려운 일이었을까. 내 안에 잠들어 있는 내면아이가 그동안 바라던 작고 소소한 사랑과 배려, 존중을 떠올리며 아이를 마주하자 내 행동에 작은 변화가 나타났다. 같은 요구가 더 이상 귀찮게 여겨지지 않고, 아이가 엄마에게 세심한 보살핌을 받고 싶어 한다는 것을 헤아릴 수 있게 되었다.

육아를 통해 내면아이를 만나는 일은 매우 고통스럽다. 하지만 그것은 나 자신을 더 깊이 사랑하는 기회를 얻게 되는 일이기도 하다. 부모가 정서적 회복을 이루려면 내면아이의 상처를 돌보는 것이 중요하다. 자신의 내면아이를 대하는 태도가 실제로 아이를 대하는 태도와 같기 때문이다. 단순히 아이들에게 덜 화내고 잘 훈육하는 육아의 기법을 배우는 것을 넘어서, 육아를 통해서 매 순간 내가 성장한다는 기쁨을 느끼고 싶다.

성숙한 부모가 된다는 건 역시 공부가 필요하다. 마크 브래킷의 『감정의 발견』이라는 책에서는, 감정 표현이 삶에서 너무도 중요한데 대부분의 사회에서는 감정을 드러내지 않는 것을 미덕으로 삼고 있다고 한다. 억눌린 감정은 언젠가는 폭발하기 마련이다. 따라서 부정적인 감정을 표출하는 게 꼭 나쁜 것은 아니다. 오히려 자신을 보호하고 지키기 위한 하나의 정보이고 신호이다. 특히 아이들은 도움을 청하기 위해 부정적인 감정을 내보인다. 아직 언어로 다 표현되지 못하는 아이들의 욕구가 부정적인 감정으로 밀려나오기 때문이다. 감정을 알아차리고 그 감정의 이름을 붙여주면 대응하기가 한결 수월해진다. 아이를 있는 그대로 바라볼 수 있는 눈이 생기게 된다.

육아 전쟁이라는 말을 들었다. 육아는 힘든 만큼 빨리 지나갔으면 하는 일로 취급되기도 한다. 하지만 육아 시기는 아이가 부모에게 주는 무지갯빛 선물이기도 하다. 나의 상황과 감정과는 별개로 끊임없이 사랑을 요구하고, 표현하고, 끊임없이 부모를 용서하고 받아주는 아이들과 함께하는 특별한 시기이다. 육아는 한 인간에 대한 깊은 이해를 가져다주는 행위다. 내게는 타인을 진심으로 사랑할 수 있을까 실험하는 일이기도 하다. 육체적, 정신적 고통을 수반하는 헌신적인 사랑을 내가 과연 실현할 수 있을까 의심스럽지만, 인생을 살아가는 동안 한 번은 겪어도 좋지 않을까 생각해본다. 여전히 실수를 연발하는 엄마이지만, 어제보다 그나마 더 나은 사람이 되기 위해서 오늘도 내 마음을 돌본다.

모두의 아이들

아이들이 사라져가는 이 시대에 다른 부모를 만나면 동지애를 느끼며 그렇게 반가울 수가 없다. 아이들도 어찌나 예쁜지, 아이와 함께 살면 세상이 달리 보인다는 말들을 한다. 양육 과정이 얼마나 정성이 드는 일인지 누구보다 잘 알기 때문에 내 아이가 아니더라도 아이 한 명 한 명이 몹시 소중하게 다가온다. 아이가 친구들과 잘 어울려 놀기만 해도 입가에 미소가 번지고, 아이들이 만들어내는 세계는 어른들이 감히 근접하기 어려울 정도로 밝게 빛나서 넋을 놓고 바라보게 된다. 그 영롱한 세계를 잘 지켜주고 싶다. 그렇다. 생동감 넘치는 아이들이 함께 모여 있으면 확실히 즐겁다.

함께하면 고통은 나누어지고 기쁨은 두 배가 된다는 말을 실감하게 되는 영역이 바로 육아인 것 같다. 나 홀로 하던 육아는 마치 아슬아슬한 곡예와도 같은 삶의 종합 예술 같았다. 독박 육아는 사람을 고독하고 피폐하게 만든다. 엄마가 된다고 해서 다 굳세어지는 것만은 아니다. 매일 강도 높은 돌봄과 가사노동이 반복되는 가운데 내게 어떤 도움이 필요한지조차 몰랐다. 기댈 수 있는 존재는 남편밖에 없는데, 둘 다 에너지가 바닥나기도 했다. 대가족으로 살 때는 혈육이 서로 육아를 돕기도 했다는데, 양가 부모님들은 멀리 있었다.

정말이지 육아는 나누어야 하는 것이었다. '한 아이를 키우려면 온 마을이 필요하다.'라는 말도 있지 않은가. 나는 인도 오로빌에서 처음으로 마을살이를 경험했다. 아이를 낳기까지 마을의 산파와 연결되어 늘 상황을 체크하고 공유했다. 아기는 태어나자마자 마을의 일원이 된 것처럼 '오로빌 베이비'라고 불렸다. 이웃들의 크고 작은 도움으로 한 아이가 자란 것 같다. 이웃들이 끓여주는 다양한 미역국을 먹고, 산책하고 돌아오면 현관문 앞에 놓여 있던 반찬들을 보면서 뭉클하기도 했다. 아기를 맡길 수 있는 이웃들 사이에서 산다는 것이 얼마나 소중한 일인지 몸소 느낀 시절이었다. 식당과 카페에서도 아기와 함께 있다는 것을 전혀 미안해할 필요가 없는 마을에 산다는 건 가히 축복이었다.

한국으로 돌아와서도 가족의 경계를 넘어선 환대의 연결망 속에서 살고 싶었다. 마을이 사라지고 각자 살기 바빠진 오늘날, 내가 할 수 있는 일은 크게 없었다. 다만 아이들이 자연에서 최대한 놀 수 있는 생태어린이집을 선택하고, 주말이면 산으로 들로 바다로 맨발의 아이들과 놀러 다녔다. 그리고 그림책을 읽어주는 학부모 활동에 적극적으로 참여했다. 이후 마음이 맞는 엄마들과 책 모임을 했다. 누구누구의 엄마라는 이름을 벗어던지고 서로를 대면할 수 있는 자리를 만들고 싶었다. 같은 책을 읽고 서로의 마음을 나누는 순간이 늘어나자 서로의 아이들이 더 이상 남의 아이들이 아니게 되었다.

어린이집을 졸업하고, 초등학교를 앞두면서 자연스레 우리 아이들이 앞으로 어떤 배움을 이어나갈 수 있을까 하는 고민이 커졌다. 아이들이 어떻게 하면 진정으로 행복하고 자유롭게 잘 자랄 수 있을지 공부해 나가기 시작했다. 부모가 교육의 수동적인 소비자가 되는 것이 아니라 아이와 교사와 더불어서 교육의 중요한 주체가 되어야 한다고 보았다. 우리는 어느새 마음이 맞는 사람들에서 뜻이 맞는 사람들로 거듭났다. 그러자 공부 모임을 통해서 배운 책의 지식을 삶에서 일궈보고 싶은 마음이 커졌다. 한국 현실에서도 마을에서 함께 살면서 아이들을 돌보고, 서로 배우는 교육 공동체를 꾸려나가고 싶었다.

아이들의 거점을 만들기 위해서 마을카페를 만들기도 했고, 산 아래 밭에서 같이 농사짓고 어울릴 수 있는 '숲밭'이라는 공간도 꾸려보았다. 자연 속에서 아이들이 놀면서 배우는 방과 후 활동도 시도해 보았다. 그 과정에서 말도 못하게 시행착오도 많았고 수많은 갈등과 어려움도 잇달았다. 결국 마을카페는 운영이 어려워져서 두 손 두 발 다 들고 포기했다. 그럼에도 이런 도전과 시도가 없었더라면 절대 느껴보지 못했을 벅찬 순간과 감정들이 아직도 남아 있다. 엄마가 된 우리가 그토록 배움 앞에 순수하게 뜨거울 수 있었다는 점, 실패를 두려워하지 않고 자신을 내던질 수 있었다는 점 그리고 책이 아니라 현장에서 부딪히며 깨친 점들을 생각하면 역시나 해보길 잘했다는 생각이 든다.

그 시절 엄마들과 많이 아프기도 했고 많이 기쁘기도 했다. 나를 휩쓸어갈 것 같은 대한민국의 세찬 경쟁 교육의 물살을 혼자서는 막기 어렵지만, 함께 책을 읽고 공부하는 과정 속에서 내 마음을 더 단단하게 키울 수 있었다. 그렇게 공부한 시절 덕분에 각자의 삶 속에서도 우린 서로의 버팀목이 되었다. 바닷가에서 아이들은 파도에 휩쓸려 사라질 걸 알면서도 끊임없이 모래성을 만들고 논다. 그처럼 우리도 이상적인 세계를 창조하기 위해서 숱한 실패를 거듭하고 있는지 모르겠다. 기꺼이 나는 오늘도 실패를 꿈꾼다.

함께 살아가는 공부

비를 맞으면서 자란다

비 내리는 밭에 서 있어본 적이 있다면 알지도 모르겠다. 작물들이 빗물을 담뿍 먹고 좋아하는 소리를 말이다. 예전에는 비가 내리면 우산 하나 더 챙겨야 된다는 생각에 성가신 마음이 들었다. 하지만 시골에서 밭을 가꾸는 생활을 하다 보니 가문 날 비가 내리면 하늘이 베풀어주는 단비 같아 고마운 마음이 밀려온다.

그동안 달에 한 번씩 엄마들과 함께 공부 모임을 일궈왔다. 아이들을 어떻게 키울 것인가 하는 주제로 모였던 우리가 공부를 하면 할수록 점차 기후 위기 시대에 어떻게 살아야 할까 하는 화두로 넘어오게 되었다. 부모인 우리가 먼저 변하지 않으면 아이들의 미래가 없을지도 모른다는 생각이 들었기 때문이다. 어른의 등을 보며 자라는 아이들을 두고, 뭘 더 가르치려 들기보다는 먼저 우리의 삶을 바꿔야 한다는 자각이 우후죽순으로 일어났다.

시골에서 자연을 벗 삼아 살고 싶은 사람들이 모여 있다 보니 우리의 공부 모임은 생태적 삶, 대안적 삶, 자급적 삶으로 가는 길에 관심이 쏠렸다. 엄마들이 자비를 모아 만들었던 마을카페가 우여곡절 끝에 문을 닫은 뒤로 나는 몹시 우울하고 자책감에 휩싸여 있었다. 가치의 우선순위가 다른 여러 사람이 충분한 공부 없이 모이다 보니 의견 충돌이 잦았다. 단순히 마을카페를 실패했다는 결과보다 이로 인해 그동안 함께 뜻을 모았던 사람들과의 관계가 한 순간에 깨졌다는 사실이 마음에 깊은 상처를 남겼다. 서로 신뢰를 잃고 갈라진 두 쪽이 되어, 뜨거웠던 가슴이 서늘해진 채, 서로가 서로를 피하고 싶을 만큼 쉽사리 회복되지 못하는 관계로 전락하고 말았다. 아이들이 자랄 때까지는 동선이 겹치는 공간에서 얼굴들을 마주하게 될 텐데, 함께 살아간다는 것이 이토록 힘들 줄이야.

우리는 어느덧 밭에 내려앉았다. 아이들과 활동할 공간을 잃은 게 딱했는지, 지인이 노는 밭 300평을 빌려주었다. 갑자기 우리가 이 넓은 땅에서 뭘 할 수 있을까 싶었다. 다른 일을 또 시도하기엔 관계에 치이고 더 이상 누구도 만나고 싶지 않은 심정이었다. 우리가 할 수 있는 건 그저 흙에 뭐라도 심는 일밖에 없었다. 땅을 정돈하려고 보니 돌도 무진장 많고, 맨땅에 헤딩한다는 말을 실감했다.

엄마 세 명이 농사를 책으로 배우기 시작했다. 산 아래 맑은 공기를 마시고 흙을 만지며 도란도란 이야기 나누는 시간이 늘어나자 마음이 조금씩 괜찮아졌다. 타인을 향한 시선을 자신에게 돌리게 되었고, 문제의 원인을 외부에 돌리기보단 자기 내부에서 해결할 수 있는 힘을 키울 수 있었다. 지난날 부끄럽고 쓰라린 장면들을 돌이켜보면, 아이들을 돌보는 어른이 되어서도 사람들과 진정으로 어울려 살아가는 데 몹시 미숙했던 우리들이었다. 나와 가치관이 다른 사람들 사이에서 자신을 지키고 보호할 줄도 몰랐고, 어떻게 진심을 다해 서로를 존중해야 하는지 여러모로 부족했던 것이다. 사실 타인을 미워하는 마음에서 자기 자신을 보듬는 마음으로 변하기까지 우리는 밭에서 얼마나 많이 울었는지 모른다. 이별의 아픔은 화상을 당한 것처럼 껍질이 벗겨지는 아픔을 동반했다. 동시에 새싹이 올라오는 것을 보면서 마음에도 새살이 돋는 경이로움을 느꼈다. 흙이 주는 치유의 에너지 덕분일까, 이 땅에 내려앉게 된 이유가 분명히 있을 거라는 생각이 들자 다시 뭔가 해볼 수 있는 힘도 생겨나기 시작했다.

자연에 최대한 해롭지 않게 하는 농사법으로 작물을 돌보기로 했다. 무경운, 무농약, 무제초, 무비료 등 4무無를 실천하는 자연농법으로 밭을 가꾸기 시작했다. 수확만을 위한 단일 작물을 심는 것이 아니라 서로 어울리는 다양한 작물을 섞어 짓고, 꿀벌을 비롯한 다양한 곤충들과 동물들이 서로 한데 어울려 살 수 있도록 숲과 비슷한 하나의 생태계를 만들어 나갔다. 지피 식물들과 함께 여러 종류의 꽃이 피어 있고 나무도 함께 자라는 숲과 닮은 밭, '숲밭'을 꿈꿨다. 혼자라면 결코 시도하지 못했을 텐데, 함께하는 이들 덕분에 고된 밭일이 이토록 즐거울 수 있다니 놀라웠다. 농부도 아닌 우리가 매일같이 텃밭으로 모이게 되다니 도대체 어찌 된 일인지 모르겠다고 하자 한 목수가 말했다. "사람들이 땅을 선택하기도 하지만 알고 보면 땅이 당신들을 선택한 거예요."

기후 위기로 점점 더 날씨가 불규칙해지고 기상이변이 잦아졌다. 첫해는 가뭄이 심해서 마음이 바짝바짝 타들어갔다. 수도시설도 없는 상황이라 밭 아래 흐르는 개울가에서 물을 손으로 직접 길어오는 일을 반복해야 했다. 심어놓은 옥수수, 오이, 가지, 토마토, 수박, 딸기, 비비추, 해바라기, 바질과 허브들이 말라죽지 않게 하려고 엄마들이 종종걸음으로 물을 주었다. 지켜서 살리려는 마음, 살뜰히 보살피려는 마음이 강해서 날씨를 원망할 마음이 들어올 틈조차 없었다. '흙을 어머니 살처럼 여기라'는 말이 있듯이 자연농법도 맨땅이 훤히 드러나 타지 않게 풀을 베어서 땅 위에 살포시 덮어준다. 볏짚이 있다면 더 좋다. 풀을 적으로 여겨 제거해야만 하는 관행농법과는 다르게 자연농법은 풀을 중요하게 여긴다. 풀은 거름이 되기도 하고, 땅이 갈라지거나 수분이 증발하는 걸 막아주는 고마운 존재이다. 가뭄에 지지 않으려면 평소 흙의 상태가 건강하게 유지되어야 한다.

흙으로 돌아온 나는 땅을 믿는 원초적인 마음을 배우게 되었다. 자연에서 위로받으며 희망을 노래했고, 비가 오면 마냥 기뻤다. 비에 젖은 흙냄새를 맡으며 밭에 서 있으면 나 또한 자연의 일부가 되어 함께 자란다는 느낌을 받았다. 땅이 우리를 선택했다는 말을 비로소 믿게 되었다.

그동안 우리는 흙이 얼마나 소중한지 알지 못했고, 흙 속의 생태계가 조화롭게 유지되어 다양한 생명체들이 서로 도와가며 살아간다는 것도 알지 못했고, 그 덕분에 맺은 열매를 우리가 먹고 살아간다는 걸 알지 못했다. 땅도 돌봄이 필요하다. 모두가 농부가 되어야 한다는 말은 결코 아니다. 다만 우리가 직접 몸으로 익힌 이 생생한 순간들 덕분에 기후 위기라는 지구의 아픔이 우리와 먼 일이 아니라 지금 여기 내 앞에서 일어나고 있는 일이라는 걸 온몸으로 따갑게 느끼게 되었다는 말이다.

만나뵐 수 있을까요?

여전히 자연농법은 흔하지 않다. 퍼머컬처도 생소할 것 같다. 남이 잘 가지 않는 새로운 길을 향한 시도는 고독할 수밖에 없다. 시골에서 아이를 키우며 돌봄 노동자로서 전업주부로 살아가는 일 또한 그렇다. 시대에 뒤떨어진 것 같고 직업이라 내세우기도 어렵다. 대안적 사회를 꿈꾸고 마을이 회복되어 아이들이 온전히 존중받고 모든 생명이 조화롭게 잘 살아가기를 바라다 보니 농사일까지 하게 되었다. 내 위치가 어디인지 순간 난감해진다. 헨리 데이비드 소로의 『월든』처럼 거꾸로 돌아가자는 건 결코 아니지만, 세속적인 삶에 휩쓸리지 않고 자기답게 살기 위해 저항하던 마음도 가끔씩 흔들린다. 그럴 때면 앞서서 생태적 삶을 지향하며 살아가는 선배나 스승의 조언이 간절해진다. 공부 모임에서 함께 읽은 책의 저자를 간절히 만나고 싶어진다. 힘을 얻고 싶은 것이다. 이 세상 위에 우리가 혼자가 아니라는 감각이 절실해진다.

언젠가 한국에 자연농법을 소개한 최성현 농부를 공부 모임에 초대했다. 그는 '전 세계 자연주의자들의 경전'이라고 알려진 후쿠오카 마사노부의 『짚 한오라기의 혁명』을 비롯해 자연농법에 관한 책들을 번역하고 집필했다. 현재 홍천에서 300여 평의 논밭을 일구며 자급하고 살아간다. 나는 15년 전 『시코쿠를 걷다』라는 책을 보고 궁금해서 찾아간 인연으로 지금까지 쭉 그의 삶을 배워나가고 있다. 최성현 선생이 경주에 왔을 때 숲밭에서 직접 씨앗을 뿌리고 풀을 베는 법을 알려주었다. 함께 점심을 나누고 이야기를 듣다 보니 하루가 꼬박 지났다. 멀리서 경주까지 왔는데 관광지를 하나 못 가서 괜찮겠냐는 말에 "여기 이렇게 경주 사람들을 만났으니 경주를 본 거나 다름없죠."라며 웃었다. 살고 있는 사람이 그 땅을 만든다는 말처럼 들렸다.

나는 결코 혼자가 아니다. 내가 믿고 지키고픈 가치를 공유할 수 있는 곳에서 자신을 마음껏 드러내고 나누며 살 수 있다면 행복하지 않을까? '함께 공부한다는 것'은 자신의 삶을 지지받고 지혜를 얻어 또다시 기운차게 뻗어나갈 수 있는 원동력이다. 책을 통해 저자와 내적 친밀감을 느끼고 삶의 용기를 얻는다. 저자를 직접 만나면 글 밖으로도 새어나오는 진심 어린 눈빛과 에너지를 얻는다. 그들을 통해 내가 있는 자리를 분명히 파악하고 나아가야 할 길을 흔쾌히 가게 된다.

혹시 배움의 길에서 헤매고 있다면 스승이나 선배, 동료를 만나는 일을 주저하지 않았으면 한다. 직접 가서 문을 두드리고, 어려움을 호소하고, 삶을 나눌 수 있다면 좋겠다. 헨리 데이비드 소로나 이반 일리치, 마리아 미즈와 같은 저자들을 실제로 만날 수는 없겠지만, 그들의 자취를 밟아가는 여정 속에서 소중한 인연이 생기기도 한다. 배움은 사람으로 연결되어 있다. 공부는 혼자서 해도 무방하지만, 공부를 통해서 배운 지혜는 사람들과 나누는 것이 몹시 중요하다. 나 역시도 혼자 다른 길을 간다고 울적했던 순간들이 있다. 그럴 때마다 내 마음에 오래도록 스며들었던 문장, 사유와 철학들이 내 삶의 방향을 비추어 주었다. 그 불빛을 지키는 이가 되어 성실히 내 삶을 이어나가고 싶다. 풀 한 포기도 우리의 스승이 될 수 있다는 걸 알게 해준 이들 덕분에 오늘 하루가 더 빛난다.

삶의 실험은 계속된다

나는 한 집안의 주인이 되어 살림을 책임지고 있다. 살림이란 말은 '살리다'에서 왔다고 한다. 나를 살리고, 가족을 살리고, 다른 생명을 돌보는 일이다. 살림은 어떤 것을 잘 꾸려나가는 기술이기도 하다. 나의 돌봄 노동 덕분에 남편이 마음 편히 밖에 나가 일을 하고 돌아올 수 있는 것이다. 어찌 보면 이 사회 역시도 나와 같은 주부들의 돌봄 노동 위에 서 있는 것 아닌가. 그럼에도 오늘날에는 전업주부가 마치 멸종 위기 직종이 되어버린 것만 같다. 그렇기에 매일같이 반복되는 가사 노동과 돌봄 노동의 의미가 무척 무게감 있게 다가왔다. 나는 집에서 좋은 에너지가 감돌길 원했다. 가족이 건강한 기운의 음식을 먹고 몸과 마음이 편안해지길 바랐다. 그러기 위해 나부터 내 감정을 세심하게 살피고 집안 전체의 에너지를 어루만지는 사람이 되고 싶었다. 가족 구성원 모두가 서로의 성장을 돕는 삶의 영적 동반자로 거듭나는 것이 진정한 살림이라는 생각도 들었다.

그래서인지 어느새 내 삶에서 농사가 중요한 일로 들어오게 되었다. 애초에 농부가 되려고 했던 것이 결코 아니다. 그저 전업주부로서 살림을 더 잘하고 싶어서 시작했던 공부가 생태적 삶으로 이어졌고, 아이들을 잘 키우려고 했던 공부가 나의 마음을 들여다보는 일을 놓치지 않게 했다. 내게 주어진 삶을 더 잘 살고 싶어서, 내 삶에 더 충실하고자 했던 공부들이 앞으로 나아가야 할 길을 차곡차곡 만들어주고 있다는 생각이 들었다.

나에게 공부란 섬세하고 민감한 눈으로 세상을 향한 호기심을 잃지 않는 일이다. 반짝이는 눈으로 우리 삶을 더 깊이 사랑하는 일이다. 혹시 지금 하고 있는 일에 익숙해진 나머지 일상이 무덤덤하게 느껴질 때면, 자신이 서 있는 자리의 근본을 되새겨보면 어떨까. 삶에서 정작 소중한 것을 지키고 싶은 마음이 더 굳건해지기도 하고, 어쩌면 생각하지도 못했던 곳에서 삶이 새롭게 펼쳐질지도 모른다. 공부를 통해서 사람들이 모두 자기가 진정으로 좋아하는 일을 하면서 산다면 이 세상은 어떻게 변할까 상상해 보았다. 그러면 자신의 인생을 보다 더 사랑할 수 있지 않을까.

　공부를 하면서 위로를 받을 수 있다면 어떤 분야든 자기 자신을 살리는 공부를 하면 좋겠다. 부조리한 세상이라도 있는 힘껏 껴안을 수 있는 공부가 되면 정말 좋겠다. 그동안 내 인생은 예측하지 못한 곳으로 계속 흘러왔지만 점점 더 자기 자신이 되어가는 길에 있다고 느낀다. 나는 학구열이 뛰어난 사람도 아니고, 공부에 재능이 있는 사람도 아니다. 그런데 어찌 된 일인지 이 세상을 배우기 위해 그 어느 때보다도 열심히 공부하고 있다. 나는 여전히 내 인생의 보물을 찾는 모험을 즐긴다. 숱한 실패와 갈등을 또 겪겠지만, 이 길 위에서 만나는 사람들 곁에서 나는 여전히 배워야 할 것들이 많다고 믿는다.

진짜 공부란 무엇인가 :

물음표로 시작된 여정

나는 맘시생

공부 지상주의와 '88만원 세대'

공부만이 시대의 최고 가치라고 여겼다. 지금 생각하면 집에서도 학교에서도 '공부라이팅(공부+가스라이팅)'을 당한 것 같다. 적당히 학교에 잘 다니고 적당히 공부 열심히 하다 보면 적당히 괜찮은 직장에 다닐 수 있을 거라고 믿었다. 나는 어렸을 때부터 교사가 되고 싶었기에 당연히 교대나 사범대에 진학할 거라 생각했다. 그러나 점수에 맞는 대학을 찾다가 '문헌정보학과'라는 듣도 보도 못한 과로 진학했다. 선생님과 부모님은 열심히만 하면 도서관에 취업할 수 있다고 했다.

졸업하고 처음 일을 시작한 곳은 사립 고등학교 도서관이었다. 그때 나의 직급은 '사서실무원'이라는 비정규직 사서였다. 처음 내 손으로 돈을 번다는 벅찬 감정은 오래 지속되지 않았다. 그즈음 대한민국 현실을 압축한 경제 용어는 '88만원 세대'였다. 경제학자 우석훈 교수는 승자독식의 사회에서의 20대 비정규직 경제활동을 월급 88만 원에 빗댄 적이 있다. 그때 세금이나 4대 보험료를 제하고 내가 받은 월급이 89만 원 정도였으니 나는 '학력 과잉 시대가 걱정하는 20대', '88만원 세대'의 샘플 같은 존재가 되어 있었다.

그래도 열심히만 하면 정규직이나 무기계약직으로 바꿔주지 않을까 하는 순진한 생각을 품고 일했다. 도서구입비 외에 편성된 예산도 없어서 사비를 써가며 도서부 학생들과 축제를 준비하기도 했다. 공식 출장비도 지급받지 못한 채 도서관 공사 업체 미팅을 다녀온 적도 있었다. 교육청에 보고해야 하는 서류를 아무 권한 없는 내가 담당 교사 대신 작성하는 일도 다반사였다. 그러나 내게 돌아온 것은 계약만료로 인한 퇴사였다.

이름을 드날리는 전교권 우등생은 아니었지만 늘 성실히 공부했고, 계약직인 것을 감안하지 않고 최선을 다해서 일했다. 그런 내가 왜 정규직이 되지 못하고 타의로 학교도서관을 떠나야 하는지 받아들이기 힘들었다. 학교에서 공부만 열심히 하면 어떻게든 괜찮은 직업을 가질 수 있다는 신념은 말라비틀어진 사과처럼 쭈그러들었다. 퇴사 직후 마땅한 일자리 없이 결혼을 했고 바로 임신과 출산, 이어 두 아이를 키우는 육아 생활이 시작되었다. 그렇게 '경단녀'가 되었다.

아이를 키우다 보니 경제활동을 시작해야 하는 이유가 늘었다. 아이가 원하는 교육을 시키고 싶기도 했고, 11월 초 한 팩에 15000원씩 하는 첫물 딸기도 마음 놓고 사주고 싶었다. 다시 사회로 나가고 싶어졌다. 돈을 벌고 싶었다. 정확히는 '정규직'이 되고 싶었다. 어디서부터 어떻게 잘못되어서 나름 열심히 살았는데도 현실은 경단녀인지 너무 막막했다. 문헌정보학을 전공하고 할 수 있는 정규직 중에 제일 승산 있어 보이는 것이 9급 사서직 공무원 시험이었다. 나는 그렇게 육아를 하며 공무원 시험을 같이 준비하는 '맘시생'이 되었다.

맘시생입니다

처음 공무원 준비를 시작했던 때는 큰아이가 세 살, 둘째는 9개월이 되던 시점이었다. 아기띠를 두르고 낮잠을 재울 때 휴대폰을 보는 대신 영단어를 외우고, 아이들이 깊이 잠든 밤에 인터넷 강의를 들으면 되지 않을까 하는 단순한 생각이었다. 그러나 수험은 생각보다 밀도 있는 공부를 필요로 했다. 아이 둘을 키우며 공부하는 '맘시생'이다 보니 공부를 안 하는 것도 아니고 그렇다고 뭔가 쌓이는 것도 아닌 어정쩡한 시간만 흘러갔다. 결국 공부할 수 있는 시간이 턱없이 부족하다고 판단해서 둘째 아이가 14개월이 되자마자 어린이집 종일반을 보냈다. 6개월 남짓 준비하고 처음 공무원 시험에 응시했을 때는 역시나 대차게 떨어졌다.

이듬해에 다시 준비를 할 때는 조금 더 진지하게 준비를 했다. 아이 둘을 어린이집에 등원시키고 5시에 하원할 때까지 집에서 거의 수험 공부만 했다. 오후 5시부터 8시까지는 가족들과 저녁을 먹고, 남편이 아이들을 재우러 가면 다시 밤이 늦도록 공부를 했다. 1년 동안 이런 건조한 일상을 유지하며 공부했더니 1차 시험 점수가 꽤 높게 나왔다. 9급 공무원 시험은 2차 시험 비중이 그리 높지 않았으므로 1차 시험 합격선이 높다면 최종 합격일 확률이 매우 높았다. 이미 마음은 합격생이었다. 여행을 가기 위해 숙소도 예약했다. 우리 지역 발표가 나기 전에 이미 남편과 축배를 들었다. 합격 선물은 무엇을 해줄 거냐며 행복한 농담을 주고받았다.

다음 날 발표가 났다. 불합격이었다. 내가 원서를 넣은 지역의 합격선이 유독 치솟은 탓이었다. 전국 시군구 통틀어 3번째로 합격선이 높았던 곳이 내가 응시했던 경북 경산이었다. 그다음 날, 나는 취소할 수 없어서 억지로 떠난 여행지에서 열이 40도에 육박하며 몹시 앓았다.

다시 공부를 시작할 생각을 하니 너무 막막했다. 화도 나고 애꿎은 이름도 탓해보았다. 내 이름 '설영'은 '눈밭에 핀 꽃'이라는 뜻을 가지고 있는데 추운 겨울 눈밭에 꽃송이가 피려면 얼마나 생이 고단할까 싶었다. 남편이 진지하게 수험을 좀 미루면 어떻겠냐고 제안해왔다. 아이들이 너무 어리니 육아에 시간을 쏟고 취업을 미루자고 했다. 그 말도 무리는 아니었다. 지금 생각해도 가슴 한 켠이 아린 것은 어린아이들이 내 공부방 문을 두드리며 "같이 놀자, 엄마. 우리랑 놀자." 하고 애원하던 순간들이다. 자러 갈 시간이라며 아빠가 달래도 졸리지 않다고, 잠 안 잘 거라고 하다가 혼나듯이 울며 방에 들어가는 소리를 다시 1년 동안 들을 자신이 없었다. 봄꽃이 만개하는 이 4월에, 5월에 있을 시험 준비로 또다시 아이들과 함께하지 못한다는 생각에 미안함이 정수리 끝까지 차올랐다.

잘할 수 있을 것 같다는 자신감과 나는 못 할 것 같다는 패배감이 늘 공존했다. 할 줄 아는 것도 많이 없는데 운도 없는 사람이라는 생각이 나를 잠식할 때쯤, 오랜 친구의 한마디에 다시 책을 펴 들었다. 나를 10년 이상 지켜봐 준 친구는 내 고민을 한참 듣더니 "야, 한 삽만 더 떠라. 다 왔다."고 했다. 이대로 미루면 다시 거기까지 가는 데 시간이 더 걸릴 것이고 나중에 진짜 다시 할지도 미지수라고 했다. 그녀는 자기 생각에 나는 이미 거의 다 와서 한 삽만 더 뜨면 지하에 묻혀 있던 그것이 폭발하듯 솟을 것이라고 확신했다. 아마 나는 그런 얘기를 듣고 싶었는지도 모르겠다. 가장 가까운 가족들을 또다시 기다리게 할 생각에 머뭇거렸지만 '등은 내가 떠밀테니 너는 연필을 잡으렴.' 하는 마음으로 내 등을 확 떠밀어줄 응원이 필요했던 것 같다.

다시 계획을 잡고 다음 시험 준비를 했다. 그러나 뭔가 다 아는 것 같고, 운만 좋았다면 합격했을 것이라는 패배 의식이 지배적이었다. 대학도 한 번에 못 가고, 20대 때 취업도 잘 못하고, 5급 행정고시도 아닌 9급 공채도 번번이 불합격이니 내 인생은 왜 이렇게 불합격 투성이일까 비관했다. 교육심리학 용어로는 '학습된 무기력'이라고 하는데 이런 무기력감에 도저히 투지가 솟지 않았다. 더 이상 의미가 없어진 지난 시험 점수만 머릿속을 메웠다. 그러나 이왕 포기할 것이 아니라면 그만 떨쳐내고 진지하게 임했어야 했다. 한번 가면 다시 돌아오지 않는 아이들의 눈부신 어린 시절을 깔고 앉아 언제까지 기다려 달라고 할 수는 없었다. 학습된 무기력이라는 벽 안에서 내 가족의 시간을 속절없이 증발하게 둘 수는 없었다.

과연 수험은 집중인가 보다. 공부 루틴을 확실히 잡고 나 자신과 가족들을 생각하면서 하기 싫어도 하루하루 분량을 채웠다. 어차피 재미없는 공부 합격해서 정규직으로 월급 받아보고자 하는 마음으로 꾸역꾸역 버텼다. 1차 합격 발표를 확인한 순간, 나는 옆에서 지켜보던 아이를 안고 많이 울었다. 아이는 엄마가 울자 또 시험에서 떨어졌느냐며 걱정스레 물어왔다. 더 많은 눈물이 쏟아져 내렸다. 엄마의 불합격이 자기에게 어떤 의미인지 미처 계산하지 못하는 아이이기에 그저 우는 엄마가 낯설고 불쌍한 마음이 들었을 것 같다. 아니라고, 합격했다고, 이제 공부 더 이상 안 해도 된다고 말해주니 더 어리둥절한 표정이었다. 좋은 일에도 눈물이 나고 다행스러운 일에도 펑펑 울 수 있다는 사실을 몸으로 보여준 셈이었다.

사서 공무원으로 일을 하면 할수록 내가 타의로 나올 수밖에 없었던 학교도서관으로 다시 돌아가고 싶었다. 내가 10개월짜리 비정규직 사서인지도 모른 채 그저 '사서쌤~ 사서쌤~.' 하며 따르던 아이들이 떠올랐다. 사서교사 임용시험을 치기로 마음을 먹었다. 이번에는 고등학생 때 교단에 서고자 꿈꿨던 날들을 떠올리며 남편에게 딱 1년만 준비하겠다고 선언했다. 내 꿈과 학교도서관에서 만날 학생들도 중요했지만 다시 오랜 기간 수험 생활을 하기에는 나의 아이들이 집에서 기다리고 있기 때문이었다. 1년짜리 맘시생이 되기로 마음을 먹었다.

벚꽃과 이팝나무가 흩날리는 하얀 봄날에도, 찌는 듯한 '대프리카' 여름을 피해 물놀이를 가자고 졸라대는 진녹색 여름에도, 높은 하늘을 향해 얼굴을 뻗친 코스모스 군락을 볼 수 있어 운치 있는 분홍빛 가을에도 우리의 시간을 잠시 미뤘다. 저녁 8시가 되면 더 놀다 자라고 인사를 하고 공부방 문을 닫은 시간이 몇 달간 쌓였다. 찬바람이 불어오는 겨울에 합격 소식을 접했다. 잘해낼 수 있을지 확신이 없는 상태로 시작했지만 스스로를 믿고 밀어붙인 데 대한 보답인 듯해서 기쁘기도 했다. 그보다 아이들에게 엄마는 시간에 쫓기며 공부하는 사람이었는데 이제는 함께 놀 수 있는 사람이 되었다는 것이 더욱 기뻤다. 맘시생으로서의 5년은 그렇게 막을 내렸다.

비싼 대가

가정을 이루고 살아가는 내게 안정된 직장과 아이를 양육할 수 있는 시간은 절대적인 조건이었다. 출장비 몇만 원을 못 받아서 힘든 것이 아니었다. 내년에는 계약을 못 할지도 모른다는 불안감, 착실하게 공부하고 일했던 내게 돌아오는 것이 권고사직인 것이 두려웠다.

경단녀가 일과 양육을 병행할 수 있는 안정된 직장을 새로 구하는 일은 너무나도 힘들었고 그마저도 내가 할 수 있는 것은 수험생이 되어 공부하는 것뿐이었다.

수험은 '모 아니면 도'가 아니고 '모 아니면 뒷도'다. 그 전 시험에 얼마나 아깝게 떨어졌든 다음 수험에는 아무 영향이 없다. 오랜 수험 준비로 인생의 일부가 증발해 버리는 느낌이 참 잔인하다고 생각했다. 적당히 공부 열심히 해서 적당한 직업을 갖는 게 아니라 적당한 직업을 갖기 위해서 온 가족의 시간을 갈아넣어야 했던 지난날을 떠올려보면 새삼 '공부'라는 것이 향기 나는 독사과를 든 악마 같다는 생각도 했다.

악마에 대적하여 냉혹한 현실에서 개미지옥과 같은 경쟁을 잔인하게 치렀다. 나의 40대는 그때의 88만원 세대 중 한 명인 과거의 내가 만들어준 것이 아닌가 하는 생각이 든다. 그 무기력한 벽 안에서 같이 버텨줬던 나의 가족과 과거의 나를 다시금 가만히 떠올려본다. 수험가에서 풍기는 땀의 냄새, 피의 냄새를 기억하는 나는 학교에서 "애들아, 무조건 공부 열심히 해야 돼. 일단 공부 열심히 해서 등급 올려야지."라는 말을 하지 못한다. 그것은 기만이다.

예전에 내가 인터넷에 썼던 글을 다시 보았다. 교사를 꿈꾸며 교생실습을 나가던 즈음에 쓴 글이었다. 당시 난 도서관에서 학생들과 독서 수업을 하기를 꿈꿨다. 지금의 열정보다 그때의 열정이 더 뜨거웠고, 갓 배운 전공지식에 실습마저 병행할 때였다. 그러나 아무리 마음이 크고 학생들을 사랑한다 해도 그 마음만으로는 정규직으로 학교에 설 수 없었다. 열정과 사랑만으로는 아무것도 해결되지 않는 곳. 일을 사랑하고, 내 일을 둘러싼 사람들을 진심으로 대하는 것 따위를 공상으로 치부하는 곳. 88만 원을 주며 희망 고문하던 대한민국에서 내가 원한 안정직을 위해 나는 아주 비싼 값을 지불했다. 가족 네 명의 5년, 도합 20년을 내고서야 겨우 맘시생의 삶을 청산할 수 있었다. '열심히 하기만 하면 원하는 대로 다 잘될 거야.'라고 외쳤던 어른들은 지금 다 어디에 있는지. 어쩌면 이 시대의 저출산은 학교 열심히 다니고 공부만 열심히 하면 다 잘살 수 있다는 '공부 지상주의'에 속은 사람들의 저항일지도 모른다.

공부의 본질

빨간 동그라미를 위한 공부

나에게 첫 공부는 파란색 사람 머리 모양의 로고가 찍힌 아이템풀 학습지였다. 내가 살던 주택 1층 대문 옆에 초인종이 있었는데 그 옆에 학습지를 꽂을 수 있는 빳빳한 종이함이 붙어 있었다. 한 장 짜리 학습지는 돌돌 말린 상태로 종이함에 매일 배달되었다. 한글을 익히고 간단한 셈 같은 것을 했던 것 같은데 정확히 기억나지는 않는다. 다만 엄마는 매일 학습지를 풀라고 시켰고, 나는 시키는 대로 풀다가 100점을 받으면 칭찬을 받았던 것 같다. 그런 엄마의 칭찬이 좋았다. 공부란 문제집을 풀면서 정답을 골라 빨간 동그라미를 치는 것이라고 생각했다.

돌아보면 나는 늘 공부를 했다. 최근까지도 나에게 있어 공부는 그저 시험범위를 정하고 책을 외워서 시험을 잘 치르고 원하는 결과를 이루는 것이었다. 그것이 공부인 줄 알았다. 해당 분량을 외우고 기출문제를 분석한 후 점수를 내는 것, 오답을 체크하고 다시 복습해서 문제집을 다 풀어내는 것이 나의 공부였다.

교육심리학에서는 이렇게 공부하는 방식을 '외재적 동기'에서 비롯되었다고 설명한다. 학습의 목적이 내용과 학습자 자체에 있는 것이 아니라 외부적인 요소, 즉 성적이나 칭찬, 합격 등에 있다는 뜻이다. 외재적 동기로 학습하는 게 물론 나쁜 건 아니다. 하지만 동력이 오래 지속되거나 공부 내용이 내면화되기 위해서는 학습 자체에서 즐거움을 느끼는 '내재적 동기'가 바람직하다. 나는 이 개념을 나중에야 이해했고, 내가 하는 공부는 대부분 외재적 동기를 기반으로 한 일종의 성과 위주의 공부였다는 것을 깨달았다.

삶이 풍요로워지고 사유가 깊어지려면 경험이 많아야 한다. 경험은 오감으로 바로 느끼는 직접경험과 책을 읽으며 상상하듯 느끼는 간접경험이 있다. 나는 경험이랄 것도 딱히 없이 그저 학교, 학원, 집을 왔다 갔다 하며 단순하게 지냈다. 여행도 잘 가지 못했고 친구들이랑 밤새 놀거나 이야기하지도 못했다. 책을 많이 읽지도 않았고 그저 문제집만 풀며 얕은 공부만 했다. 그렇게 성장한 나는 스스로가 얕고 좁으며 한없이 가볍게만 느껴졌다.

11월 가을이 깊어지던 그날, 퇴근길 하늘에 보랏빛 노을이 지고 있었다. 나의 시선을 잡은 것은 어스름한 저녁 하늘에 뜬 달과 별이었다. 총총 떠 있는 달과 별이 보랏빛 하늘과 어우러져 몽환적인 풍경이었다. 사진을 찍으려고 핸드폰을 꺼냈지만 생각보다 잘 담기지 않아 살짝 당황했다. 사실 더 당황스러운 것은 그 달이 초승달인지 그믐달인지, 그 별이 무슨 별인지 전혀 알지 못한다는 사실이었다. 반평생을 공부하고도 나는 왜 초등학교 5학년 교과서에나 나올 법한 내용을 알지 못할까 자괴감이 들었다.

내가 외우는 공부만 해서 그럴까? 시험에 나오는 것만 공부해서 그럴까? '현타'가 오는 밤이었다. 그렇게나 아름다운 풍경을 보고도 무엇인지 모른다는 괴로움이 밀려왔다. 다음 날 지구과학을 가르치는 동료 교사에게 이 얘기를 했더니 웃으면서 "그걸 다 아는 사람이 더 적지 않을까요?" 하며 별자리 앱을 소개해 주었다. 그때 그 달은 초승달이었고, 그 옆에서 반짝이던 별은 금성이었다.

학교도서관에서 만드는 열린 공부

90년대에 고등학생이었던 내가 했던 이전의 공부 방식은 아직도 유효하다. 경쟁이 치열한 현실에서 고등학생들은 내신 경쟁을 하고 수능 등급을 높이기 위해 수능 특강을 듣는다. 기출문제를 분석하며 오늘도 문제집 안에서 정답을 정확히 골라내는 연습을 하고 있다. 혹시 2040년에도 고등학생들이 지금과 같은 방식으로 공부를 하고 있다고 생각하면 서글프고 힘이 빠진다. 문제집과 동그라미 속에 갇힌 공부는 어디로 향하는 것일까?

내가 일하는 학교도서관이 학교의 돌연변이 같은 곳이라고 생각한 적이 있다. 돌연변이는 원래 없던 것이 생겨나는 현상으로, 그 형질이 후대로 전해져 생물종을 진화시킨다. 학교도서관은 교실만 빼곡히 붙어 있는 학교라는 곳에 어느 순간 나타나서 이제는 학교도서관이 없는 학교는 생각할 수도 없을 만큼 당연한 모습이 되었다. 학교도서관에서 나는 학생들과 같이 공부를 한다. 우리의 공부가 좀 더 열린 공부가 되기를 바라며 또 책장을 살핀다. 학생들은 도서관에 무엇을 기대하고 오며 어떤 만족감을 가지고 도서관을 문을 나설지가 내 관심사이다.

학교도서관은 독서실이나 스터디카페가 아니다. 넓은 열람석에서 문제집을 펼쳐놓고 소음이 차단되는 이어폰을 낀 채 타이머를 맞춰두고 시간 안에 문제를 풀어나가는 연습을 하는 공간이 아니다. 학생들은 막막함과 답답함을 안고 나를 찾는다. 수행평가 과제로 어떤 주제를 삼으면 좋을지, 진로와 연계한 독서를 어떻게 해야 하는지, 교과 심화 독서를 하고 싶은데 어떤 책을 읽어야 할지 막막하고 또 답답한 마음에 도서관을 찾는다. 나는 학생의 관심사와 진로 분야를 듣고 각 교과 내용을 분석해서 방향을 같이 찾는다.

여느 때처럼 한 학생이 진로 독서를 해야 한다며 도서관으로 들어왔다. 재활과 물리치료 쪽에 관심이 있어서 해당 분야로 진로를 준비 중인 학생이었다. 나는 체육교과서를 펼쳐들었다. 체육교과서에 담긴 여러 체육 이론 중 생애주기별 건강관리에 관한 내용에 집중했다. 체육교과와 진로를 연계하여 탐구보고서를 쓰도록 지도해 주고 거기에 맞는 책을 찾아 추천해 주었다. 학생은 매우 만족해하면서 대출을 해갔다.

사실 나도 모든 교과의 세부적이고 깊은 내용은 잘 모른다. 그래서 공부를 한다. 학생들의 다양한 진로를 듣다 보니 새로운 영역에 관심이 생겼고, 교과 내용과 진로 분야를 엮어서 생각하는 습관이 생겼다. 때로는 학생들이 나보다 더 진심이고 더 깊이 알아서 나에게 설명해 주기도 한다. 내가 집중해서 경청하는 모습에 더욱 힘을 받아 더 열심히 설명해준다. 그럴 때면 우리는 서로의 지적 호기심을 건드려주는 사이라는 생각도 든다. 빨간 동그라미가 없는 공부, 궁금해서 찾아봤고 읽어봤더니 궁금증이 풀리는 공부, 그러다 보니 새로운 궁금증이 생기는 공부. 무한 확장의 공부를 학생들과 하고 있다.

문제집 밖의 새로운 공부

이제는 나는 수험이나 성적과 관계가 없는 공부를 할 수 있다. 교양이 부족하고 얕은 지식마저 부족하다 생각되면 책을 읽는다. 물론 곧바로 대학 전공 수준의 전문지식을 이해하긴 어렵다. 내가 알고 싶은 분야가 있는데 그 분야가 어렵게 느껴진다면 나는 초등학생용이나 중학생용 책을 찾아 읽는다. 일단 삽화도 풍부하고 내용에 접근하기도 매우 쉽기 때문이다. 배경지식이랄 게 많이 없더라도 책을 읽으면서 새롭게 알게 되는 내용이 꽤 있다.

2024년 초 대구에 간송미술관이 개관했다. 개관 특별 전시로 「미인도」, 『훈민정음 해례본』 외 여러 작품이 전시되었다. 그냥 무턱대고 갔다가는 '아, 예전에 교과서에서 본 적 있어.' 이 정도의 감상만 남기고 올 것이 뻔했다. 그마저도 시험 문제를 풀 정도의 깊이로만 기억할 듯했다. 간송미술관에 가기 전에 내가 선택한 책은 『간송미술관에서는 어떤 보물이 있을까』라는 책이었다. 책 속에는 조원희 작가의 일러스트와 함께 작품 사진과 해설이 풍부하게 들어 있었다. 책을 읽으며 간송 전형필 선생의 생애와 심미안, 일제강점기에 우리 예술품을 수집하여 우리의 것을 지키기로 했던 정신을 새롭게 알았다. 나는 원래 간송 선생에 대해서 잘 몰랐다. 왜냐하면 시험에 안 나왔기 때문이다. 참 구차한 변명이지만 나는 그렇게 우물 안에서도 하늘을 보지 않고 우물 바닥만 보며 살아온 고개 숙인 개구리였다.

나는 수업 시간에 "책을 읽다는 것은 지식의 항아리에 머릿속 체를 한 번 담갔다가 들어올리는 것과 같다."라고 설명한 적이 있다. 내 뇌가 성글게 엮인 체라면 아무리 좋은 책을 읽어도 다 빠져나가고 겨우 몇 개만 남아 있게 된다. 하지만 책을 많이 읽으면 읽을수록 체는 더욱 촘촘해지고, 거듭해서 읽을수록 많은 것을 건질 수 있다. 뇌과학적으로도 설명이 가능하다. 독서는 기존 신경망에 세포들을 연결시키고 활성화시켜서 신경망을 더욱 강화시킨다. 신경세포가 연결되는 걸 체감할 순 없지만 책을 읽을수록 글자와 내 머릿속이 연결되는 것같이 정말 책에서 무언가를 퍼 담는 느낌이 들 곤 했다.

공부의 본질은 그때나 지금이나 한결같은데 나는 너무 돌고 돌 지 않았나 싶다. 그럼에도 매우 다행인 점은 이제야 공부가 즐겁다고 느낀다는 사실이다. 아마 나는 죽을 때까지 공부할 것 같다는 생각이 든다. 그 공부는 더 이상 정답을 찾고 빨간 동그라미를 그리는 일이 아니다. 내 삶을 채우고 세상에 대한 궁금증을 더 품는 공부가 될 것 같다. 궁금해하다가 알아내고 다시 의문을 품다가 또 마침내 깨닫는 과정에서 내 머릿속의 체는 아주아주 촘촘해지지 않을까.

늦게 시작하는 당신을 응원합니다

나이는 태어난 시곗바늘에 불과하다

아이가 놀이터를 갔다 오더니 한참을 씩씩댔다. 일곱 살인 자기한테 여섯 살짜리가 '형아'라고 하지 않고 까불었다는 이유였다. 왜 대한민국의 아이들은 놀이터에만 가면 일단 "너 몇 살이야?" 하고 묻는 건지. 그래서 한 살 많으면 어쩔 것이고 나이가 더 어리면 어쩔 것인지 나는 황당할 뿐이었다. 대한민국만큼 나이를 중요시하는 나라는 없을 것 같다.

한국인으로 한국에서 살면서 가장 숨 막히는 것은 남과 비교해 자기의 인생 시계를 재촉하는 순간들 같다. 태어난 시간, 즉 나이를 기준으로 끊임없이 비교하는 문화가 참 갑갑했다. 스무 살에 대입에 실패하면서 나는 꽤 오래 흔들렸다. 스무 살에 대학 가고 20대 후반에 적당한 곳에 취업을 해서 30대에 결혼을 한 뒤 몇 년 안에 출산을 할 줄 알았다. 게임 퀘스트처럼 '도장 깨기' 미션을 수행을 해나가는 것이 삶이고 인생인 줄 알았기 때문이다. 적어도 나는 그랬다. 고등학교에 졸업하자마자 대학을 못 갔고, 재수를 했고, 졸업을 유예하면서 서른이 넘도록 취업을 못했을 때, 나는 더 올라가지 못한 채 떠내려가는 하류 인생인 것만 같았다.

돌고 돌아 40대가 되어서야 사서교사라는 직업을 가졌다. 학교에 와보니 마흔을 넘긴 내 또래 동료 교사들은 경력 15년이 넘는 베테랑 교사가 되어 있었다. 다들 내 나이만 보고 경력이 제법 있을 것이라고 짐작했으나 나는 갓 발령받은 1년 차 신규 교사였다. 예전 같았으면 그 15년의 세월을 메우려고 조바심을 냈을 것 같다. 그러나 이번엔 이상한 확신이 생겼다. 나는 인생 시계 속도가 저마다 다르다는 것을 알고 있었다. 남과 비교하지 않는 자세를 그동안 배운 탓이다.

온라인 익명카페에 글이 하나 올라왔다. "40대 후반인데 교사 임용 시험 준비를 해도 될까요?" 사람들이 저마다 댓글을 썼다. "이제 교직 매력 없어요. 그냥 다른 일 찾으심이……." "이때까지 어떤 일을 하셨는지 모르겠지만 임용 빡셉니다. 그냥 기간제 하시다가 힘들면 쉬는 것 추천요." 글쓴이의 의도는 모르겠지만 혹시 지금 준비하기엔 너무 늦었을까 봐 걱정이 되어서 올린 것이라면 나는 늦지 않았다고 댓글을 달아주고 싶었다.

태어난 시간을 기준으로 하면 남들보다 최소 15년, 많게는 20년 늦은 것일 수도 있다. 그러나 그 시작 시기라는 것이 모든 것을 설명할 수는 없다. 40대에 15년 차 교사여도, 1년 차 교사여도 각자 의미 있는 교직생활을 할 수 있다. 내가 돌고 돌아 늦깎이 교사로 와 보니 장점도 있었다. 만약 졸업 후 바로 교직에 왔다면 내가 살아온 방식만이 정답임을 확신하며 학생들도 나와 비슷한 방식으로 살아야 한다고 외쳤을지도 모를 일이다. 하지만 내가 돌고 돌아온 세월을 떠올리며 학생들을 좀 더 너그럽고 다정하게 볼 수 있었다.

내가 30대 후반에 8급 공무원을 그만두고 임용시험을 준비한다고 하니 혹자는 의심했다. 나보다 나이가 어린 7급, 6급 공무원들과 불편해질 것 같아서 그만두는 거 아니냐고 말이다. 나는 정말 그런 마음이 털끝만큼도 없었다. 나이가 나보다 많은 사람이 계급이 높아야 편안하다는 말에 오히려 숨이 막혔다. 그 정도로 내겐 나이와 계급이 상관없었다. 나보다 더 나이 많은 사람이 나보다 늦게 신입으로 온다 해도 불편할 것 같지 않았다.

나이는 태어난 시각을 알려주는 것 이상도 이하도 아니다.

무엇을 언제 시작할 것인가

무언가에 도전하기에는 이미 늦었다고 말하는 사람도 있겠지만 나는 항상 내가 듣고 싶은 말을 듣기를 바랐다. 해보라고, 늦지 않았다고 등 떠밀어 주기를 바라서 계속 등을 갖다댔다. 늦은 것은 없었다. 언제 하느냐보다는 어떻게 얼마나 하느냐가 더 중요했다. 내가 30대 중반에 수험을 시작하고 또 한 번 새로운 도전을 할 때도 누군가는 늦은 것 아니냐고, 애들도 어린데 너무 네 생각만 하는 거 아니냐고 말했다.

이순신 장군은 23세에 처음 무예를 배웠다고 한다. 평균수명이 40세이고 60세를 넘기는 경우가 매우 드문 시절에 32세 나이로 3년마다 열리는 무과시험에 도전했다. 지금으로 따지면 7년에 한 번씩 있는 시험에 도전하는 것과 같다. 이처럼 언제 시작하는지는 중요하지 않다. 남들이 늦었다고 평가절하하는 것에 의미를 둘 필요도 없다. 뻔하지만 나는 할 수 있다고 믿어주는 마음과 꾸준한 실천 의지만 있으면 된다. 안다. 그것이 쉽지 않다는 것을 누구보다 잘 안다. 거듭된 실패로 작은 성공조차도 남의 일처럼 느껴지는 마음을 나는 20년 넘게 안고 살았다.

남의 일만 같은 소소한 성취를 이뤄내는 것도 결국 자기 몫이다. 그 과정에서 나를 지지해주고 응원해주는 가족이나 친구가 있다면 더할 나위 없지만, 실은 없어도 된다. 스스로 믿어주면 된다. 지금 내 옆에서 육성으로 응원을 해주지 않더라도, 늘그막에 시작해서 성취를 이뤄낸 사람들이 이미 전방위적으로 마음을 보내주고 있을 것이다. 거기에는 분명 나도 포함된다.

나는 이런 사람들의 응원에 큰 의미를 둔다. 지금도 늦었다고, 뒤처졌다고 등짝을 후려치는 것이 아니라 아직도 늦지 않았다고, 괜찮다고 가만히 손잡아주는 듯한 글과 말을 계속 듣고 싶다. 어떤 분야에 또다시 도전하고만 싶어지는 용기가 샘솟기 때문이다. 절대적으로 불리한 것도, 진짜 늦은 것도 없다.

호모 헌드레드 시대

20대 후반 취업 준비를 하던 시절에 대구의 한 성당 소속 야간 학교에서 야학 교사로 활동했다. 나는 무교였지만 거기서 몇 년 동안 봉사활동을 했다. 당시 야학 학생들은 대개 우리 엄마보다 나이가 훨씬 많은 60, 70대 어르신들이었다. 나는 한국사 과목을 담당하면서 대입검정고시 준비를 담당했다. 한국사 전공도 아니고 정식 교사도 아님에도 어르신 학생들은 내 수업을 진지하게 들었다. 특히 삼국의 멸망 순서를 '백고무신(백제-고구려-신라)'으로 알려주는 암기 꿀팁 같은 것을 특히나 좋아했다. 시험 공부를 할 때면 선생님이 알려주신 것을 자꾸 잊어버린다고 나에게 죄송해했다. 그래도 지금 이렇게 배울 수 있어서 기쁘다면서 어디 딴 데 가지 말고 합격할 때까지 가르쳐 달라고 부탁하기도 했다. 몇몇 학생은 직장에 다니면서 퇴근 후에 와서 공부를 했다. 어른 학생들은 나에게 한국사를 배우고, 어린 야학 교사는 그들에게서 열정을 배웠다.

나는 할머니들이 글을 배워서 본인이 하고 싶은 말을 쓴 글을 참 좋아한다. 몇 줄 읽자마자 눈물이 나서 몇 번이고 다시 읽어야 하는 그런 글을 좋아한다. 그들은 여자라서, 오빠들만 공부시켜서, 돈이 없어서 등등 저마다의 이유로 글을 배우지 못하다가 뒤늦게 글을 배우고 시를 썼다.

새상에 내나이가 언제벌서

여기까지 왔쓸까 내마음은

청춘인대 팔십이 다 대아가고

생각하면 마음이 앞푸다

인생은 한번가면 다시 못올길

풀입만도 못한 인생

풀입은 시들어 봄이대면

다시 싹이 난대

인생은 한번가면 다시 못올길

생각하면 꿈만간 내

전라도 장흥 할머니들이 쓴 『할매들은 시방』이라는 책의 「허무한 인생」이라는 시의 전문이다. 곱게 눌러쓴 글씨, 틀린 맞춤법 사이로 나는 귀여움과 감동을 읽는다.

UN은 2009년 「세계 인구고령화 보고서」에서 2020년이 되면 평균수명이 80세가 넘는 국가가 30개가 넘을 것이라고 예측하며 이를 '호모 헌드레드' 시대라고 언급했다. 그렇다. 호모 헌드레드 시대가 도래했다. 심지어 지금 태어나는 아이들은 120세까지 살 수 있다고 한다. 이 대목에서 사람들과 얘기하면 흥미로운 구석이 있다. 사람들은 죽기 싫어하는 동시에 오래 살게 될 자신의 미래를 두려워한다. 물론 나도 그렇다.

그런 시대에 나는 어떻게 살아야 하나 늘 생각한다. 지금 꾸려가는 내 삶이 전체 인생의 어디쯤 왔을까 떠올려본다. 마흔이 넘었으니 중반 정도 왔을까 싶다가도 내일 당장 눈을 못 뜬다면 오늘이 마지막일 수도 있겠다는 생각도 든다. 삶이 흥미로운 이유는 언제 죽을지 모르기 때문이다. 태어난 시간은 알지만 죽는 시간을 모른다는 지점은 내가 현재를 뜨겁게 살 이유를 만들어준다.

우리는 죽는 시간을 알지 못한다. 그래서 내 남은 생이 짧을지 길지 함부로 가늠하지 못한다. 별일 없이 그대로 호모 헌드레드 시대에 남아 긴 생을 살지, 예상보다 빨리 생을 마감할지 예측할 수 없다. 그래서 삶은 흥미롭다.

10년 후, 30년 후가 뻔한 삶을 살고 싶지 않다. 탈 없이 그저 나이 드는 것도 축복이라면 축복이겠지만 나는 그렇게 살고 싶지 않았다. 그래서 앞으로 무슨 공부를 어떻게 하며 살지 생각하면 다시 가슴이 뛴다. 최근 나는 철학 공부를 하기로 마음먹었다. 세상을 좀 더 이해하고 싶고, 정확히는 나를 더 알아가고 싶었기 때문이다.

처음 철학 공부를 하려고 했을 때 무작정 대학원에 입학해야 한다고만 생각했다. 그래서 대학원 홈페이지에 들어가 커리큘럼을 살펴보고 대학원 입학시험 문제를 봤다. 철학을 배우지도 않았는데 덥석 대학원부터 가려는 어리석고 단순한 패기야말로 스스로에 대한 과대평가라는 것을 깨닫는 데는 단 10초도 걸리지 않았다.

나는 다시 나만의 방식으로 공부하기로 했다. 초등학생도 읽을 수 있는 책부터 대학 교양 수준에 이르기까지 내가 읽을 수 있는 철학책을 읽고 있다. 함께 공부할 수 있는 철학 모임에도 찾아 들어갔다. 동서양 사상가들이 저마다의 생각을 모두 풀어놓은 철학의 바다에서 나는 어떤 배를 띄우고 어떻게 노를 저어갈지 고민해본다. 몇천 년에 걸친 생각의 흐름을 내가 따라갈 수 있을지 두렵기도 하고 설레기도 한다. 그럼에도 확실한 한 가지는 그게 무엇이든 내가 하고 싶은 공부를 하기에 결코 늦지 않았다는 사실이다. 그거면 충분하다. 호모 헌드레드 시대를 살아가기 위해. 살아내기 위해.

김진화

교실 밖의 배움 :

돌봄과 특수교육

세상의 브레이크 같은 존재, 그리고 특수교육

나는 특수교사다

좌르륵- 색연필이 바닥에 흩어졌다. 선이 신경질적으로 쭉 그어진 색칠 자료가 팔랑팔랑 날려 더 먼 바닥으로 떨어지고 있었다. 아이가 특별히 좋아하는 음식 도안으로 준비했지만 소용없었다. 아이는 독기를 품은 눈으로 울어댔고 나는 되도록 무심하게, 떨어진 것들을 책상 위로 가지런하게 주워올렸다. 잠시 말없이 기다려준 뒤 다시 아이의 손을 맞잡고 색칠을 도왔다. 아이가 또다시 책상 위의 물건을 쓸어버리듯 던져버리면 나는 묵묵히 같은 과정을 반복했다.

나는 특수교사다. 대학에서 특수교육학을 전공했는데 내 전공이나 직업을 소개할 때면 자주 설명이 필요했다. 이해하기 쉽도록 "장애가 있는 아이를 가르치는 일입니다."라고 말하면, 십중팔구 희생정신을 칭찬하거나 날개 없는 천사 보듯 나를 바라봤다. 그러나 특수교사가 단지 사람들이 기대하는 그 천사라면 자지러지게 우는 아이를 우선 어르고 달랬을 것이다. 아이의 행동에 담긴 의도를 파악하는 대신 감정을 먼저 읽어줬을 것이고, 아이를 향한 기대 행동을 접어둔 채 좋아하는 것, 하고 싶은 것만 하게 했을 것이다. 그러나 특수교사는 보육이 아닌 교육을 해야 한다.

초등학교에 입학한 지 한 달 남짓한 그 아이는 단 5분도 자리에 앉아 있지 못해 온종일 특수학급에서 분리 교육을 받는 중이었다. 친구들과 함께 어울려 생활하려면 앉아 있는 것부터 배워야 했다. 학교는 40분간 앉아서 수업을 듣고 나면 10분을 쉬는 '규칙'이 있는 곳이며 장애가 있다고 해서 예외가 될 수 없음을 체득하게 해야 했다. '하고 싶은 일'을 하며 종소리에 맞춰 앉고 일어서는 훈련을 충분히 반복한 뒤, '해야 할 일'을 하며 앉아 있는 시간을 5분, 10분 늘려갔다. 얼마간의 저항이 있어도 포기할 수 없다.

특수교육은 이처럼 교과만이 아니라, 학교생활에 다양한 어려움을 겪는 특수교육대상자에게 필요한 교육을 제공하기 위한 공부다. 특수교육의 꽃은 '개별화교육계획'이다. 이는 한 학생의 개별적인 교육 요구를 반영해, 무엇을 배우고 어디까지 도달할지를 함께 설계하는 과정이다. 특수교육대상자는 장애 유형과 정도, 개인 특성에 따라 교육 요구가 천차만별이다. 그래서 어떤 학생에게는 '정해진 시간 동안 앉아 있는 것'조차 중요한 교육 목표가 된다.

특수학급의 개별화 수업은 이러한 개별화교육계획을 바탕으로, 아이의 삶과 현재의 필요에 맞게 교육과정을 재구성하여 이루어진다. 특수교사에게 주어진 이 어마한 재량권은 과연 내가 잘하고 있는지 끊임없이 자문하게 만들지만, 교사로서 옳다고 믿는 바 다양한 시도를 할 수 있는 기회이기도 했다.

이상적이고도 실용적인 공부

발령 초기 학생들을 '가르치겠다'라고 생각했을 때 나는 교과 공부, 반 친구들과 잘 어울려 지내는 방법에 초점을 맞췄다. 아이들을 맡은 동안 열심히 가르쳐 졸업시키거나 전보 시기에 맞춰 학교를 떠나면 그걸로 내 역할은 충분하다고 믿었다. 그때 내 시야는 하나의 학년도나 초등 학령기에 머물렀다.

한날은 중등 특수교사인 친구가 '턱수염이 거뭇한 성인이 된 제자가 지하철 이곳저곳을 하릴없이 소리치며 뛰어다니는 걸 봤어.'라고 말했다. 아차 싶었다. 내가 상급학교로 올려보낸 학생들은 어떤 성인기를 보내고 있을지 궁금했다. 그 아이들에게 사회 구성원으로 어울려 살아가기 위해 꼭 필요한 것들을 잘 가르쳐 보냈는지 자성이 밀려왔다.

그때부터 나는 교육과정 안에서 무엇을 덜어내고 무엇을 남길지 다시 고민하게 되었다. 일상생활과 거리가 먼 내용은 과감히 제하거나 부분적으로 경험하게 하는 선으로 축약하고, 살아가는 데 꼭 필요한 기능적인 내용은 개별화교육계획에 적극적으로 담기 시작했다.

우선 양육자와 함께 아이가 성인기에 도달했으면 하는 모습과 생활상을 상상한다. 그런 다음 초등 학령기에 도달 가능한 지점을 최종 목표로 설정하고 당해 학년의 목표를 설정한다. 양육자가 독립된 공간에 혼자 살면서 간단한 음식을 조리하거나, 있는 반찬을 차려 혼자 식사를 해결할 수 있는 성인이 되기를 원한다면, 국어 시간에 일상생활 중심의 기능적 읽기를 지도한다. 전자 기기 사용법을 읽고 실제로 조작해 보거나, 포장지에 적힌 조리법을 따라 직접 요리를 해보는 식이다. 수학 시간에는 달력에서 날짜를 확인하고 유통기한을 확인하는 법과 유통기한이 지난 음식을 폐기하는 법을 배운다. '여가 생활로 반려 식물 하나쯤 키우며 살기'를 목표로 삼으면, 난이도 낮은 식물을 고른 뒤 달력에 물 주는 날을 체크하고 관리하는 법을 반복 지도한다. '하루 서너 시간이라도 자기 일을 가지고 살기'가 목표라면 업무 일정과 출퇴근 시간을 파악할 수 있도록 달력과 시계 보는 법을 익힌다. 읽고 쓰고 소통하는 능력, 두세

개의 업무 지시를 동시에 파악하고 해결하는 능력도 함께 기른다.

나는 특히 현장체험학습에 공을 들인다. 교과 시간에 반복 학습한 내용을 실제 상황에 적용해볼 좋은 기회이기 때문이다. 체험학습을 갈 때면 늘 학생들에게 개별 미션을 부여한다. 한글을 알고 서투나마 인터넷 검색이 가능한 학생은 '네이버 길찾기'를 활용해 목적지까지 가는 교통편과 승하차 정류장을 확인하게 한다. 번호판을 확인한 뒤 승차하고 안내 방송을 듣고 하차 지점을 알려주는 것도 그 학생의 몫이다. 부족하나마 의사소통이 가능한 학생은 표를 살 때 주고받는 말을 익힌 뒤 직접 입장권을 구매하도록 한다.

약간의 노력으로 도달할 수 있는 미션을 수행하며 성인기 일상생활 능력 향상을 위한 반복의 시간을 쌓아올린다. 그렇게 축적된 경험을 통해 가능한 한 스스로 해내는 기쁨을 누리며 살 수 있게 말이다. 특수교육은 언뜻 사회적 약자를 위한 이상적인 공부로 보이지만, 실은 누군가의 삶에 아주 직접적으로 기능하는 굉장히 실용적인 공부다.

신나는 세계 일주, 멋쟁이 세계시민

변화와 성장이 더딘 학생들을 지도하려고 기대치를 낮춰 느린 속도로 가다 보면, 때때로 내 삶마저 느려지다 못해 성장을 멈춘 듯했다. 무수한 반복을 견뎌야 하는 일이라 자주 '참을 인'을 새겼고 복장 터질 듯한 순간도 많았다.

학문적으로 깊이를 더하는 몇몇 친구들과 다르게 나는 수업에 바로 적용 가능한 것들을 배우러 다녔다. 학생들의 흥미를 북돋는 교과별, 장애 유형별 수업 지도 실제를 배우고 풍선아트, 북아트, 수업 놀이를 배워 수업에 적용했다. 미술치료사 자격증을 따서 그림을 매개로 아이들의 마음을 헤아렸고, 웬만해서 눈 맞춤을 하지 않는 학생들의 이목을 사로잡기 위해 동화구연 지도사 자격증도 땄다. 그러나 아이들의 변화는 상상 이상으로 더딜 때가 많았다. 간혹 매일의 수업이 공기 중에 흩어져 무로 돌아갔다는 생각에 사로잡히면, 내가 쌓아가는 것들이 친구들의 석박사 학위에 비해 무가치하다는 착각마저 들었다. 특수교육은 누군가를 돕기 좋아하고, 작은 변화에 의미를 찾을 줄 아는 나에게 어울리는 공부였으나 동시에 목표를 향해 거침없이 나아가는 내 성향에는 반하는 것이었다.

그 사이에서 영원히 옴짝달싹 못 할 것 같던 어느 날, 무수한 반복이 기본값인 일에 학교 밖의 경험을 데려와 새로움을 만들 수 있을지 궁금했다. 그간 '오래 해왔고 잘하는 것'을 떠올려보니 고민의 여지 없이 배낭여행이었다. 스마트폰도 사전예약 시스템도 없던 2001년부터 줄곧 해외 배낭여행을 해왔지 않던가! 당시 특수교육 대상자를 위한 방과후 미술 프로그램을 운영하고 있었는데, 오랜 배낭여행 경험을 활용해 아이들에게 새로운 문화를 접하게 해주자 싶었다.

「신나는 세계 일주, 멋쟁이 세계시민」이라는 60차시에 걸친 프로그램을 만들었다. 여행한 나라 중 소개하고 싶은 30개국을 추려내고 아이들에게 이름이 비교적 친숙한 나라와 생소한 나라의 비율을 조절했다. 다양성을 위해 대륙별 비중도 신경 썼다. 각 나라는 두 개 회차로 구성했는데 1회차는 간단한 인사말, 관광 명소, 전통 의상 등 전체적인 나라별 특색과 문화를 배우고 2회차는 전통 음식을 맛보거나 직접 요리하는 것으로 방향을 잡았다.

당시 인터넷을 뒤져봐도 교재용 여권이 없었다. 한글 프로그램과 컬러 복사를 활용해 허접하지만 제법 쓸 만한 여권과 항공권을 만들었다. 여권과 항공권을 야무지게 손에 쥔 아이들은 교실 앞문을 게이트 삼아 입장했고, 나는 날짜가 변환되는 도장을 출입국 스탬프인 양 찍어주며 스튜어디스처럼 깎듯이 환영했다. "베트남으로 슝슝~!" 양팔을 벌린 채 힘껏 외치면 비로소 우리의 비행은 시작됐다.

베트남을 여행할 때면 여행 당시 공수해온 아오자이를 아이들에게 입혀보았다. 예산 문제로 직접 수집한 것들을 최대한 활용해야 했는데, 성인용 아오자이를 입은 아이들은 마치 레드카펫 위로 드레스 자락을 늘어뜨린 배우들 같았다. 여성용 아오자이를 입어 보겠다고 나선 남학생들은 지퍼가 끝까지 잠기지 않아 멀뚱대고, 우리는 그 모습을 보며 다 같이 깔깔 웃었다.

터키 카파도키아의 몽환적 풍경을 본 뒤에는 열기구를 만들고 시시 케밥을 요리했다. 인도를 여행할 때는 이마에 빈디를 찍은 채 난을 굽고 커리를 만들었다. 독일에 가면 슈니발렌을 망치로 깨며 신나했고, 스페인에 가면 플라멩코를 감상하고 플라멩코 의상을 본뜬 앞치마를 걸쳐본 뒤 하몽 샌드위치를 만들어 먹었다.

스무 평 남짓한 교실이 일순간 세계로 확장되는 경험 끝에 아이들은 현지어로 "감사합니다. 안녕히 계세요." 인사한 뒤 교실을 나섰다. 특수교육대상자를 위한 세계 일주 프로그램은 아마도 전례가 없어서 새로운 커리큘럼에 맞춰 자료를 만들고 재료를 준비하려면 여간 에너지가 드는 일이 아니었다. 그러나 즐거움으로 격앙된 채 문을 나서는 아이들을 보면, 장애로 인해 제한된 아이들의 문화적 경험을 보완해주는 동시에 내 직업적 매너리즘을 건강한 방식으로 돌파한 기분에 벅차기까지 했다.

　장애 학생들은 자주 '할 수 없다'고 여겨져 다양한 활동에서 배제되기 일쑤다. 장애 특성상 좋은 문화에 접근하기도 어렵다. 또래 수준의 교육과정도 수행해내지 못하는 장애 학생들에게 세계 문화, 세계시민 공부가 무슨 의미냐고 반문할지 모른다. 아이들은 문밖을 나서는 순간 아주 간단한 현지어조차도 잊어버리기 일쑤였지만, 낯선 단어를 발음하기 위해 낯선 방식으로 조음기관을 사용하며 배시시 웃던 순간은 낯선 땅에서 새로운 문화를 받아들일 때 우리가 느끼는 감각과 크게 다르지 않다. 그런 감각이 교과서 바깥에 생생하게 존재하는 우리를 이룬다.

특수교육의 위로와 청유

특수교사가 된 뒤, 때로 달리고 때로 멈추며 20여 년을 지나왔다. 그 과정에는 특수교육이라는 학문을 가장 특수교육답게 현장에 구현해 내면서, 동시에 스스로 어떻게 지치지 않고 갈 것인가 하는 고민이 있었다.

　분명 자음 'ㄱ'과 모음 'ㅏ'를 읽을 수 있는 학생인데, 한 차시 수업을 마쳐도 '가'를 읽지 못한다. 1부터 5까지의 수와 수량을 아는 데 6개월이 걸리기도 한다. 학부 시절, 그 누구도 특수교사가 겪는 길고 지루한 반복이 주는 혼란과 고통에 대해 말해주지 않았다. 그러나 돌아보면 학생들은 결국 '가'를 읽어내고 수를 세는 변화를 보여줬다. '보아주는 눈'이 없을 뿐 학생들은 분명 변화하고 있었다. 그 미세한 변화를 발견하고 격려하는 건 특수교사의 특권이다. 반복의 지리멸렬함이 파도처럼 몰아칠 때조차 목표를 향해 무수한 시간을 쌓아가는 '과정으로서의 반복'을 부표처럼 붙든다.

성장과 효율을 중시하는 사회에서 교육을 통한 한 개인의 내적 성장, 가능한 만큼의 성취가 가지는 가치를 믿는다. 학생 수 대비 많은 예산이 드는 특수교육 대신 저비용 고효율의 일반교육에 더 투자하는 것이 옳다는 논리를 꽤 자주 접한다. 그러나 아이들은 누구나 교육을 통해 제 안의 능력을 최대한 발휘하며 더 나은 삶을 살 기회를 충분히 보장받아야 한다. 또한 장애 학생이 조기 특수교육을 통해 일상생활에서 가능한 만큼 자립할 수 있다면, 성인기 장애인의 사회 적응에 드는 사회적 비용을 감소시킬 수도 있을 것이다. 대다수 사람이 장애 학생의 능력에 대해 기대조차 하지 않을 때도, 특수교사는 그들이 무엇을 할 수 있고 어디까지 할 수 있는지 기대하고 기회를 주어야 한다.

내가 좋아하는 홍은전 작가는 그의 저서 『그냥, 사람』에서 우리 몸에서 가장 중요한 부분은 심장이 아니라 '가장 아픈 곳'이라고 말했다. 이 사회가 형편없이 망가진 이유는 장애인, 가난한 사람, 병든 노인들을 버려서이며 그들은 이 세상의 브레이크 같은 존재들이니 속도를 낮추고 상처를 돌보았어야 한다고 목소리를 높인다.

특수교육은 이 세상의 브레이크 같은 존재인 장애 학생들을 학교생활의 주변부가 아닌 자기 삶의 중심으로 데려오는 공부다. 속도를 늦추며 효율성과 경제성의 대척점에서 불균형을 살피는 마음이며, 비록 모두가 같은 속도로 갈 수 없어도 저마다 고유성으로 그저 한발씩 나아가면 충분하다는 위로와 청유다. 천사가 아니어도 괜찮고 대단한 희생정신도 필요 없는 특수교육의 위로와 청유가 세상 가장 아픈 곳을 보듬어 가기를 희망한다.

내 문제를 규정짓는 언어

특수교사, 좋은 돌봄을 고민하다

나는 경험을 수집하듯 살았다. 이삼십 대에 내 플래너에는 빈틈이 없었다. 한동안 보지 못한 지인이 밥 한 끼 하자고 연락하면 최소 한두 달 뒤에야 겨우 약속을 잡을 정도로 바빴다. 그렇게 바쁘게 살았지만, 무엇을 이뤘냐는 질문 앞에서는 선뜻 대답하기 어려웠다. 또렷한 목표 의식 없이 여기저기 기웃대면서, 빈틈없는 플래너가 곧 잘 사는 삶의 증표라 믿었던 것 같다. 엄마가 그런 내 삶에 제동을 걸었다.

2015년, 엄마가 쓰러졌다. 병명은 뇌출혈인데, 좌측 기저핵 뇌출혈은 사망률이 70%나 된다고 했다. 30%의 확률로 살아남은 엄마를 위해 회사에 휴직계를 내고 1년 6개월간 병원에 기거하며 엄마를 간병했다. 그 뒤 후유증으로 뇌병변장애를 입은 엄마를 11년째 돌보고 있다. 당시 간병과 돌봄의 경로에 대해 전혀 알지 못했던 나는 그저 닥치는 대로 최선을 다해, 열심히, 엄마를 돌봤다. 그런데 그 최선과 열심이라는 것에는 '특수교육적 관점'이라는 바탕이 있었고, 그 관점 덕분에 질적 돌봄이 가능했다는 사실을 나중에야 알게 됐다.

2년 10개월의 병원 생활 끝에 엄마가 퇴원하던 날은 '엄마를 일상으로 되돌려 놓는다.'라는 내 목표를 이룬 날이었다. '일상'이라는 표현은 병원에서 집으로, 단지 존재하는 장소의 변화를 의미하지 않았다. 장애를 입은 몸이 평범한 삶의 기쁨으로부터 과하게 멀어지지 않도록, 엄마가 가장 엄마답게 살아갈 수 있도록, 엄마의 일상을 디자인했다.

우선 엄마의 강점과 약점, 좋아하는 일을 하나씩 짚어보았다. 엄마는 요리하는 시간을 특히 좋아했다. 그러나 보행이 불안정한 엄마가 냉장고에서 꺼낸 식자재나 조리된 음식을 옮기는 일에는 낙상 위험이 따른다. 냉장고에서 싱크대, 조리대를 지나 식탁까지 손을 짚고 이동할 수 있도록 싱크대를 주문 제작했다. 무, 당근, 양배추처럼 손질하기 까다로운 식재료만 다듬어주고 간단한 요리는 당신 스스로 하게 했다. 누군가 대신 해주면 수월할 테지만, 엄마의 기쁨은 스스로 만든 요리를 자식에게 먹이는 데 있었다.

엄마는 마트보다는 오일장의 활기를 좋아한다. 오일장의 번잡함 속에서도 직접 식자재를 고를 수 있도록 충분한 시간을 줬다. 청력이 약한 엄마가 가능하면 상인과 직접 소통할 수 있도록 도왔고, 비교적 한산한 날이면 엄마 스스로 생선을 흥정하고 계산까지 할 수 있도록 한 걸음 물러섰다. 누군가는 직접 해주는 편이 더 낫지 않느냐고 물을지도 모른다. 그러나 나는 아이들과 함께한 현장체험학습에서 '해낼 수 있다.'라는 감각을 마주한 아이들의 눈빛을 기억하고 있었다. 엄마도 마찬가지였다. 비록 불편한 몸, 제약이 많은 삶이나마 일상의 소소한 기쁨을 되찾아 나갔고 여전히 해낼 수 있는 것을 하나둘 마주할 때면 엄마는 벅찬 미소를 지었다.

누군가 가진 약점을 보완하고 해낼 수 있다는 감각을 되찾도록 하는 일. 그렇게 고유성을 향해 한발씩 천천히 나아가며 '최선의 나'가 되도록 돕는 일. 이 이상적이고도 실용적인 특수교육학을 나는 돌봄에 아주 자연스럽게 적용했다. 덕분에 단순히 보호받는 존재에 그치지 않고 삶의 주체로 설 수 있게 돕는 좋은 돌봄을 실천할 수 있었다. 공부란 직업 현장을 넘어 삶의 다른 영역으로 확장되고 변주됨으로써 한층 깊어지고, 우리 삶과 타인을 이롭게 할 수 있었다.

기획 노동, 내 문제를 규정짓는 언어를 배우다

돌봄이 8년 넘게 지속되던 어느 날, 내 안에 가득한 질문과 깨달음을 어떤 식으로든 토해내야 내가 살 수 있겠다고 직감했다. 방향을 찾기 위해 돌봄에 관한 책을 읽고, 관련된 사람을 만나러 다녔다. 마침 돌봄청년 커뮤니티 'n인분'(현재 돌봄 커뮤니티 N인분) 대표 조기현 작가의 강연이 울산에서 열렸다. 그를 만나고 싶어 퇴근하자마자 부산에서 울산까지 차를 몰았다.

그 강연에서 조기현 작가는 '기획 노동'의 개념을 설명했다. 기획 노동은 여성의 날을 맞아 방송된 KBS1 시사기획 창 「가사노동 해방일지」에 소개된 개념으로, 가족생활 전반을 계획하고 구상하며, 정보를 모으는 모든 활동을 말한다. 여기에는 식재료와 식단 관리, 아이의 교육기관을 알아보고 일정을 관리하는 일, 육아와 가족 건강에 관한 정보를 검색하고 정리하는 일, 영양제가 떨어지지 않도록 챙기는 일과 같은 관리 행위가 포함된다. 기획 노동은 많은 에너지와 시간이 들지만, 가사노동 실태를 조사하는 통계청의 조사 항목에 누락되어 있어 사람들이 제대로 인지하기 어렵다고 한다.

'식사를 준비하기'와 '설거지하기'는 얼핏 같은 가사노동처럼 보이지만 성격이 전혀 다르다. 설거지는 매번 반복되는 절차에 따라 그릇을 씻고 정리하는, 실행 중심의 노동이다. 물론 설거지를 '잘'하기 위한 나름의 요령도 필요하겠지만, 그 과정에 지속적인 판단과 결정이 요구되지는 않는다. 그러나 식사를 준비한다는 말의 이면에는 훨씬 다양한 과정이 숨어 있다. 가족 구성원의 식성과 영양 상태를 고려해 식단을 계획하고, 필요한 재료를 고른 뒤 어디서 살지 결정해 구입하고 손질하는 일, 레시피를 찾아내 조리하고 상을 차리는 과정까지가 모두 포함된다.

즉, 식사 준비는 단순한 조리가 아니라 계획과 판단, 결정이 겹겹이 이어지는 기획 노동이다.

나의 돌봄은 햇수를 더하면서 적절한 분배가 이뤄졌고, 돌봄의 몫을 나누게 되자 내 시간이랄 것이 생기기 시작했다. 엄마와 물리적 거리를 충분히 둘 수 있게 된 것이다. 그러나 몸이 엄마와 떨어져 있어도 나의 신경은 온통 엄마와 연결된 듯했다. 분명 홀로 있는데 같이 있는 듯 나는 늘 돌봄과 함께였다. 이 어려움을 호소할 때면 엄마와 떨어져 있을 때도 있으면서 뭐가 그리 힘드냐는 말이 돌아오곤 했다.

엄마는 다양한 신체 통증과 증상을 호소했다. 적확한 병원, 좋은 의사에 대한 정보를 검색하고 예약 일정을 잡고 나면 누가 어떻게 엄마를 이동시킬 것인지 고민해야 했다. 예약해둔 병원에 누군가 엄마를 대신 모시고 가더라도 진료 시에 필요한 질문 사항을 정리해주곤 했다. 돌봄에 참여하는 가족들이 지치지 않도록 매주 해야 할 일을 정리하고, 각자의 역할을 나누며 전체적인 에너지를 조율했다. 또한 더운 여름, 엄마가 원할 때 언제든 샤워할 수 있도록 타인의 손이 필요 없는 안정적인 방법과 장치를 마련하며 일상적인 문제를 해결하려 노력했다.

하나하나 설명하기도 힘든 이 과정들이 '기획 노동'이라는 이름을 얻는 순간, 나는 홀로 있어도 돌봄과 떨어질 수 없다고 느끼는 나를 이해하게 됐다. 엄마와 떨어져 있는 시간의 돌봄이 보이지 않았던 이유 또한 분명해졌다.

돌봄은 흔히 곁에 머무는 몸의 노동으로만 이해된다. 하염없이 병실을 지키는 시간, 음식을 떠먹이는 손길, 넘어질까 부축하는 팔 같은 장면들만이 돌봄의 전부인 것처럼 여겨진다. 그러나 돌봄은 언제나 보이지 않는 사유와 판단의 층위에서 끊임없이 작동하고 있다. 가능성을 계산하고 위험을 가늠하며 아직 일어나지 않은 상황을 대비하는 시간은 흔적 없이 사라지지만 분명 존재한다. 장면으로 남지 않는 노동은 쉽게 기억되지 않는다.

나는 알고 있었다. 보이지 않는 시간이 쌓여야만 하루치 돌봄이 무사히 이어진다는 것을, 아무 일도 일어나지 않은 그 하루가 우연이 아니라 쌓인 시간의 결과라는 것을. 그러나 우리는 보이지 않는 것을 존재하지 않는 것으로 쉽게 간주하곤 한다. 이러한 세계에서 나는 내가 지치고 있음을 드러낼 방법도, 그것이 왜 과중한 일인지 말할 언어도 없이 오래 머물러 있었다.

그런 나에게 '기획 노동'이라는 단어는 비로소 나의 시간을 설명할 수 있는 근거가 되었다. 나의 어려움을 규정할 하나의 단어를 알고 나니 그 어려움이 막연하고 이해하기 어려운 것이 아니라 사회적으로 실체가 있는 것으로 느껴졌다. 분명 나의 문제는 그대로였지만 어쩐지 자유로워졌다. 사회가 인정해주는 어려움 같았기 때문이다. 인정받는 힘듦은 하나의 현상이자 해결해야 할 과제일 뿐 나를 괴롭히는 문제가 되지 못했다. 때로 어떤 삶의 문제는, 그것을 설명할 단 하나의 언어를 배우는 것만으로도 우리가 문제를 바라보는 방식을 새롭게 한다.

부분적 참여, 개념을 아는 것의 효용

돌아보니 개념을 알게 된 뒤 비로소 이해가 가능해졌던 경험은 특수교육 현장에도 있었다. 학생의 양육자나 담임교사가 내게 자주 호소하는 어려움 중 하나는 '아이가 교실에서 할 수 있는 게 없는 것 같다.'라는 것이다.

"우리 아이가 특수학교로 가야 하는 것은 아닐까요?" 양육자들이 한껏 초조해하며 물을 때가 있다. 수업을 못 따라가니 반 친구들이나 담임교사에게 피해를 주는 건 아닐지 걱정하기도 한다. 충분히 또래들과 함께 통합된 환경에서 생활할 수 있는 학생임에도, 마음을 졸이는 양육자들을 보는 것이 안타까웠다. 생활연령이 같은 또래를 기준으로 성취 수준을 바라보면 해낼 수 있는 일이란 없어보이는 게 당연하다.

"아이가 수업을 못 따라오는데 내가 데리고 있어도 되나 싶어요." 통합학급 담임교사들의 흔한 고민이다. 통합학급에서는 전체 수업을 하다 보니, 특수교육대상자를 개별적으로 살피기 어렵다. 제대로 이해하지 못할 것을 알면서도 수업을 이어가야 하는 담임교사의 부담과 죄책감이 고스란히 전해졌다. 그럴 때 나는 '부분적 참여'라는 개념을 설명해준다. 부분적 참여란, 특수교육대상자가 학습활동의 모든 단계에 참여하지는 못하더라도, 일부 단계에 선택적으로 참여하거나 적절하게 수정된 활동에 참여하도록 하는 원칙이다.

대개 중증 자폐성 장애를 가진 학생은 모둠활동에서 '아무것도 할 수 없는 학생'으로 간주되기 쉽다. 그러나 아이가 할 수 있는 것이 무엇인지 파악하고 적절한 도움을 제공하면 알맞은 역할을 찾아낼 수 있다. 모둠별 토론 결과를 발표한다고 가정하면, 의견을 주고받는 과정에 참여하기는 어려우나 발표 자료를 만들 때 모둠에 기여할 수 있다. 학습 준비물을 가져와 나눠주는 간단한 일도 있다. 가위질이 가능한 학생이라면 시각 자료를 오리고, 글자를 따라 쓸 수 있다면 발표 자료 일부를 연필로 써주고 매직으로 따라 쓰게 한다. 울퉁불퉁한 절단면과 삐뚤빼뚤한 글자는, '더불어 함께'의 아름다운 상징이다. 부분적 참여의 개념으로 성취의 허들을 낮추면 장애 유무에 상관없이 누구든 어떤 일이든 참여할 방법을 찾아낼 수 있다.

'모든 것을 해내지 못해도 가능한 만큼 참여하는 것 또한 충분히 의미가 있다'는 부분적 참여의 원칙을 전하자, 양육자와 담임교사의 무거운 마음이 조금은 덜어지는 듯했다. 물론 부분적 참여를 실현하려면 교사의 의지와 노력이 필요하다. 특수학생이 참여할 단계를 선별하거나, 참여가 가능하도록 활동 내용을 수정해야 한다. 하지만 너무 많은 노력을 들이지 않고도 할 수 있는 몇몇 아이디어를 추가로 제시하니 한번 해보겠다고 말하는 담임교사가 많았다. 어렵게만 느껴지고 불가능하다고 여겨지던 일도 새로운 개념을 이해하면 심리적 허들이 낮아져 가능성을 바라보게 된다.

우리는 사회 현상을 표현하는, 사회적으로 합의된 언어를 배우는 것만으로도 현실의 문제를 수긍하고 나아갈 힘을 얻을 수 있다. 새로운 개념에 눈뜨면 내 문제를 보다 객관적으로 바라보고 해결하려는 마음을 갖게 된다. 내 문제에 붙일 적확한 이름을 공부하고 그 의미를 깨닫는 일은 현실의 문제를 해결하는 직접적 도구가 될 수 있다.

삶의 문제에 응답하는 공부

쓰기, 목소리를 찾다

역할 자아가 옷을 입기 전, 고요 속에 홀로 깨어 있어야 비로소 선명해지는 것들이 있다. 특수교사와 돌봄자로만 살아온 지 8년 차에 나는 '쓰기'를 만났다. 매일 새벽 4시 40분, 하루의 태양보다 먼저 떠오른 나는 창문 너머 까만 어둠을 가만히 응시하다가, 일순간 머릿속에 여명처럼 밝아오는 어떤 것들을 글로 써내려가기 시작했다. 지난 한 돌봄 끝에 대체 무엇이 나를 기다리고 있을지 '개와 늑대의 시간' 같던 8년의 돌봄과 그 속에 매몰된 자아를, 쓰면서 마주하게 됐다.

글쓰기를 배운 적은 없지만, 가슴 속에 꾹꾹 눌러 담은 말은 차고 넘쳤기에 가장 먼저 나를 쓰는 사람들 곁으로 데려가 쓰는 시스템 속에 놓아두기로 했다. 100일 동안 매일 한 편의 글을 쓰는 '백일백장 프로젝트'에 도전했다. 100일 동안 100편의 글을 기어이 써냈다. 쓰기를 막 시작한 나에게 공고한 문체랄 것이 있겠냐마는 그래도 늘 사용하는 표현과 구조에 머물지 않으려고 다음 100일 동안 매일 '문장 공부'를 이어갔다. 책을 읽다 나를 멈춰세우는 문장을 만나면, 그 문장에서 파생된 경험과 사유를 나의 언어로 써내려가는 공부였다. 때로 내게 익숙하지 않은 문장 구조를 차용하기도 했다. 좋은 문장을 마음껏 누리며 내 것으로 소화해내는 과정에서 좋은 표현을 길어올리려 애썼다.

잠을 아껴 글을 쓴 지 꼭 1년 6개월 만인 2025년 3월, 나는 『나는 듯이 가겠습니다』라는 책을 출간했다. '어느 특수 교사의 돌봄 기록부'라는 부제를 단 그 책에는 10년의 돌봄 경험, 좋은 돌봄에 대한 고민과 실천, 돌봄 사회를 향한 바람과 꿈이 담겼다.

책을 출간한 뒤 여러 차례의 북토크를 통해 나를 응원하는 지인과 독자들을 만났다. 실제 돌봄자들을 비롯해 수원, 천안, 대전, 대구 등지에서 수고롭게 찾아온 독자들도 있었다. 내 이야기를 경청하며 눈물을 훔치거나 앞다퉈 질문을 던지는 사람들을 보며 마음이 벅찼다. 그 긴 세월, 애를 써도 들리지 않던 내 말을 이렇게나 많은 사람이 들어주다니, 나는 언제부터 이렇게 많은 응원을 받는 사람이 되었을까.

특수교사로 일한 20여 년간 나는 보이지 않는 사람에 가까웠다. 학교 안에 단 한두 명뿐인 특수교사라 일을 의논할 수 있는 동료가 없었다. 결정과 책임은 모두 내 몫이었고 최선을 다해 일해도, 얼마간 매너리즘에 빠져 있어도 아는 사람이 없었다. 무엇이 어렵고 힘든지, 어떤 노력을 기울이고 있고 무엇이 필요한지 함께 나눌 사람도, 말한들 제대로 이해할 만한 사람도 드물었다. 회식 자리에 가면 나는 알 리 없는 동 학년의 학생 이야기와 일반 교사들의 업무 이야기를 가만히 들었다. 부당한 일에 목소리를 내어도 다수에 묻히기 일쑤였다. 분명 선량한 다수였기에 홀로 내상이 컸다. 그러다 보니 자연스럽게 듣기만 하는 존재가 됐다. 무수한 반복을 견디고 내 안에 가득한 이야기를 삼킨 채 그저 듣는 사람으로 존재하다 보니 어디에도 마음 둘 곳이 없었다. 가끔은 내가 학교라는 공간을 부유하는 발 없는 유령 같았다.

돌봄자로 살아온 10년도 마찬가지였다. 돌봄의 나날을 촘촘하게 살아내며 하고 싶은 말이 참 많았는데, 이야기를 들어주는 곳도 고립된 돌봄자에게 눈길을 주는 곳도 없었다. 돌봄자로서 내 존재가 사회적으로 '없는 존재'나 다름없게 느껴졌다.

그러나 글을 쓰기 시작한 뒤 나는 보이지 않는 존재에서 보이는 존재가 됐다. 듣기만 하던 존재에서 말하는 존재가 됐다. 독자들은 책 한 권에 꾹꾹 눌러 담은 이야기로도 모자라 북토크 현장에 찾아와 내 이야기를 들었다. 한껏 쪼그라든 내가 비로소 펴지는 기분을 느끼며, 계속 쓰는 것으로 학교 안팎의 내 삶이 균형을 이룰 수 있겠다고 생각했다. 특수교사로서 어찌할 수 없는 소외감과 고독은 감수하더라도, 직장 밖에서는 나를 펼치고 드러내는 기쁨을 찾을 수 있게 됐다. 돌봄자로서 내 목소리가 신문과 잡지에 고루 소개되었고, 저자로서 정규 라디오 방송에 섭외되기도 했다. 내 책은 사회적 의미를 지닌 책으로 평가받고 있었다. 지극히 개인적인 문제로 간주되던 돌봄이 결국 사회 문제였다는 확신이 들었다.

'쓰기'는 내게, 엄마를 돌보느라 저만치 뒤에 떨궈두고 온 나를 데려오는 응집된 걸음과도 같았다. 그토록 바라마지 않던 '목소리를 찾는 일'이기도 하다. 개인적 경험을 통찰하고 공적 언어로 전환해내는 '쓰기'를 통해 계속해서 '말하는 사람'으로 살아보려고 한다. 그렇게 직장 안팎의 자아가 균형을 맞춘 채 흘러가다 보면, 같은 방향을 향하는 사람의 응집된 걸음을 돕는 내가 될 수 있지 않을까!

특수교사와 돌봄자의 이중 시선으로

"이 삶에 대해 목소리 내주는 누군가가 있고, 우리 이야기가 책이 되어 나오다니. 제 삶도 가치 있게 느껴지네요."

10년이 넘도록 엄마를 돌보는 연희가 말했다. 어느새 30대 중반이 된 그녀는, 돌봄 기관조차 받아주지 않는 상태의 엄마를 돌보느라 사회생활을 시작할 엄두조차 내지 못했다. 제대로 알려주는 이가 없는 돌봄의 막막함, 적당히 힘든 자만 누릴 수 있는 사회적 돌봄 서비스, 돌봄자의 고립과 취약함을 그녀 역시 개인의 문제라 여겼을지 모르겠다. 그러나 내 책이 출간된 뒤 개인의 문제라 믿었던 우리네 돌봄이 사회적 의미로 변모하는 것을 보며, 그녀는 자기 삶도 그처럼 가치 있게 느껴진다고 안도했다. 북토크에서 만난 많은 독자들도 그랬다.

"작가님 책을 읽고 발달장애 아동 프로그램과 가족 돌봄에 대한 아이디어를 얻었어요."

"남편이 뇌졸중으로 쓰러진 지 얼마 안 됐는데 어떻게 해야 할지 방향성을 그릴 수 있었어요. 제게 등대와 같은 책입니다."

"돌봄을 준비하며 불안하고 걱정스러웠는데, 돌봄을 너무 두렵게만 바라보지 말아야겠어요. 돌봄이 나에게는 어떤 의미일지, 조금은 기대하며 마주할 용기가 생겼어요."

"돌봄자를 위한 사회제도가 필요하다는 데 공감합니다. 앞으로 관련 기사나 정책에 관심을 가지고 지지할게요."

나는 돌봄자 곁에 서고 싶은 마음, 보이지 않는 돌봄자들을 더 많이 보아주길 바라는 마음으로 집필했다. 그러나 출간 이후 독자들의 다양한 반응을 접하며 돌봄자 곁에 서고 싶다는 나의 개인적 바람이 점차 구체적 소명으로 변해가는 걸 느꼈다. 나는 '질적 돌봄'이 무엇인지, 좋은 돌봄과 개인의 삶이 양립하려면 무엇이 필요한지를 고민하고 말하는 사람이 되고 싶어졌다.

나의 롤모델이자 N인분 대표인 조기현 작가에게 내가 처한 상황과 돌봄 사회에 내가 할 수 있는 방법으로 기여하고 싶다는 바람을 전했다. 학문적 연구와 활동가로서의 경험 중 어느 방향이 더 적절할지 조언도 구했다. 지금의 나에게는 이론적 지식보다, 내 돌봄 경험을 설명할 수 있는 언어를 갖추는 공부가 더 필요하다고 의견이 모아졌다.

2025년 6월 대선을 앞두고는 돌봄 커뮤니티 N인분과 재단법인 '돌봄과 미래', 디지털시민광장 '빠띠'에서 주최한 「100인 돌봄시민회의」에 참석했다. '가장 사적인 돌봄의 목소리에서부터 돌봄의 공적 대안을 마련한다.'라는 캐치프레이즈 아래 전국 각지에서 모인 100인의 돌봄자가 장장 5시간에 걸쳐, 미시적인 개인의 경험으로부터 출발하는 정책을 만들어봤다. 돌봄자들은 장애인 돌봄, 치매와 인지장애 환자 돌봄, 암 환자와 중증 질환자 돌봄, 가족 돌봄자 지원 등 13개 분과로 나뉘어 각자의 돌봄 이야기를 풀어냈다. 분과마다 배치된 정책 멘토는 돌봄자들이 느끼는 문제를 정책적으로 푸는 과정을 도왔다. 그렇게 도출된 정책에 투표하고 현장에 참석한 정당별 대선후보나 정책 담당 국회의원과 대담을 나눴다.

나는 '장애인 돌봄' 분과에 소속되어 봇물처럼 터져나오는 이야기를 나눴다. 그 목소리는 같은 해 6월 『돌봄의 목소리』라는 구술집으로 출간돼 전국 지자체에 배부되었고, 실질적인 정책 제안으로도 이어졌다. 충분한 당사자성이 숙의를 거쳐 목소리가 되는 과정에 나는 감동과 설렘을 느꼈다.

내 책을 읽고 연락을 취해 온 '에이지스 AGIS' 대표를 만나기도 했다. 에이지스는 시니어 산업에 오래 몸담아온 전문가들이 모여 만든 스타트업으로, 질환별 전문 교육을 통해 돌봄 종사자의 전문성과 업무 만족도를 높이는 한편, 다자간 협의를 통해 좋은 돌봄을 고민하며 돌봄 대상자와 돌봄자의 삶의 질을 높이는 방향을 추구하고 있었다.

평소 돌봄 논의에서 돌봄 노동자의 처우 개선이 중심이 되는 경우가 많다고 느꼈다. 그사이 돌봄을 받는 당사자가 느끼는 돌봄 노동자의 전문성과 숙련도, 원하는 돌봄 방식, 가족 돌봄자가 겪는 이중고는 제대로 고려되지 않는다는 인상을 받았다. 에이지스는 세 주체의 입장을 균형 있게 바라보고 있었기에, 나는 가족 돌봄자로서 느낀 돌봄의 어려움과 질적 돌봄에 대한 생각을 나누고, 앞으로 할 수 있는 지원을 통해 협력하기로 했다. 이러한 나눔과 협력을 통해 나의 시선이 조금씩 깊어지고 있다.

'좋은 돌봄과 개인의 삶은 양립 가능한가?'

이 질문에 답하기 위해 나는 특수 교사와 돌봄자로서의 이중 시선으로 고민하고 배우며, 그것을 다시 나의 언어로 말하는 일을 당분간 계속해보려 한다.

비혼 1인 가구의 행복한 삶과 노년을 고민하다

오랜 기간 엄마를 돌보며 나는 자연스럽게 비혼인 나의 삶과 노년을 상상하게 됐다. 함께 가면 더 멀리 갈 수 있다는 생각으로 진심을 담아 문을 두드린 끝에 『에이징 솔로』의 김희경 작가님과 책 속 인터뷰이가 주축이 되어 만든 모임 '에이징 솔로 네트워크'에 참여하게 됐다.

2025년에는 돌봄을 주제로 매월 독서 모임을 하며 비혼 1인 가구의 행복한 삶과 노년을 천천히 그려보았다. 가장 인상 깊었던 책은 의료 인류학자 송병기 님과 호스피스 의사 김호성 님이 말기 돌봄과 죽음에 관해 나눈 대화를 엮은 『나는 평온하게 죽고 싶습니다』이다.

북토크에 찾아온 어느 독자가 내게 "저희 어머니는 와상환자라 작가님처럼 해보고 싶지만 할 수가 없어요."라고 말한 적이 있다. 이후 '부축하면 천천히나마 걸을 수 있는 엄마와 달리 와상 상태의 환자에게도 질적 돌봄이 가능할까?'라는 질문을 품었다. 『나는 평온하게 죽고 싶습니다』는 이러한 질문에 답이 되어주었다. 삶의 질은 외부 활동의 많고 적음이 아니라, 공간과 음식 등 일상의 모든 조건에서 결정된다는 사실을 깨달았다. 주어진 상황과 조건 속에서 개인의 개별성과 고유성에 집중하면 얼마든지 질적 돌봄을 시도할 수 있으리라 믿게 됐다.

같은 해 6월, 비혼 여성들을 대상으로 '솔로살롱'을 개최하기도 했다. 홀로 살아왔던 우리들의 이야기를 나누고 느슨한 연결을 만들어 보자는 취지로 마련된 솔로살롱은 4회차로 진행됐는데 '에이징 솔로'들의 주된 화두인 커리어와 노후, 돌봄, 주거 상상, 1인 생활자의 경제를 다뤘다.

나는 '부모 돌봄과 자기 돌봄' 회차의 이끎이를 맡아 '좋은 돌봄과 개인의 삶은 양립 가능한가'라는 주제로 돌봄 이야기를 나눴다. 이끎이로서 다소 서툴렀던 나를 통해 북토크가 아닌 주제 중심의 살롱을 이끌어간다는 것의 의미와 차이는 무엇인지, 돌봄을 바라보는 시각과 기대가 얼마나 다양한지 확인할 수 있었다. 돌봄을 바라보는 다양한 관점과 그것을 표현하는 언어에 대해 더 배워야겠다고 느꼈다.

삶 속에서, 삶을 나아가게 하는 공부

2001년 여름, 첫 해외 배낭여행을 중국으로 떠난 나는 북경에서 계림으로 향하는 열차 안에 있었다. 잉쭈오(딱딱한 의자형 일반석)에 앉아 꼬박 24시간을 가야 하는 가난한 여행자였지만, 그 고됨보다 창밖의 옥수수밭에 온통 마음을 빼앗겼다. 나지막한 구릉도 산도 없이 몇 시간이고 끝을 모르게 이어지던 광활한 옥수수밭. 비로소 중국이라는 대륙의 크기를 실감한 나는 중국이 지역에 따라 어떤 곡물을 재배하는지 중국 지도 속에 생생하게 그려볼 수 있었다. 학창 시절에 그 넓다는 중국 땅덩이를 구역으로 나누고 곡물 재배 현황을 입력하듯 외워 시험지를 풀 때는 아무런 감흥도, 의미도 없던 것이었다.

　나에게 공부란 온몸으로 살아내는 일에 가까웠다. 때로 내가 선택하고 때로 내게 던져지듯 주어지는 삶을 온몸으로 살아내는 가운데, 그 경험을 설명할 정확한 언어를 갖기 위해 필요한 것이었다. 내가 경험한 좋은 것을 나누기 위해, 혹은 불편한 상황에서 내가 겪은 문제를 사회적으로 풀어나가기 위해 나는 삶 속에서 내가 직접 경험한 것으로 공부해야만 했다. 그래서 나의 공부는 항상 삶 속에 있었고, 삶의 문제로부터 출발했다.

　특수교육대상자들을 위한 세계 일주 프로그램을 개발한 것도, 무수한 반복 노동에 힘겨움을 느끼는 내 문제로부터 출발했다. 거기에 세상의 다양한 문화가 주는 즐거움, 자기 주도적 공부의 즐거움이 가득했던 배낭여행 경험이 방법적으로 더해졌다. 경험을 독창적인 방식으로 창조해 삶에 적용하는 것, 나는 이럴 때 나와 내 주변이 함께 배우고 성장한다고 느낀다.

특수교사인 나의 돌봄도 마찬가지였다. 특수교사로서 일상성과 개별성, 고유성에 시선을 두려 노력했던 나는 엄마가 장애 입은 몸으로 어떻게 일상성을 회복할 수 있을지 고민하는 가운데 개별성과 고유성을 되살리는 방안을 생활 속에서 찾아내고 적용할 수 있었다. 거기에는 수많은 고민과 문제 해결의 과정이 있었다. 지식과 지혜의 총합이 이루어져야 문제가 해결된다.

『나는 듯이 가겠습니다』를 집필하며, 원하든 원하지 않든 내 경험을 통해 누군가를 돕는 방향으로 내 삶이 흘러가고 있으며, 그럴 때 내가 힘들어도 보람을 느끼는 사람임을 알게 됐다. 특수교사와 돌봄자라는 이중 시선으로, 내가 할 수 있고 잘 해내고 싶은 것이 무엇인지 고민하고 있다. 신체적, 환경적으로 취약한 상태에 놓인 사람들이 개별성과 고유성을 잃지 않고 돌봄을 받을 수 있도록 '질적 돌봄'을 묻고 나누는 일을 이어가고 싶다. 그 과정에서 돌봄 종사자, 가족 돌봄자, 그 누구도 자기를 허물지 않고 좋은 돌봄을 주고받기를 원한다. 지금 나는 내 삶의 새로운 화두를 어떤 방법으로 풀어나갈지 가늠하며 사람들을 만나고 책을 읽고 조심스레 목소리를 내고 있다. 나의 공부는 새롭게 다시 시작이다.

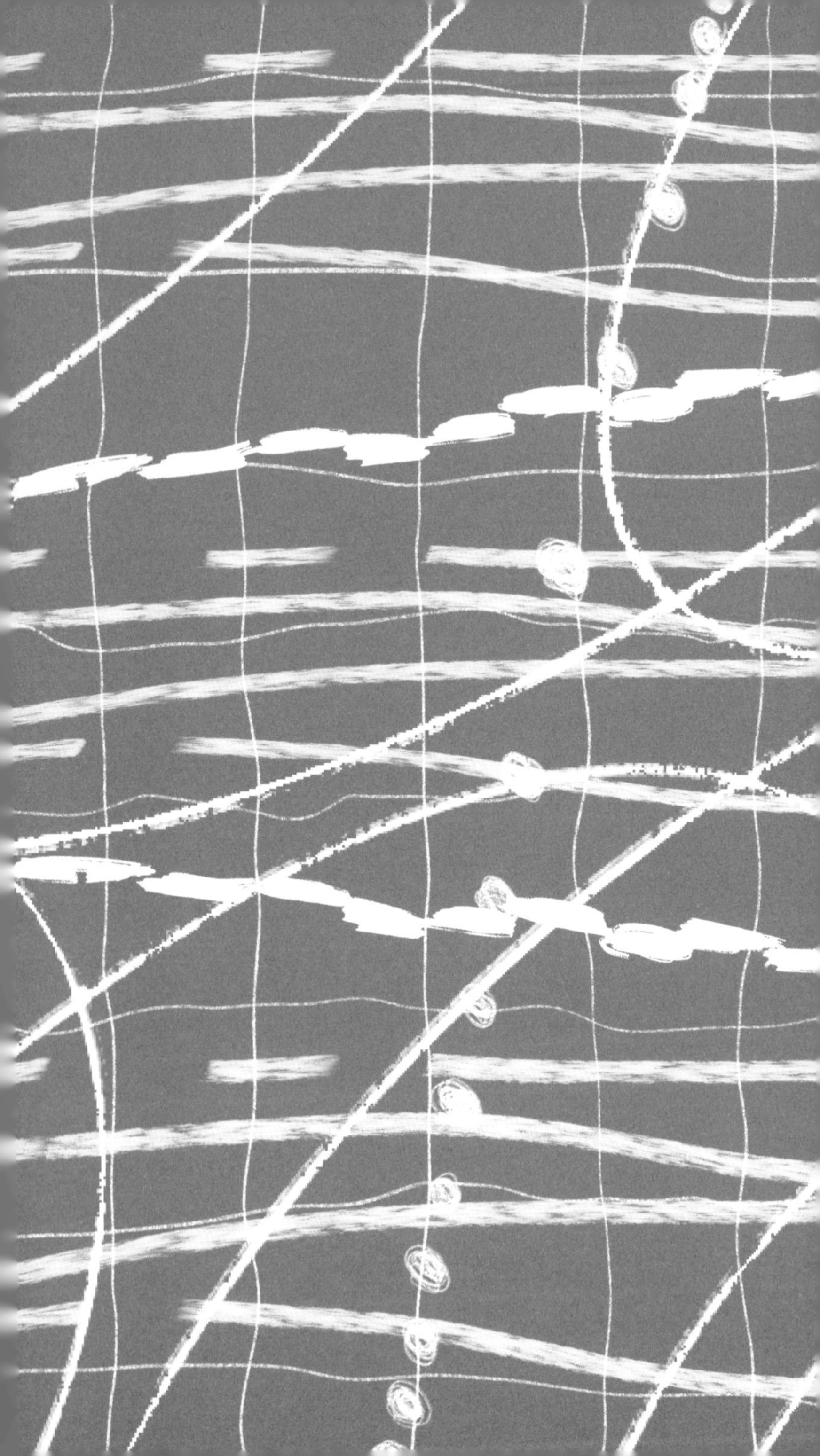

2부. 공부는 나를 성장시키는 일

**목표와 성취, 열정과 단단함을 향한
공부의 이야기**

정지우
....

삶을 바꾼 공부의 힘 :
자립, 글쓰기, 철학까지

김현정
....

분투하는 번역 :
혼자서 외국어를 끝까지 해낸다는 것

서하연
....

나를 지켜준 공부 :
유년기부터 지금까지

김주화
....

공부가 주는 기쁨 :
그날의 열정은 어떻게 남았을까

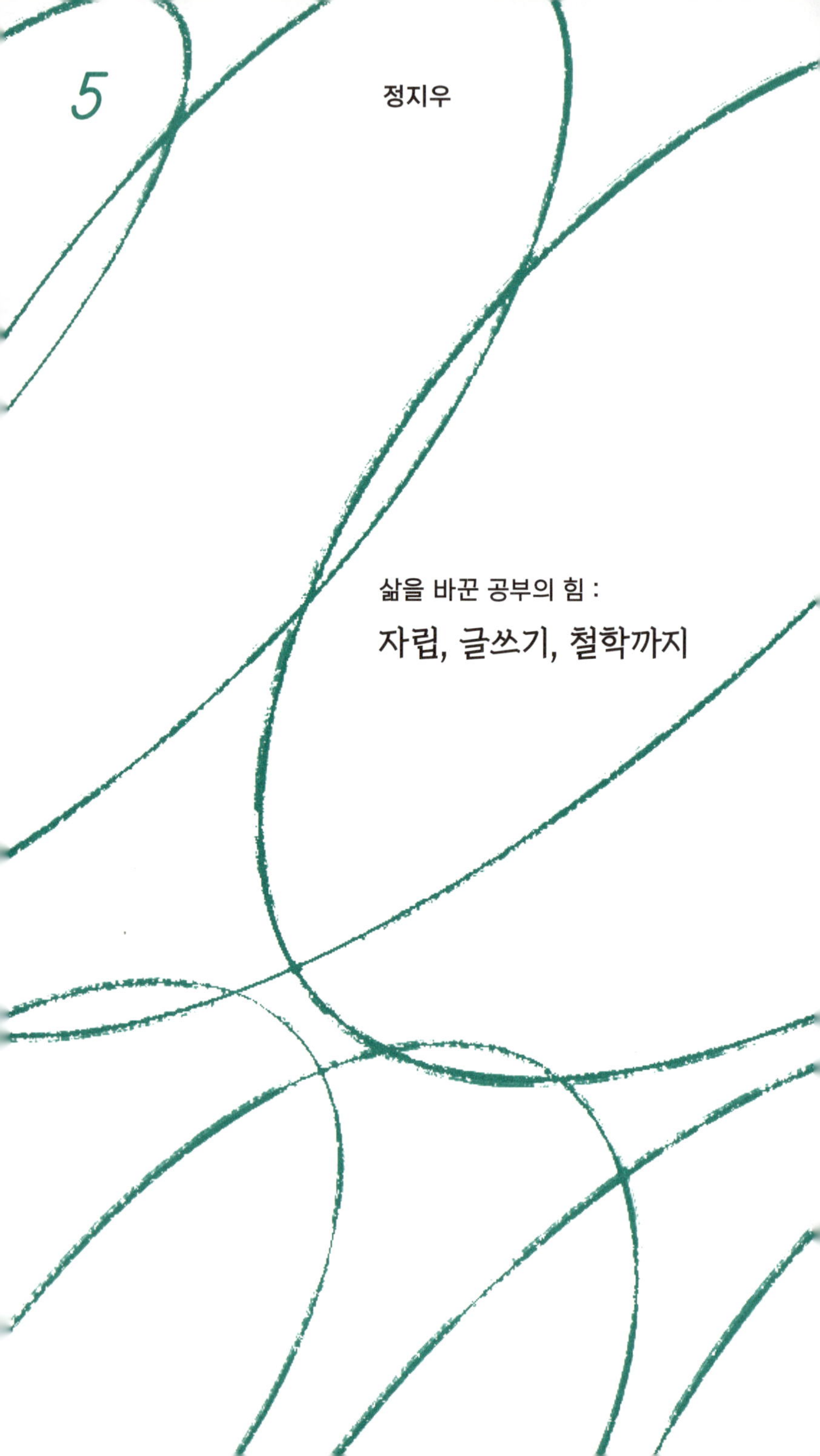

5
정지우
삶을 바꾼 공부의 힘 :
자립, 글쓰기, 철학까지

작가의 인문학 공부

예술가와 학자 사이에서

처음 작가를 꿈꾸었을 때, 내가 되고 싶었던 것은 소설가였다. 작가도 종류가 무척 다양하다. 소설가, 시인, 드라마 작가, 영화 시나리오 작가, 방송 작가, 라디오 작가, 수필가 등 종류를 일일이 따지면 열 손가락을 훌쩍 넘긴다. 내가 처음 글을 쓰고 싶었던 이유는 상상의 이야기가 좋았기 때문이다. 10대 무렵엔 평생 상상 속 세계에서만 살아도 좋을 것 같았다.

그러나 삶이 흘러가면서 마음이 조금씩 달라졌다. 어릴 적에는 순수한 환상 세계의 이야기만 좋아했다면, 스물이 넘어서는 현실의 이야기가 와닿기 시작했다. 처음 사랑을 하고, 혼자 살면서 여행을 떠나보고, 현실로 걸어 들어갈수록 세상은 상상이 전부가 아니라는 걸 깨닫기 시작했다. 그때부터 문학은 내게 다른 의미로 다가왔다.

20대부터 내게 문학은 '즐거운 상상'이 아니라 삶을 깊이 있게 들여다보는 '렌즈'로 바뀌기 시작했다. 처음 내가 빠진 작가는 헤르만 헤세였다. 헤세는 환상소설집을 쓸 정도로 환상적이고 낭만적인 이야기를 쓰는 작가라 내게 꼭 맞았다. 그러면서도 인간 내면의 심리 분석과 인생에 대한 깊이 있는 관점을 전해주었다. 한때 나는 스스로가 헤세의 환생쯤 된다고 믿을 정도였다. 헤세의 전집을 모두 읽으며 나는 문학의 세계에 빠져들었다.

헤세의 작품에서는 예술가형 인간과 학자형 인간이 자주 대립한다. 헤세는 평생에 걸쳐 이 두 종류의 인물에 대해 썼다. 대표적인 작품으로 『나르치스와 골드문트』가 있다. 이 작품의 주인공 중 나르치스는 학자형이자 성직자형 인간이고, 골드문트는 예술가형 인간이다. 헤세는 두 인물 모두가 자신의 일부라고 했다.

나는 그런 식의 분류에 깊이 빠져들었다. 내 안에도 두 가지 성향이 모두 있다고 믿었기 때문이다. 스스로를 예술가이자 학자인 성향의 인간이라 믿었던 것이다. 자아정체성에 대한 고민이었다. 사람은 MBTI가 되었든, 다른 심리학적 기준이 되었든 자신의 자아를 분류하면서 정체성을 찾아간다. '나는 공감 능력이 뛰어난 편이지', '나는 감성보다는 이성이 발달한 편이지', '나는 내향적이기보다는 외향적인 편이지.'라고 생각하며 나를 알아간다. 당시 나는 심리학적인 분류보다 헤세 식의 문학적 인물 분류에 이끌려 나를 대입하기 시작했다.

그러한 관심은 점점 철학으로 나아갔다. 철학에는 분석철학, 실존주의, 마르크스주의 등 다양한 사상이 존재한다. 어떤 사상에 관심을 갖고 공부하느냐가 자기를 찾는 여정이 되기도 한다. 사회혁명에 관심이 있다면 마르크스주의나 비판이론에, 논리적이고 분석적으로 수학 문제 풀듯 세상을 분석하기를 좋아한다면 분석철학에, 다소 관념적으로 삶을 대하며 고찰하는 걸 선호하는 타입이라면 관념철학에 관심을 가질 수 있다. 이런 식으로 철학에도 취향이 있다. 그중에서 나는 '직관'파였다. 특히 현재에서 나의 실존을 깨닫는 '직관'을 중시하는 실존주의가 내 성향에 맞았다.

실존이란 간단히 말해 '텅 빈 상태'이다. 우리 인간은 온갖 요소들로 채워져 있다. 이름, 출신 지역, 학벌, 사회적 위치, 태어난 나라와

환경 등 여러 가지 요소들로 '나'라는 존재가 구성된다. 실존주의는 그 모든 요소를 제거하고, 그 모든 것들이 '아닌 나'의 상태에서 출발하고자 하는 시도이다. 오늘 하루 완전히 '순수한 나'가 된다면 무엇을 할 것인가? 만약 오늘 저녁 죽음이 예정되어 있다면 나는 어떤 하루를 보낼 것인가? 세상 모든 타자의 영향을 제거하고 순수한 백지 상태로 오늘을 맞았을 때 나는 어떤 삶을 살 것인가?

나는 니체와 카뮈를 탐독하며 비슷한 문제의식을 가진 문학인들의 책을 파고들었다. 철학 공부를 할수록 철학과 문학이 만나는 지점들이 보이기 시작했다. 도스토옙스키는 소설가였지만 실존주의의 선구자라 불렸다. 실존주의는 철학사조이기도 하지만 문학사조이기도 했다. 인간과 자아에 대한 문학인들의 탐구는 철학자들의 탐구와 맞닿아 있었다. 나는 소설 창작의 세계에서 관심을 확장시키며 인문학의 세계로 점점 더 걸어 들어갔다.

학교 안과 밖에서 공부한 인문학

20대 초반의 나는 내가 진정으로 원하는 공부를 끝없이 쫓아갔다. 헤르만 헤세나 토마스 만 같은 독일 문인에 관심이 생기면 관련된 책들을 탐독했다. 대학교에서도 환상문학이나 독일문학 강의를 들었다. 실존주의에 대한 관심이 생기면 실존주의 철학이나 문학을 다루는 교양수업을 들었다. 성적 관리보다는 철저하게 나의 관심사에 따라 강의를 수강했다. 필수 교양 학점을 훌쩍 넘기기도 하고, 학점이 너무 넘치면 청강을 듣기도 했다.

한번 인문학의 세계에 들어서니 끊임없는 갈증이 느껴졌다. 세상에는 너무 많은 지식이 있었다. 너무 많은 사상가와 문학인, 철학자가 있었다. 그 모든 것을 먹고 소화시키고 싶어서 안달이 났다. 그러나 학교에서 교양강의를 아무리 많이 들어도 채워지지 않았다. 읽고 싶은 책이 늘어나는 속도에 비해 책 읽는 속도는 느렸고, 어떤 책은 너무 어려워 읽는 데 오랜 시간이 걸렸다. 게다가 학교의 각종 리포트와 과제와 시험에 시달리다 보니 도무지 내가 하고 싶은 공부에 집중할 수가 없었다.

그래서 휴학을 했다. 순전히 읽고 싶은 책을 실컷 읽고, 하고 싶은 공부를 실컷 하고 싶다는 이유였다. 나 같은 경우는 흔치 않았다. 대부분은 토익 학원을 다닌다든지 교환학생이나 어학연수를 가기 위해 휴학을 한다. 그러나 나는 도서관에 처박히고 싶어서 2년 동안 휴학을 했다.

그 기간을 혼자 책만 읽으며 보내진 않았다. 철학아카데미 같은 학교 밖 대안 공간도 부지런히 찾아다녔다. 그곳에는 학교에서 접할 수 없는 다양한 현대철학과 미학, 문학에 대한 강의가 풍부했다. 학교 밖의 대안 공간을 다니며 강의와 세미나에 참여했던 나날이 내 청춘의 상당 부분을 차지한다. 그것이 나의 열정이고 청춘이고 공부였다.

헤르만 헤세의 『데미안』에서는 자기 내면에서 솟구치는 욕구에 따라 청춘을 보내는 것이 위험한 일로 그려진다. 주인공 싱클레어는 말한다. 자기 내면의 물음을 따라 살다 나중에 성직자가 될지 부랑자가 될지 판사가 될지 뭐가 될지는 몰라도, 당시에는 그 내면을 좇는 게 가장 중요했다고. 나도 꼭 그랬다. 그렇게 해서 나중에 뭐가 될지는 몰랐다. 교수가 되는 전형적인 코스도 아니고 소설가가 되는 방법도 아니었지만 나에게는 그것이 진짜 공부였다.

다시 청춘으로 돌아간다면 그렇게 살아낼 자신은 없다. 그때로부터 십수 년이 훌쩍 흐르고, 현실의 여러 면면을 알게 된 지금의 내 자아가 그대로 과거로 돌아간다면, 조금 더 일찍 안정적이거나 보장된 길을 택하고 싶어할지도 모르겠다. 그러나 그 시절에 대해 일말의 후회는 없다. 오히려 그랬기에 지금의 내가 되었다고 믿는다. 나에게는 내 안의 진리를 찾는 공부가 무엇보다 중요했다. 내면의 무언가를 끝까지 좇아보고자 했던 그 시절이 나를 만들고, 나의 고유함을 형성했다.

청춘 시기에 내가 믿는 것을 끝까지 좇아보고자 했던 마음은 그 자체로 가치가 있다. 청춘은 한 번뿐이다. 누구나 그 시절을 보내는 방식이 있다. 내게 청춘은 공부였다. 세상이 시키는 공부는 결코 아니었다. 이력서에 스펙 한 줄 더할 수 없고, 학계에 자리잡는 데 도움된다고 보기도 어려웠다. 그러나 그것은 분명 내 열정을 모두 바친 공부였고, 나의 삶이었고, 한 번뿐인 내 청춘의 열정이었다.

인문학 분야의 작가가 되다

20대 중반 국어국문학과 대학원을 진학했지만 그곳에 내가 원하는 공부는 없었다. 나는 수료만 마친 후 졸업논문을 쓰지 않은 채 대학원을 나왔다. 20대 내내 소설을 썼지만 나의 소설은 한국 문단에 좀처럼 받아들여지지 않았다. 한 번 장편소설로 문학상을 수상하긴 했으나 대단한 업적은 아니었다. 주목받는 젊은 소설가나 베스트셀러 작가는 나와 거리가 멀어보였다.

나는 내가 공부하여 찾은 나의 진리에 대해 책을 쓰기 시작했다. 그것이 '나만의 공부'를 좇은 결과를 내는 일이었다. 그리하여 스물여섯의 봄, 『청춘인문학』이 나왔다. 내가 생각했던 제목은 '젊은 날의 인문학 수업'이었다. 지금 보면 참 이상한 책이다. 이 책은 누구나 쉽게 읽게 쓴 대중 교양서가 아니다. 그렇다고 학계에서 연구 결과를 발표하는 논문 같은 책도 아니다. 그저 한 청년이 자기가 지금껏 공부한 모든 것을 정리하고, 그것을 자기 삶에 반영해 삶의 길을 찾고자 애쓴 치열한 기록이다. 당시 내가 심취했던 실존주의, 정신분석학, 사회철학 등을 내 나름대로 정리해 삶의 이정표로 삼고자 썼던 책이다.

그 책에서 나는 현실과 삶을 구분하는 것을 중점에 두었다. 인간에게는 우선 '현실'이 있다. 현실에서 우리는 스펙을 쌓고, 경력을 관리하며, 돈이라는 숫자를 통장에 찍는 데 집중한다. 현실에서 사람들은 서로 명품이나 아파트, 자동차 등 가진 것을 비교하며 희노애락을 느낀다. 한편 저마다 고유한 '삶'이라는 것도 있다. 봄이 찾아온 어느 날 사랑하는 사람과 공원을 거닐 때 우리는 현실을 잊고 삶의 영역에 들어선다. 내가 진심으로 좋아하는 음악을 들으며 몰입하는 밤, 우리는 현실이 아닌 삶의 영역에 있다. 삶을 함께하기로 한 가족과 손을 맞잡고 갯벌로 뛰어드는 어느 여름, 우리 눈앞에는 진흙 사이에 숨어 있는 게와 조개, 그리고 흙이 묻은 서로의 얼굴만 보인다. 내가 진실로 사랑하는 문학과 글쓰기를 좇는 비 내리는 새벽들은 현실이 아닌 삶에 속해 있다. 현실을 챙기되 삶을 중심에 두어야 한다는 게 나의 결론이었다.

내 젊은 날의 인문학 수업은 성공적이었다. 남들보다 일찍 돈을 벌어 아파트를 미리 사두거나 ETF를 저점 매수해 두지는 못했다. 처음 회사에 입사했던 30대 중반에는 남들보다 한참 경력이 부족했다. 현실의 측면에서 보면 나는 효율적으로 살진 않았다. 그러나 그토록 애써 내 삶의 진리를 찾고자 애쓴 끝에 내 생각에 따라 살 수 있었다. 그간 여러 권의 책을 출간하고, 대학원을 수료하고, 변호사 자격증을 땄다. 이후 여러 직장을 오가다 독립하여 다시 프리랜서 작가로 사는 일에 이르렀다. 결혼을 하고 아이를 키우며 돈을 모으고 경력도 쌓아갔다. 그 모든 '현실'의 과정 속에서도 젊은 날의 결론을 잊지 않았다. '현실도 현실이지만, 무엇보다 삶을 살아야 한다.'

그랬기에 복잡다단한 현실을 살아가면서도 매일 글을 썼다. 로스쿨 공부에 짓눌릴 때도 아이와 함께하는 순간의 소중함을 기억하고자 했다. 회사에 출퇴근하면서도 내가 좋아하는 책을 읽는 밤을 잊지 않았다. 현실은 어지럽게 흘러왔지만 내 삶에는 지속성과 일관성이 있었다. 나는 내 삶의 여정을 지켜냈다. 어떤 직업을 갖고 어떤 직장에 다니며 얼마의 돈을 벌든, 또 어떤 브랜드의 옷을 걸치고 어떤 차를 타고 다니든 그와 상관없이 나는 내가 생각하는 '나의 삶'을 사는 사람으로 나아가고 있다. 그 모든 건 내 젊은 날의 공부에 뿌리내리고 있다.

어떤 사람은 그렇게 작가가 되고 자기의 삶을 산다. 문단이나 학계의 인정에 기대지 않고 자기만의 공부로 자기의 길을 간다. 그 길이 대단한 성공의 길은 아니어도, 세상에 존재하는 하나의 길이라고 나는 믿는다. 내 청춘 시절 공부는 삶의 길을 내는 '진짜 공부'였다.

작가의 법 공부

인문학에 갇힌 마음

나는 스무 살부터 10년 정도 인문학 공부에 모든 걸 바쳤다. 속된 말로 인문학에 미쳐 있었다. 10년은 짧기도 하고 길기도 한 시간이다. 학자들에게 10년이란 시작 단계 정도에 불과한 짧은 기간이지만, 또 10년 동안 공부든 일이든 무엇을 해냈다고 하면 그 분야의 전문가라 불러도 손색이 없을 만큼 긴 세월이기도 하다. 나는 매년 100권 이상의 책을 읽고, 학교 안팎의 수많은 강의를 들으러 다니고, 세미나에 참여하면서 인문학 공부를 정신없이 해나갔다.

무엇이든 그렇게 하면 질리거나 매너리즘이 찾아올 법하다. 나도 10년쯤 그렇게 살고 났더니 일종의 매너리즘에 빠진 순간이 왔다. 철학자 들뢰즈의 이야기건, 장자의 이야기건, 알베르 카뮈의 이야기건 다 한 번쯤 들어본 얘기 같았고, 새로운 지적 자극을 얻기가 힘들었다. 거기서 열 걸음쯤 더 들어가 더 깊이 공부했다면 새로운 영역을 찾았을지도 모른다. 그러나 나는 나에게 필요한 인문학 공부는 그만해도 될 것 같은 느낌이 들었다. 자만이라면 자만이고 권태라면 권태였다.

나는 10년이나 대학에 머물러 있었다. 하고 싶은 공부를 하겠다며 휴학한 게 2년이고, 대학원 2년까지 더하면 10년째 대학이라는 울타리 안에 있었다. 답답하고 불안했다. 세상은 저 바깥에서 바삐 흘러가고 다들 치열하게 살아가는데, 나 혼자 상아탑 속에 갇혀 책에만 파묻힌 '선비'가 되는 것만 같았다. 물론 학자에게는 학자의 치열함이 있고, 학문 세계에는 그 나름의 현실과 현장이 있다. 그러나 청춘을 마감하던 시기의 나는 막연히 바깥으로 나가야 한다는 마음의 요구를 느꼈다. 아쉬웠다. 바깥세상의 역동성을, 사람들이 치열하게 살아가는 그 현장을 모른 채 평생을 보낸다는 건 비겁한 회피 같았다. 그래서 나가기로 했다.

문학과 철학을 사랑하며 평생 자유로운 선비처럼 살고 싶었던 나는 그렇게 나이 서른 무렵 처음 취업 준비 전선에 뛰어들었다. 가장 해보고 싶은 건 기자였다. 세상 구석구석을 돌아다니며 내 안에 쌓아낸 공부와 내 몸이 부딪히는 현실의 접점을 찾고 싶었다. 어떻게 살아야 할 것인가에 대해서는 공부할 만큼 했으니, 그것을 진짜 삶에 적용해보고 싶었다. 그러나 언론사 취업이 생각보다 어려웠다. 수십 군데의 언론사에 줄줄이 낙방했다. 왜 언론사 취업 준비를 언론고시라 부르는지 알 것 같았다. 방향은 묘하게 바뀌었다.

몇 년 정도 방황한 끝에 내가 도착한 곳은 로스쿨이었다. 언론사 취업을 준비하며 따둔 토익 점수가 큰 역할을 했다. 그 과정에서 익힌 시사상식 공부와 토론 연습도 면접이나 자기소개서를 쓰는 데 꽤 도움이 되었다. '현장'에 뛰어들려 했는데 다시 공부하러 간 셈이었다. 그러나 목적은 달랐다. 이전까지 나의 공부가 내 안에서 삶의 진실을 찾고 세상의 진리를 찾는 여정이었다면, 법 공부는 세상에서 실질적으로 살아남는 무기이자 생존기술을 연마하는 일이었다. 실제로 로스쿨에 가서 나는 이를 뼈저리게 느꼈다.

로스쿨의 수험 공부

10년 정도를 거의 공부만 하고 글만 쓰며 살았으니, 로스쿨에서 하는 공부 또한 이제까지 해왔던 공부의 자연스러운 연장일 거라 생각했다. 그러나 로스쿨에서 해야 하는 수험 법학은 내가 알던 공부와 큰 차이가 있었다. 로스쿨의 공부는 실제 소송 등 현장에서 바로 활용 가능한 실용적 배움을 목적으로 두기 때문에, 느긋하게 사유하고 성찰하며 독창적 관점을 고민하던 인문학 공부와는 성격이 무척 달랐다. 수험 법학에서는 답이 정해져 있고, 그 답을 최대한 신속하게 익히고 정확하게 뽑아내는 능력이 가장 중요했다.

공부가 다 같은 공부가 아니라는 걸 그렇게 알았다. 첫 학년 첫 학기 나의 등수는 거의 꼴찌였다. 대략 120명 입학 정원에서 100등 정도를 했다. 반수를 준비하는 학생이나 공부에 신경 쓰지 않는 일부 학생을 제외하면 그야말로 꼴찌나 다름없었다. 내가 공부를 소홀히 한 것도 아니었다. 나름대로 열심히 책을 읽고 정리도 했다. 그러나 수험 법학은 적당히 읽고 정리해서 되는 문제가 아니었다.

수험 법학은 시험에 나올 만한 것들을 핵심적으로 추려내어 빈틈없이 외워야 했다. 문제 스타일도 익혀서 기존 기출문제에 맞는 형태로 암기하고 이해해야 했다. 로스쿨 시험은 상당 부분이 글로 써내는 일이었는데 이것도 내가 쓰고 싶은 대로 쓰면 안 되었다. 모범답안이 존재하고 모범적인 형식이 있기 때문에 답안지를 거의 통째로 외워서 뽑아내는 인풋-아웃풋 기계가 되어야 했다.

이건 '나의 공부'와는 거리가 멀었다. 나의 공부는 내 나름의 관점으로 읽은 책을 새롭게 해석하고 상상력을 더해서 나의 글을 써나가는 방식이었다. '적극적인 오독'은 '새로운 관점의 해석'으로서 가장 중요한 지점이었다. 그러나 수험 법학에서 '적극적인 오독'은 '적극적인 오답' 즉 처참한 성적으로 돌아왔다.

남들의 공부 방법을 따라 해보기도 했다. 누군가는 문제집을 미친 듯이 여러 번 풀면 된다고 했다. 누군가는 엄청나게 좋은 요약 암기장만 외우면 된다고 했다. 누군가는 비싼 학원 강의를 들으면 된다고 했다. 그러나 남들의 방법이란 도통 내게 소용이 없었다. 로스쿨 3년 중 1년은 그렇게 시행착오처럼 흘러갔다. 10년간의 공부 체질을 바꾼다는 게 쉬운 일이 아니었다.

내가 수험 공부에 적응한 건 대략 2년째부터였다. 나는 여러 방법을 시도하다가 어느 순간 깨달았다. 나는 원래 글 쓰는 것과 강의하는 걸 좋아했던 사람이다. 수험 공부 또한 그렇게 하면 되었다. 나는 공부하는 모든 내용을 글로 써서 나의 방식으로 정리해 책을 만들었다. 그렇게 만든 책을 누군가에게 강의하듯이 혼자 떠들며 녹음했다. 글로 쓰고 강의했다. 그때부터 성적은 몰라보게 올랐다. 졸업시험 즈음에는 전교 5등까지도 했으니, 내 입장에서는 인간승리라 부를 만도 했다. 지금도 내게는 그 시절에 만든 정리 노트들이 남아 있다.

공부라는 다양성

멀리서 보면 공부는 다 같은 공부로 보인다. 그러나 가까이에서 보면 공부에도 체질이 있고 스타일이 있다. 같은 법 공부도 학문으로서의 법과 수험으로서의 법은 판이하게 다르다. 인문학 공부도 학문 연구에 천착하는 일과 인문학을 곁들인 에세이를 써내는 일과 대중적인 교양서를 써내는 일은 매우 다르다. 내가 무엇을 지향하느냐에 따라 공부의 방식도, 결도, 스타일도 달라진다.

수험 법학은 그것대로 의미가 있다. 법에 문외한인 학생을 3년 만에 법 전문가인 변호사로 만들려면, 그와 같이 타이트하게 압박하고 지식을 주입하고 뽑아내는 훈련을 시켜야 한다. 반면, 어느 학자가 쓴 단어 하나의 의미와 어원을 탐색하고 그 맥락을 풍부하게 고민하는 깊은 학문 연구는 그 분야에 필요한 전문가를 길러낸다. 다양한 영역의 공부를 두루두루 즐기는 사람은 학문 간의 연결고리를 찾고 세상에 흥미로운 창의적 사고를 선보인다. 내가 되고 싶고 하고 싶은 것에 따라 공부의 방식도, 모양도, 질도, 깊이도 달라진다.

대학을 다니며 나는 학자나 교수가 되어볼까 하는 생각도 해보았지만 그 방식이 나와 맞지 않다는 걸 깨달았다. 결국 꽤나 제멋대로, 호기심 가는 대로 온갖 공부를 했고, 학자보다는 작가 정도가 어울리는 사람이 되었다. 그러다 현실의 실전이라 할 수 있는 실용적인 법 공부를 거쳤다. 지금의 나는 여러 공부가 만들어낸 존재인 셈이다.

공부는 아직도 끝나지 않았다. 인문학 책을 다시 들춰보기도 하고 실전을 위한 법 공부를 이어가기도 한다. 때로는 천착하듯이 한 분야에 파고드는 순간도 있다. 그런 공부들이 모두 내 안에 매일같이 쌓여가며 나와 내 삶을 만들어간다. 그렇게 보면 인간이란 '공부하는 존재'라고 해도 과언이 아닐 듯하다.

나는 종종 노후의 모습을 떠올리곤 한다. 노후에 내가 어떤 모습으로 어떻게 살고 있을 거라고 단정할 수는 없겠지만, 내가 죽을 때까지 공부하는 사람이었으면 좋겠다. 어떤 공부일지는 몰라도, 수십 년 뒤가 흐른 뒤에도 나는 책을 집어들며 공부에 호기심과 흥미를 갖고 있을 것이다. 펠로폰네소스 전쟁사나 메소포타미아 문명사를 공부하고 있을지도 모르고, 희랍어나 프랑스어를 공부하고 있을지도 모른다. 아니면 AI 같은 새로운 기술에 흥미를 갖고 있을 수도 있고, 죽기 전에 양자역학을 이해하고 싶을 수도 있다. 혹은 그 시대에 필요한 조경 기술이나 도자기 빚는 법을 연마하고 있을 수도 있겠다.

무엇이 되었든, 그렇게 공부하고 있을 모습을 생각하면 설렌다. 누구에게나 시절마다 각자에게 필요한 공부가 있을 것이다. 그 공부를 찾아내 따를 수만 있다면 우리는 괜찮은 삶 하나를 살아내게 될 것이다. 평생 나의 공부가 메마르지 않기를 바란다.

작가의 글쓰기 공부

글쓰기는 공부할 수 있는 것인가

작가의 꿈이 생긴 날을 생생히 기억한다. 그때는 열다섯 살, 즉 중학교 2학년 중간고사가 끝난 뒤의 어느 날이었다. 당시 나는 게임을 무척 좋아하는 평범한 청소년이었다. 특히 RPG Roll Playing Game를 좋아했다. RPG는 대개 주인공 캐릭터가 판타지 세계를 모험하는 스토리인데, 나는 한 게임을 하고 나서 그 스토리에 완전히 심취해 버렸다. 게임이 끝나고 나서 한동안 그 여운을 어찌 달래야 할지 몰랐다.

그러던 중 그 게임의 스토리를 빌려 소설을 써보고 싶다는 강렬한 충동이 일었다. 게임 속 캐릭터들을 되살려 반전과 스펙터클이 가득한 이야기로 풀어내면 어쩐지 이 여운을 감당할 수 있을 것 같았다. 그렇게 나는 그 게임의 스토리를 베껴서 나만의 판타지 소설을 쓰기 시작했다. 그렇게 쓴 첫 소설을 어머니에게 보여주었고, 어머니는 소설을 쓰다니 대단하고 놀랍다고 말해주었다. 그때부터 내 꿈은 작가가 되었다.

나는 세상의 모든 일이 그렇듯 작가가 되는 데에도 당연히 별도의 노력이나 공부가 필요하다고 생각했다. 처음에는 판타지 소설가가 되기 위한 공부를 했다. 청소년 시절, 학교 공부를 하기에도 부족한 시간에 북유럽 신화나 중세 기사, 마녀에 관한 책을 보고, 각종 소설 작법에 대한 책들을 사서 읽기도 했다. 성인이 되어 그 책들을 싸들고 상경한 이후에도 이런 공부는 고스란히 이어졌다.

　더 중요한 것은 글쓰기 자체에 대한 공부였다. 글쓰기를 공부한다는 건 어딘지 어색하게 들린다. 그러나 그로부터 첫 책을 낸 스물여섯까지, 그러니까 대략 10년 동안 나는 글쓰기를 '공부'한 게 맞다고 생각한다. 어찌 보면 그런 공부는 지금도 이어지고 있다. 세상에 작가가 되는 커리큘럼 같은 건 없고, 글쓰기 공부는 어디까지나 자기가 알아서 해야 하기 때문이다.

　작가는 저절로 되지 않는다. 예술이나 글쓰기 능력은 공부 없이 타고난 재능이나 명료히 설명할 수 없는 영감, 천재성 같은 것만으로 결정되지 않는다. 변호사나 교수, 공무원 같은 직업을 얻기 위해 하는 공부만이 공부가 아니다. 20권 이상의 책을 쓰고 여전히 매일 쓰는 작가로 자리 잡기까지, 내게는 절실한 '글쓰기 공부'가 있었다.

글쓰기는 어떻게 시작되는가

스무 살이 되었을 때, 나는 망망대해 앞에 서 있는 듯했다. 내 꿈은 분명했다. 작가가 되는 것 외에 다른 것은 생각하지 않았다. 그러나 작가가 되는 학원 같은 것을 다닐 생각은 하지 못했다. 오히려 작가란 '스스로' 되어야 하는 무엇이라 생각했다. 나는 내게 필요한 '작가 공부'를 찾기 시작했다.

　일단 하나는 명료했다. 작가가 되려면 매일 써야 한다는 것이었다. 운동선수가 되기 위해서는 매일 운동을 해야 한다. 피아니스트가 되기 위해서는 매일 피아노를 쳐야 한다. 작가가 되기 위해 매일 써야 한다는 건 자명해 보였다. 나는 당시 교보문고 광화문점을 드나들길 좋아했는데, 그때 우연히 발견했던 『예술가여 무엇이 두려운가』라는 책을 성경처럼 몸에 지니고 다니며 너덜너덜해질 때까지 읽었다.

이 책은 끊임없는 불안이 몰아치더라도 작가가 할 일은 그저 매일 쓰는 것이라고 분명히 말하고 있었다.

그때부터 나에게는 혼연일체처럼 들고 다니는 노트가 생겼다. 지금은 노트 대신 스마트폰과 블루투스 키보드를 들고 다닌다. 당시 나는 지하철에서든, 캠퍼스 벤치에서든, 수업 시간 강의실에서든, 그때 그때 생각나는 모든 것을 노트에 썼다. 아무리 사소한 생각일지라도 무작정 썼다. 거기엔 파편 같은 문장들만 가득했다. 단락 개념도 없고, 문장과 문장이 조리 있게 이어지지도 않았다. 단편적인 생각들이 가득한, 생각의 잡동사니 창고 같은 것이었다. 한 달에 한 권 정도를 썼으니 1년이면 10권에서 20권 정도의 노트가 쌓였다. 그렇게 노트에 온갖 생각을 휘갈겨 쓰는 것을 소설 창작 훈련이라 볼 수는 없었다. 그렇지만 나는 그것이 절대적으로 필요한 일이라도 되는 것처럼 해나갔다.

이후에는 노트 쓰기와 블로그 쓰기를 병행하기 시작했다. 블로그는 닉네임을 정해서 익명 상태로 쓰는 것이었으므로 부담이 없었다. 밖에서는 노트에 주로 글을 쓰고, 집에 돌아오면 노트북 앞에 앉아 글을 썼다. 그 글들 역시 일종의 신변잡기에 불과했다. 영화를 보면 영화에 대한 아무 이야기를 썼고, 책을 읽으면 책에 대해 생각나는 것을 썼다. 여행을 다녀오면 여행의 처음부터 끝까지를 썼다. 매 순간 느낀 감정을 모두 기록했다. 누가 보라고 쓰는 게 아니었으므로 잘 쓸 필요도 없었다. 그저 생각의 꼬리에 꼬리를 물고 무엇이든 내 안에서 꺼내는 것이 목적이었다.

그렇게 매일 2000~3000자를 썼다. 10년 내내 그렇게 글을 썼으니 합하면 700만 자가 넘는다. 책 한 권을 대략 10만 자라고 한다면 10

년 동안 70권 분량을 썼다고 볼 수 있다. 물론 그중에서 책으로 담아낼 만한 글은 별로 없을 것이다. 그것은 내가 작가가 되기 위해 했던 일종의 공부량 혹은 훈련이었다. 고시 공부 한 사람이 탑처럼 쌓아올린 책을 사진 찍어 기념하고 피겨스케이팅 선수의 발바닥에 굳은살이 배겨 있듯, 내게는 70권 분량의 기록이 있는 셈이다.

세상 모든 작가가 그런 과정을 거치진 않는다. 작가 중에서 나는 가성비 낮고 무식하게 글을 써온 경우일 것이다. 그렇지만 내겐 그것이 작가가 되는 아주 중요한 공부였다. 성인이 되었지만 한 단락도 조리 있게 쓸 줄 모르고, 영화를 보고 나서도 제대로 된 감상을 남길 줄 모르며, 학창 시절에는 그 흔한 백일상 입상도 해본 기억이 없는 내가 작가가 되기 위해서는 그처럼 글로 내 안에서 무언가를 끄집어내는 공부와 훈련이 필요했다.

영어 노트에 빼곡히 영어 단어를 채우고, 구구단을 외우거나 단순 계산 문제를 반복해 풀듯, 나는 작가가 되기 위한 공부를 그렇게 시작했다. 그리고 지금도 이어가고 있다. 스무 살 이후 20년이 지난 지금도, 나는 여전히 매일 2000자 정도의 글을 쓴다.

형식을 갖춰라!

글쓰기 공부 첫 단계가 '무작정 매일 쓰는 것'이었다면, 두 번째 단계는 '형식을 갖추는 것'이었다. 모든 글쓰기에는 장르마다 일정한 형식이 있다. 가령 단편소설은 대략 1만 5000자 내외의 분량인데, 그 안에서 적절한 기승전결을 갖추고 문장과 문단의 완성도를 높여야 한다.

'무작정 글쓰기'가 독자를 배제한 글쓰기라면, 적당한 형식을 갖추기 위한 노력은 독자를 고려한 글쓰기다. 그 독자는 공모전 심사위원일 수도 있고, 서점에서 에세이 코너를 즐겨 찾는 대중 독자일 수도 있으며, 내가 쓴 리포트를 읽는 교수일 수도 있다. 그게 누구든 나는 독자에게 닿는 글을 쓰고 싶었다. 내가 되고 싶은 작가란 누구도 공감하기 어려운 글을 벽 보고 쓰는 존재는 아니었기 때문이다.

피아노나 기타를 아무렇게 치면서 즐길 수는 있겠지만, 사회에서 인정받는 피아니스트나 기타리스트라는 직업을 갖고 살아가려면 세상에 있는 사람들을 만나야 한다. 나는 글쓰기가 점점 '사람 만나기'라는 걸 깨달아갔다. 사람들이 읽고 감동하거나 공감하고 의미를 느끼며 좋아할 만한 글은 도대체 어떻게 쓸 수 있는 걸까?

첫째로 몇몇 작법서들이 도움이 되었다. J. 피츠제럴드가 쓴 『소설 작법 1』이나 스티븐 킹의 『유혹하는 글쓰기』 같은 책들을 읽으며, 나는 글쓰기에서 갖춰야 하는 것들을 배웠다. 물론 그런 작법들을 진리처럼 떠받든 건 아니다. 가령 『유혹하는 글쓰기』에는 부사어를 절대로 쓰지 말라는 주장이 담겨 있다. 나는 이런 원칙은 잠깐 따랐다가도 금방 버렸다. 내가 좋아하는 작가의 책들에 부사어가 잔뜩 있다는 걸 알았기 때문이다.

둘째로 '나만의 좋은 글쓰기 기준'을 찾아가는 여정이 있었다. 나는 내가 진심으로 좋아하던 작가의 작품들을 통째로 필사했다. 필립 로스의 『에브리맨』이나 알베르 카뮈의 『이방인』은 장편소설이었지만 책 전체를 타자기로 두들기며 베껴 썼다. 번역본이라는 한계가 있었지만 괜찮았다. 번역된 문체조차 좋았기 때문이다.

우리 시대엔 대부분의 사람들이 극도로 효율성을 추구한다. 토익 공부를 몇 년 동안 매일 즐겁게 하는 사람은 없다. 학원을 등록하고 길어도 6개월 안에 '해치우려고' 한다. 모든 고시 공부는 암기장과 기출 문제 위주로 효율화되어 있다. 로스쿨에서 법학의 진수를 맛볼 수는 없다. 대신 객관식 문제와 주관식 문제만 엄청 풀어젖히며 단기간에 문제를 풀 수 있는 데 최적화된 공부를 한다.

그에 비하면 나의 여정은 너무나 오래 걸리고 지리멸렬한 과정이었다. 그러나 나는 마치 세월이 영원하기라도 할 것처럼 글을 썼다. 어느 모로 보나 비효율적이고 가성비 좋지 않은 시절이었다. 그것이 엄청난 부와 명예를 거머쥐거나 작가로서도 대단한 성공을 하는 길도 아니었다. 삶에는 끊임없는 불안이 도래했다. 그렇지만 글을 쓰면 불안도 견디고 이겨낼 수 있었다. 나는 매일 글을 쓰며 나의 길을 걷는 법을 배웠다. 거기에 세상의 시간은 큰 의미가 없었다. 거기에는 나의 시간이 있었다. 나는 나의 시간을 따라갔다.

하나 확신하는 것은 이 비효율적이고 가성비 나쁜 청년 시절의 글쓰기가 지금까지도 내 삶을 지탱하는 근본적인 뿌리가 되고 있다는 점이다. 나는 대단한 자산을 쌓아놓지도 못했고 우리 사회 최고의 커리어를 만들어 오지도 않았다. 그렇지만 매일 글 쓰는 일로 삶을 견뎌내고 살아내는 법은 안다. 그것을 뼛속 깊이 알게 되는 것, 그래서 글쓰기와 일종의 혼연일체가 되는 것, 그리하여 '글 쓰는 삶' 자체를 살아낼 수 있게 되는 것이 내게는 작가가 되는 공부였다.

세상 모든 삶이 그렇듯 이 삶 역시 살아보지 않으면 모른다. 내가 아무리 설명해도 이 삶을 살아보지 않은 사람은 이 삶을 완전히 이해할 수 없다. 그렇기에 작가가 되는 글쓰기 공부란 '내 인생의 고유한 경험으로 자리 잡은 인생 공부'이다.

김현정

분투하는 번역 :

혼자서 외국어를 끝까지 해낸다는 것

반역과 패배의 경계에서

번역은 가장 내밀한 독서다

세상에는 뻔히 존재하지만 쉽게 잊히는 존재가 있다. 주로 누군가를 뒤에서 돕는 일을 하는 사람들이 그렇다. 번역가도 그중 하나다. 이런 사람들에게는 공통점이 하나 있다. 맡은 일을 제대로 해낼 때는 존재감이 없다가 실수를 하면 갑작스레 그 존재가 두드러진다는 것이다. 나는 되도록 잊힌 존재가 되려고 애쓰며 사는 번역가다. 번역가가 된 지도 어느새 20년이나 됐다. 밤을 새워 번역한 내 글이 남의 이름으로 출판되는 꼴을 견디고 때로 번역료를 떼이던 아르바이트 시절까지 모두 더하면 번역 계에 발을 들인 지 20년이 조금 더 된 셈이다. 강산이 두 번 변할 동안 쉰 권에 가까운 책과 셀 수 없이 많은 기사를 번역했다. 겉으로 드러나는 데이터만 생각하면 경력이 제법 쌓인 것 같은데, 어째 번역한 글이 늘어날수록 자신감은 줄어든다.

‘원문보다 나은 번역을 하겠다.’ 번역의 길에 들어선 후 처음으로 했던 다짐이다. 그때는 보통의 독서에서 한 걸음 더 나아가 좀 더 과감하고 깊이 있게 파고드는 것이 번역이라고 믿었다. 내가 생각했던 보통의 독서는 작가가 창조한 세계의 문을 빼꼼히 열고 들어가 조심스레 주변을 둘러보는 것이었다. 반면 번역은 작가의 세계를 철벽같이 지키는 성벽을 허물고 그 세계로 뛰어든 다음 구석구석 속속들이 탐험하며 온전히 내 것으로 만드는 일이라고 여겼다. 번역이 곧 독서라고 생각하니 어려울 게 없었다. 나는 학창 시절에 교과 공부보다 책 읽기를 좋아하는 아이였다. 수업 시간에 교과서 밑에 책을 끼워놓고 읽는 일이 다반사였고, 철학서에서부터 소설, 인문서까지 장르도 가리지 않았다. 어른들은 독서는 공부를 위한 밑거름일 뿐 진짜 공부가 아니라며 탄식했다. 매일 "책 그만 읽고 제발 공부 좀 해."라는 핀잔을 귀가 따갑도록 들었다. 그렇게 좋아했던 독서를 좀 더 깊이 하는 일이 곧 번역이라고 생각하니 번역은 내게 그저 신나는 일이었다.

그러나 오직 '좀 더 깊은 차원의 독서'를 하는 데만 몰두해서는 안 된다. 한 걸음 더 나아가 책장 너머에 있는 작가와 독자를 생각해야 한다. 번역은 크게 세 단계로 이뤄진다. 첫 번째는 원문을 읽고 이해하는 단계, 두 번째는 목표 언어로 옮기는 단계, 세 번째는 독자의 관점에서 글을 다듬는 단계다. 번역가는 이 세 단계를 거치며 글을 읽는 자신, 원문을 쓴 작가, 번역된 글을 읽는 독자를 모두 배려하는 글쓰기를 해야 한다. 순수한 독서가의 관점에서 주어진 글을 읽기만 할 때는 마음에 안 드는 문장은 건너뛰고 이해되지 않는 부분은 대충 넘어갈 수도 있다. 그러나 번역가에게 그런 자유는 허락되지 않는다. 번역가에게는 작가가 은밀하게 감춰 놓은 의도까지 샅샅이 찾아내야 할 의무가 있다. 그래야만 다음 단계로 넘어가 글의 뉘앙스를 제대로 살려낼 수 있다. 작가의 의도를 찾아내 되도록 부연 설명 없이 작가가 제공한 문장 안에서 교묘하게 그 뉘앙스를 담아내는 것이 번역의 기술이다.

번역은 반역이다

내가 번역에 처음 관심을 가진 건 영국 작가 로자문드 필처_{Rosamunde}

Pilcher의 소설 『조개 줍는 아이들The Shell Seekers』 때문이었다. 갑작스럽게 찾아온 심장마비로 죽을 고비를 넘긴 60대 여인 페넬로프가 지난 삶을 되돌아보고 남은 삶을 정리하는 여정을 그린 책이었다. 퀴퀴한 종이 냄새가 진동하는 고등학교 도서관 서고에서 무심코 뽑아든 이 소설을 읽으며 나는 궁금해졌다. 나를 사로잡은 게 원작자가 써 내려간 이야기 그 자체인지 수려하게 번역된 한글 문장인지.

그 책을 다시 집어 든 건 번역일을 시작한 후였다. 고등학생이 아닌 번역가의 눈으로 읽어도 모든 문장이 주옥같았다. "새벽은 몰래 머뭇거리며 다가왔다."라는 문장을 읽으며, 도대체 '몰래 머뭇거리며 다가오는 새벽'이 무엇인지 실체를 확인하고픈 열망이 솟구쳤다. 이번에는 당장 원서를 펼쳤다. 작가의 문장은 "The dawn came stealthily, reluctantly."였다. 번역가의 시선으로 보면, 번역된 문장은 내가 아무리 애써도 더 잘할 수 없을 만큼 훌륭했다. 그러나 독자의 시선으로 두 문장을 나란히 놓고 보면 그 새벽의 분위기를 좀 더 미묘하게 잘 전달한 것은 아무래도 원문이었다.

만약 번역가가 밤과 아침의 경계에서 어렴풋이 해가 뜨고 아무도 모르게 조금씩 동이 트는 새벽의 광경을 거창하게 묘사했다면 어땠을까? 아마 원문의 뉘앙스를 좀 더 섬세하게 표현할 수 있었을지도 모른다. 그러나 작가가 다섯 개의 단어 안에 감춰놓은 뉘앙스를 낱낱이 파헤쳐서 일일이 설명했다면 '창조 번역'이라는 비난을 받지 않았을까? 그래서인지, 작가이자 번역가인 알베르토 망구엘Alberto Manguel은 저서 『독서의 역사A History of Reading』에서 어느 독일 학자의 말을 인용했다. 1836년, 자연 과학자 알렉산더 폰 훔볼트Alexander von Humboldt는 모든 언어에는 '영적 세계의 언어적 형상'이 담겨 있어서 다른 언어로 정확하게 옮기는 것이 불가능하다고 지적했다.

그 불가능한 일을 어떻게든 잘 해내려고 애쓰는 사람들이 번역가다. 그런 번역가들을 두려움에 떨게 하는 말이 하나 있으니, 바로 "번역은 반역Traduttore Tradittore"이라는 이탈리아어 격언이다. 제아무리 훌륭한 번역가도 원문의 뉘앙스와 문화적 맥락을 완전히 담아내지 못하는 한계를 지적하는 말이다. 프랑스인들이 단테의 신곡을 제대로 번역하지 못하는 데 분노한 이탈리아인들이 이런 말을 만들어 냈다는 설도 있지만, 어디에서 시작된 말인지 그 출발점이 명확하지는 않다. '오역 좀 했다고 반역자라니, 비약이 너무 심한데?'라는 반발심이 솟구치는 것도 사실이다. 그래도 유명한 작품을 오역했다는 이유로 반역자 취급을 당하며 번역계에서 매장된 인물이 전혀 없는 것도 아니다. 사실 모든 번역가는 작가의 언어를 곧이곧대로 전달하는 직역과 정확한 의미 전달에 중점을 두는 의역 사이에서 절묘한 균형점을 찾기 위해 매 순간 치열하게 고민한다. 평소에는 잊힌 존재일 뿐인데 실수하는 순간 이런 노력의 가치는 온데간데없이 사라지고 반역자가 되다니, 번역가들의 머리카락이 쭈뼛 설 수밖에!

번역가의 우물과 무기고

나도 늘 반역자가 될지도 모른다는 두려움을 끌어안고 살았다. 신문 기사나 잡지 기사를 번역할 때는 그나마 걱정이 덜했다. 누군가 오역을 발견하고 비난하면 그저 욕 한 번 먹고 눈물 한 번 찔끔 흘리면 그만이었다. 게다가 매일, 매주 찍혀나오는 신문이나 잡지를 나노 단위로 분석해 오역을 찾는 사람도 드물었다. 그러나 책은 달랐다. 수십 권의 책을 번역하는 동안 나는 내내 두려웠다. 번역하는 동안에는 대박이 터지기를 기대하지만 막상 책 제목이 미디어에 오르내리면 반가운 마음보다 두려운 마음이 앞섰다. 원문보다 나은 번역을 하겠다는 첫 다짐은 온데간데없이 사라졌고, 언제부턴가 나는 늘 인쇄된 문장을 낱낱이 분석해 나의 실수를 찾아낼 독자를 의식했다. 반역자가 되지 않으려고 고군분투하며.

반역자가 되지 않을 방법은 공부뿐이다. 나의 공부 방법은 크게 두 가지다. '언어의 우물'을 채우는 것이 그 첫 번째, '번역가의 무기고'를 늘 반짝반짝하게 정비하는 것이 두 번째다. 먼저, 언어의 우물을 채우려면 끝없이 읽어야 한다. 번역 공부의 기본은 단연코 독서다. 읽는 걸 싫어하는 사람은 번역가가 될 수 없다. 아무리 외국어 실력이 뛰어나도 남의 글을 열심히 읽어보지 않고는 어떤 글이 좋은 글인지 알아낼 방법이 없다. 수많은 글로 언어의 우물을 가득 채워야 번역을 할 때 그 우물에 가득 담긴 언어를 꺼내어 설득력 있는 글을 써 내려갈 수 있다. 우물을 가득 채웠다고 방심해서도 안 된다. 우물 속의 물을 신선하게 유지하려면 고인 물을 계속 퍼내고 새 물을 끝없이 채워넣어야 한다. 펄떡이는 생명력을 갖고 살아 움직이는 언어가 어떤 맥락에서 어떻게 쓰이는지 관찰하고 탐색하려는 노력도 필수다. 세상을 향한 레이더를 켠 채 다양한 기사와 책을 읽어두지 않으면, 이제는 'executive'라는 단어를 '중역'보다는 '임원'으로 번역하는 게 대세라는 걸 알 수 없다. 마찬가지로, 'infrastructure'는 '기반 시설'보다는 '인프라'라는 외래어 그대로 번역해야 오히려 더 편하게 읽힌다는 사실도 눈치채기 힘들다.

언어의 우물을 채우는 것이 보편적이고 일상적인 공부라면, 번역가의 무기고를 정비하는 일은 실전에서 사용할 어휘를 좀 더 날카롭게 벼리는 공부에 가깝다. 내 무기고에는 끝없이 발전을 거듭하는 최신 무기들이 가득하다. 국어사전, 영영사전, 영-한 사전, 한-영 사전 같은 전통적인 사전에서부터 영어 슬랭이나 신조어를 정리해둔 어번 딕셔너리 Urban Dictionary 같은 신개념 사전까지 다양한 사전이 그 무기고 안에 들어 있다. 그 외에, 한글 맞춤법과 표기법을 알려주는 국립국어원 , 공식 표기법이 없는 외국 인명이나 지명을 한국어로 바꿔주는 한글라이즈, 맞춤법 검사에 유용한 바른한글 맞춤법 검사기 등도 나의 글을 지켜주는 든든한 무기다. '에계~ 겨우 사전이야?'라는 실망감이 드는가? '열심히 글을 읽고 실력을 쌓아뒀다면 맞춤법쯤은 당연히 다 알고 있어야 하는 거 아니야?'라는 생각에 실소가 터져 나오는가?

맨 처음 번역일을 시작했을 때, 나도 그렇게 생각했다. 머릿속에 들어 있는 사전 정도면 충분하다고 확신했다. 지금 생각해보면 근거 없는 자신감에 두려울 게 없던 젊은이 특유의 패기였다. 굳이 알고 있는 단어를 다시 찾아보고 뻔한 맞춤법을 확인하는 게 시간 낭비처럼 느껴졌다. 그러나, 과거에는 옳았던 말이 틀린 말이 되기도 하고 널리 사용되는 말이 반드시 옳지 않을 수도 있다는 사실을 깨닫고 나니 더럭 겁이 났다. 번역은 단순히 사전에 적힌 단어를 기계처럼 옮기는 일이 아니라 그 뒤에 감춰진 맥락과 배경, 한 걸음 더 나아가 사회 전체를 이해하고 해석하는 일이기 때문이다.

똑같은 이름도 국적에 따라 번역이 달라진다. 예를 들어, 'Alexander'라는 남자가 있다고 가정해보자. 이 남자가 미국 사람이면 '알렉산더', 러시아 사람이면 '알렉산드르', 루마니아 사람이면 '알렉산

데르', 네덜란드 사람이면 '알렉산더르'라고 표기해야 한다. 오랫동안 '조셉'으로 번역됐던 'Joseph'도 이제는 '조지프'로 번역해야 옳다. 국립국어원의 외래어 표기법 권고에 의하면 그렇다. 그러나 성경 속 등장인물일 때는 바뀐 규정을 적용하지 않고 오랜 관습에 따라 여전히 '요셉'으로 번역한다. 성경에 등장하는 고유명사를 번역할 때는 히브리어 발음을 소리 나는 대로 옮기는 것이 옳다는 암묵적인 규칙 때문이다. 흥미롭지 않은가? 여기서 끝이 아니다. 널리 사용되는 말이 틀린 말일 때도 많다. 가령, '달디단 밤양갱'은 끝나버린 사랑을 아쉬워하는 노랫말로는 손색이 없지만, 표준어는 '다디단'이다. 마찬가지로, 무더위를 식혀주는 아이스크림 이름으로는 '설레임'이 딱 알맞게 느껴지지만 '마음이 들떠서 설레는 기분'을 올바르게 표현한 단어는 '설렘'이다. 이러니 마르고 닳도록 사전을 보고 표기법을 매번 다시 확인하는 것이 번역가의 필연적인 일상이 될 수밖에 없다.

몇 달 전, 한 번역가의 말을 듣고 나는 무릎을 '탁' 쳤다. 「스파이더맨」 시리즈를 비롯해 내로라하는 미국 영화를 모조리 번역한 황석희 번역가는 "어떻게 옮겨도 원문에 진다면 최선의 패배를 하겠다."라고 말했다. 그의 말을 들으며 안도감을 느꼈다. '원문보다 나은 번역'을 하겠다는 목표는 애당초 절대로 도달할 수 없는 신기루 같은 것인지도 모른다. 번역에 질 것 같은 원문은 애초에 책으로 나오지 않을 테니 말이다. 그러나 나는 반역도 패배도 내키지 않는다. 나는 그저 번역가의 존재가 딱히 떠오르지 않을 만큼 자연스럽게 읽히는 글을 써내는 '잊힌 번역가'가 되고 싶다.

모국어, 언어의 고향

영어와 프랑스어의 도시, 오타와

매일 아침 전쟁이 벌어졌다. 오타와는 눈이 시릴 만큼 하늘이 푸르고 바람에 실려온 공기가 투명할 정도로 상쾌한 도시였다. 그 아름다운 아침을 산산이 조각내는 건 늘 딸의 울음소리였다. 이유는 매번 달랐다. 배가 아프다고 구를 때도 있었고, 너무 졸려서 눈을 못 뜨겠다며 침대에서 버티는 날도 있었다. 어떤 날은 밥을 먹고 싶은데 빵을 줬다고 화를 냈다. 아이는 매일 유치원에 가기 싫어서 갖은 핑계를 대며 눈물을 쏟아냈다. 서럽게 우는 아이를 달래가며 유치원에 데리고 가는 일은 늘 곤혹스러웠다.

아이가 만 네 살이었을 때 우리 가족은 오타와로 떠났다. 인천에서 오타와로 1만 킬로미터가 넘는 먼 거리를 날아가는 동안, 몸과 함께 우리의 언어도 고향에서 멀어졌다. 두 번이나 비행기를 갈아타고 도착한 오타와 공항에서 한국어를 쓰는 사람은 우리 가족뿐이었다. 영어와 프랑스어가 공용어인 나라답게 사방에서 구불구불한 언어들이 날아들어 귀에 꽂혔다. 미소가 얹힌 낯선 사람들의 다정한 얼굴에서 묘한 이질감이 느껴졌다. 멀리 떠나본 사람은 알 테다. 남의 나라에 발을 내려놓는 순간 뭐라 설명할 수 없는 이질적인 공기가 순식간에 명치끝까지 훅하고 파고든다는 것을.

낯선 도시에서의 이중생활이 시작됐다. 우리끼리는 한국어를 썼지만 다른 사람들과는 외국어로 대화하는 게 당연한 삶이었다. 마치 우리 가족과 바깥세상 사이에 투명한 결계가 존재하는 느낌이었다. 그 안에서는 얼마든지 모국어로 대화할 수 있지만 결계 밖에서는 외국어만 허락되는 게임 속 세상 같기도 했다. 아이는 기대 이상으로 쉽게 세상을 구분했다. 가족한테는 한국어로 말을 건네고, 프랑스어 담임과 영어 담임에게는 봉주르와 굿모닝을 구분해 인사를 했다. '어릴수록 외국어가 금방 는다더니 그 말이 딱 맞다' 싶었다.

영어를 배우기에 그만한 환경이 없을 것 같았다. 오타와 교외에 자리한 유치원에는 한국인이 단 한 명도 없었다. 그 누구도 한국말을 알아듣지 못하는 유치원은 아이에게 완벽한 몰입환경을 선사했다. 아이는 살아남기 위해 악착같이 영어와 프랑스어를 배웠다. 원어민에 가까운 발음으로 영어와 프랑스어를 조금씩 익혀나가는 아이가 그저 기특하기만 했다. 그러나 사과 하나를 보고도 영어인 '애플 Apple'과 프랑스어인 '뽐므 Pomme'를 동시에 기억해야 하는 삼중 언어 환경을 헤쳐나가는 게 쉬운 일은 아니었다 .

프랑스어는 달리 도와줄 방법이 없었지만, 영어만큼은 얼마든지 아이의 등에 터보 엔진을 달아줄 수 있을 것 같았다. '집에서도 영어로 말하는 빈틈없는 몰입환경을 만들어주면 되지 않을까?'라는 게 나의 생각이었다. 내가 영어를 할 줄 아는 엄마여서 다행이라고 기뻐하며 틈만 나면 아이 앞에서 영어로 떠들어댔다. 그게 아이를 위하는 길이라는 어리석은 확신에 사로잡힌 채……

항상 신경을 바짝 곤두세워야 하는 바깥세상과 편안하게 나오는 대로 말해도 되는 가정의 결계를 순식간에 무너뜨리는 게 얼마나 위험한 일인지 그때는 몰랐다. 뒷일은 생각하지 않고 눈앞의 이익만 따지는 욕심 많은 농부 같은 심보였다. 가만히 내버려두면 매일 거위가 황금알을 하나씩 낳는다는 걸 뻔히 알면서 한꺼번에 많은 황금을 얻으려고 거위의 배를 갈라버린 농부 말이다. 언어에는 왕도가 없어서 천천히 꾸준히 노력해야 한다는 사실을 잘 알고 있으면서 나는 아이를 돕는다는 잘못된 명분을 앞세워 아이를 닦달했다. 자기 속도대로 한 걸음씩 잘 걷는 아이의 등을 자꾸만 떠밀며 좀 더 빨리 달리라고 재촉하는 꼴이었다.

"엄마는 왜 자꾸 영어로 말해? 난 한국말이 좋은데." 유치원에서도, 집에서도 한국어를 마음 놓고 쓸 수 없었던 아이는 자꾸 투덜거렸다. 나는 언제나 다정한 목소리로 아이가 싫어하는 대답만 했다. "영어 빨리 배울 수 있게 도와주려는 거야. 좀 더 빨리 적응하면 좋잖아." '빨리'와 '효율'을 강조하는 한국의 공부 문화를 틈만 나면 비판했지만 나도 어느샌가 "빨리 배우고 뛰어난 성과를 내는 게 옳은 것"이라는 생각에 빠져 있었다. 나의 공허한 대답은 아이를 설득하지도, 위로하지도 못했다. 낯선 언어의 홍수 속에서 떠내려가지 않으려고 안간힘을 쓰던 아이의 절박함과 불안함은 어느 순간 극에 달했다. 그 무렵부터 아이는 매일 아침 습관처럼 떼를 쓰고 눈물을 흘리며 서글프게 하루를 시작했다. 내가 미처 눈치채지 못한 새 아이의 몸도, 언어도 지독한 향수병을 앓기 시작했다.

향수병을 앓는 언어

아이의 언어는 돌아갈 곳을 잃었다. 처음에는 놀라운 속도로 늘던 어휘도 성장을 멈췄다. 묻는 말에 영어로 답을 하면, 아무리 다정하게 목소리를 꾸며도 아이는 귀를 닫아버렸다. 세 언어 사이에서 헤매느라 아이의 사고력도 더디게 자랐다. 한국어로 읽었다면 이해하고도 남을 만한 내용을 영어로는 소리 내어 읽지조차 못했다. 캐나다 생활 7년 차였던 튀르키예 친구가 이민 초기에 비슷한 경험을 했다며 감춰둔 이야기를 들려줬다. 비슷한 스트레스로 고통받던 친구의 아들이 울분에 차서 "I want to kill you(엄마를 죽여버리고 싶어)."라는 독설을 내뱉었다고 했다. 희미하게 불빛이 내려앉은 차고에서 담배를 피우며 자신이 겪은 일을 들려주던 친구는 연기를 후 내뿜고는 말했다. "언어가 다른 나라에서 사는 건 아이들한테도 힘든 일이야. 집에서라도 충분히 모국어로 마음을 표현할 수 있게 해줘야 해. 시간을 주고 기다리면 영어는 천천히 늘 거야."

결국, 낯선 언어 틈바구니에서 한없이 휘청거리는 아이의 마음을 배려하지 않은 과도한 몰입환경이 아이를 힘들게 했다는 사실을 인정할 수밖에 없었다. 아이의 뒤에서 등을 떠미는 대신 아이의 작은 손을 잡고 옆에 나란히 서기로 했다. '좀 더 애쓰지 않으면 골든타임을 놓칠지도 몰라.' '남들은 몇 달 만에 영어를 완벽하게 한다던데.' 같은 터무니없는 조바심을 미련 없이 버렸다. 아이가 오물거리는 작은 입술로 맨 처음 나를 "엄마."라고 불러주었던 그 순간, 그때의 초심으로 되돌아갔다.

유치원에 다녀온 아이와 매일 한국어로 일상을 나누고 한글 동화책을 읽었다. 아이는 최숙희 작가의 『괜찮아』를 유독 좋아했다. 새로운 책을 골라보라고 해도 아이는 늘 책꽂이에서 『괜찮아』를 가장 먼저 뽑아왔다. 『괜찮아』는 다르게 생겨도, 단점이 있어도, 모두 괜찮다고 다독이는 동화였다. 타조는 날지 못하지만 빨리 달릴 수 있어서 괜찮고, 뱀은 다리가 없지만 잘 기어서 괜찮다고 했다. 고슴도치, 기린 같은 동물들이 저마다 힘들지만 괜찮은 이유를 말하고 나면, 짧은 머리를 양 갈래로 묶은 여자아이가 등장해서 이렇게 말했다. "괜찮아! 나는 세상에서 가장 크게 웃을 수 있어." 책을 덮을 때마다 아이는 늘 괜찮은 이유를 하나씩 찾아냈다. "엄마, 난 친구들이랑 다르게 생겼지만 괜찮아!" "친구들이 내 말을 못 알아들을 때도 많지만 괜찮아!" 달라도, 못해도 괜찮다는 위로가 아이의 마음에 제대로 전해진 모양이었다.

오타와의 한국 교민들이 추천한 해법은 '한국어 학교'였다. 이름은 학교였지만 우리나라로 치자면 교육청에서 운영하는 '토요 한국어 강좌'쯤 되는 프로그램이었다. '영어 유치원에 보내려고 기를 쓰고 경쟁하는 시대에 캐나다까지 날아와서 토요일 아침마다 한국어 수업을 듣게 하는 게 말이 돼?'라는 의심이 들지 않았던 건 아니다. 그러나 한국어 수업을 듣기 시작한 후 아이의 자존감은 쑥쑥 올라갔다. 한국어가 어설픈 교포 어린이들 사이에서 꼬마 조교 역할을 톡톡히 해내고 나면 아이의 얼굴이 늘 기쁘게 반짝였다.

모국어 위에 쌓아올린 외국어

울음소리와 긴장감이 사라진 자리는 호기심으로 채워졌다. '한국어 금지령'이 해제되자 아이의 '영어 거부증'도 서서히 가라앉았다. "영어책 읽기 싫어!"라며 투정을 부리는 대신 슬금슬금 영어책에 관심을 보였다. 책장에 꽂힌 책을 모조리 끄집어내 책 집을 짓기도 했다. "여기는 엄마 집, 여기는 내 집!" 책으로 두 채의 집을 짓는 일은 아슬아슬하고도 흥미로웠다. 책을 벽돌 삼아 얼기설기 대충 쌓고 나면 아이는 둥그런 책 집 안에 가만히 앉아 책장을 넘기며 그림만 구경했다. 그림 구경이 지겨워지면 바로 옆에 있는 내 책 집 앞으로 와

“똑똑!” 하고 노크 소리를 냈다. “엄마, 책 읽어줘!” 하며 책을 내밀면 나는 기다렸다는 듯이 동화 구연에 열을 올렸다. 언제 꺼져버릴지 모르는 아이의 관심을 최대한 붙들어두고 싶어 최선을 다해 연기를 했다. 돼지가 되었다가, 삼촌으로 변신했다가, 순식간에 할멈 목소리를 냈다가, 또 호랑이 흉내를 냈다. 어떤 역할도 마다하지 않으며 책 속의 등장인물을 최대한 실감 나게 흉내 냈다. 영어책은 더 이상 ‘몸서리가 쳐질 정도로 싫은 무언가’가 아닌 ‘신나게 갖고 놀고 싶은 장난감’이 되었다.

한국말도, 영어도 완벽하게 이해하지는 못하는 아이를 위해 똑같은 내용의 영어책과 한국어책을 동시에 읽는 ‘쌍둥이 독서’ 방법도 활용했다. 빨간 자동차에 동물과 아이 들을 태우고 가는 검피 씨의 이야기를 그린 『검피 아저씨의 드라이브』는 자연 현상과 협동의 의미를 두 언어로 이해하는 데 도움이 됐다. 하늘에 해가 떴다가 구름이 드리운 다음 비가 내리고, 다시 해가 뜨는 상황 변화를 한국어와 영어로 차례로 읽다 보면 아이는 자연스레 고개를 끄덕였다. 가족의 진정한 의미를 알려주는 『돼지책』, 곧 태어날 동생과 함께할 미래를 상상하는 꼬마의 이야기가 담긴 『동생이 태어날 거야』 등도 ‘쌍둥이 독서’를 하기에 좋은 책이었다. 어린아이들이 일상생활에서 사용할 법한 다양한 표현을 두 언어로 익히기에 제격이었다. 나란히 앉아 책을 읽다 보면 어느새 아이도 책에 빠져들었다. “엄마, 내가 여기까지 읽을게. 다음은 엄마가 읽어.” 함께 까르르 웃으며 한 줄씩, 한 쪽씩 책을 나눠 읽는 것이 우리 둘만의 신나는 놀이가 됐다.

매일 한 문장씩 생각을 적는 훈련도 아이의 영어가 자리를 잡는

데 도움이 됐다. 듣기, 말하기, 쓰기, 읽기로 나뉘는 언어의 네 영역은 모두 밀접하게 얽혀 있다. 무엇 하나 중요하지 않은 건 없다. 그래도 듣기, 말하기, 읽기의 기술이 모두 잘 버무려졌을 때 제대로 빛을 발하는 종합적인 영역은 아무래도 쓰기다. 이런 믿음 탓에 매일 저녁 한 문장씩이라도 일기를 써보자고 아이를 꼬드겼다. 아이가 내미는 문장은 대체로 짧고도 간결했다. "I love you, mom(엄마, 사랑해)."이라거나 "I had fun today(오늘 재미있었어)." 같은 짤막한 문장이 전부인 날이 많았다. 그래도 한 문장이 두 문장이 되는 날도 있었고, 무려 한 페이지가 되는 날도 있었다.

언어의 고향

안정적인 모국어 환경이 외국어 발달의 기폭제 역할을 한 건 우리 집만의 일이 아니었다. 오랫동안 캐나다에서 이민 생활을 한 지인들도 입을 모아 말했다. 부모 중 한쪽이 외국인이어서 태생적인 이중 언어 환경이 갖춰진 상황이 아니라면 모국어부터 착실하게 다지는 편이 낫다고 말이다. 실제로 부모가 한국어 사용을 금지하는 가정에서 자란 아이들은 클수록 부모와의 소통에 어려움을 느끼는 경우가 많았다.

오랫동안 학생들의 언어 발달을 연구한 토론토 대학의 제임스 커민스 James Cummins 교수도 같은 결론을 내렸다. 커민스는 모국어와 외국어 능력이 서로 연결되어 있다는 '언어 상호의존 가설'을 내놓았다. 단순하면서도 당연한 논리다. 모국어가 탄탄하게 자리 잡은 상태에서 다른 언어를 배워야 빨리, 제대로 배울 수 있다는 게 그의 설명이다. 커민스는 좀 더 익숙한 모국어를 통해 논리력과 추론력을 습득하면 그 역량이 외국어에 그대로 전달된다고 강조한다. 모국어를 습득하고 외국어를 익히는 과정은 어쩌면 집을 짓는 일과도 닮았다. 모국어로 기초를 제대로 다져야만 그 위에 어떤 외국어를 쌓아도 흔들리지 않는 튼튼한 건물을 지을 수 있다.

몇 년 후 한국으로 돌아올 무렵 아이가 말했다. “엄마, 난 영어도 좋아. 이제 나 영어도 잘하는 거 같지 않아? 그렇지만 한국말이 더 좋아. 우리나라 말이잖아.” 언어의 향수병을 앓던 아이에게 모국어를 돌려주지 않았다면 아이의 언어는 끝끝내 표류했을지도 모른다. 모국어는 언어의 고향이고, 불안하게 요동치는 아이의 언어 세상을 붙들어준 것도 모국어였다. 다시 그때로 돌아간다면 무턱대고 영어를 강요하기보다 한국어가 좀 더 단단하게 자리 잡을 때까지 인내심을 갖고 기다려주고 싶다.

기계는 분석하고, 사람은 공감한다

언어를 대하는 우리의 자세

세상에 단언할 수 있는 일은 그리 많지 않다. 하지만 누군가 "인공지능 시대에 굳이 외국어를 공부해야 하나요?"라고 묻는다면 나는 망설이지 않고 대답할 수 있다. "그럼요, 물론입니다."

자율주행 택시가 도로를 질주하고, 인류의 화성 이주가 실현 가능한 비전으로 환영받는 시대에 어울리지 않는 말처럼 들릴지도 모르겠다. '기술', '인공지능' 같은 최첨단 단어만 더해지면 어떤 상상도 현실이 될 것 같은 요즘 아닌가! 상대의 말을 듣고 진짜 사람처럼 척척 대답하는 영어 학습앱 스픽Speak, 원하는 이미지를 순식간에 만들어주는 미드저니Midjourney, 단 몇 초 만에 그럴듯한 소설 한 편을 뚝딱 완성해내는 챗GPT. 이런 인공지능 프로그램들은 멋진 신세계의 문을 활짝 열어젖히는 비밀의 열쇠 같다.

그러나 인공지능의 매력에 흠뻑 빠졌다가도 정신이 번뜩 드는 순간이 있다. '인공지능 시대에 사라질 직업' 같은 기사 제목이 포털 사이트에 뜨면 나도 모르게 눈을 질끈 감게 된다. 그 목록 어딘가에, 그것도 상위권 어딘가에 '번역가'가 자리하고 있을 게 틀림없다는 생각이 들어서다. 사람들은 성능 좋은 공짜 번역기가 널려 있으니 이제 영어 공부 같은 건 안 해도 되는 시대가 올 거라고 기대한다. 번역기 성능이 조금만 더 좋아지면 번역가마저도 사라질 거라고 철석같이 믿는다. 심지어 우리 집 아이들조차 "그럼 이제 영어 공부 안 해

도 돼요?”라며 환호한다. 엄마 밥줄 끊어지는 소리라는 건 안중에
도 없는 모양이다.

사실 내가 번역 일을 시작했을 때도 비슷한 말을 수없이 들었다.
“10년만 지나면 번역가는 필요 없는 직업이 된대.” 그러나 강산이
한 번 변한다는 10년이 지나고, 또다시 10년이 흘렀지만 여전히 번
역가는 존재한다. 번역기 성능이 훌륭해서 이제 영어 공부는 안 해
도 된다고 목소리를 높이는 사람들도 막상 중요한 문서를 번역해야
할 때는 사람을 찾는다. 왜 그럴까? 이미 똑똑한 번역기가 많은데도
왜 여전히 번역가가 필요할까? 한 걸음 더 나아가, 아무리 기술이 발
달해도 왜 우리는 계속 외국어를 공부해야 할까? 그 이유는 크게
두 가지, 실용적인 이유와 좀 더 근본적인 이유로 나눌 수 있다.

기계는 아직 완벽하지 않다

첫 번째 이유는 단순하다. 아직은 번역기의 실력이 부족하다. 기술
이 빠르게 발달하고 있지만 번역기는 인간의 사고방식이나 감정, 뉘
앙스를 완벽하게 이해하지 못한다. 예를 들어, 파파고 Papago 는 ‘언
어 장벽 없는 세상’을 만들겠다고 장담하지만, 여전히 한계가 있다.
‘김칫국부터 마시지 마.’라는 문장을 번역해 달라고 요청하면 ‘Don’t
start with kimchi(김치부터 먹으면 안 돼).’라는 전혀 다른 뜻의 문
장을 뱉어낸다. 주어진 문장을 있는 그대로 이해는 하지만 너무 앞
서가지 말라는 함의를 전혀 살리지 못한다. 100가지 이상의 언어로
번역할 수 있다고 강조하는 구글 트랜슬레이트 Google Translate 나 딥
엘 DeepL 도 사정은 비슷하다. ‘김칫국’이 비유적인 표현이라는 사실
을 전혀 눈치채지 못한다.

챗GPT 같은 생성형 인공지능은 실력이 좀 낮다. '밥 먹었어?'라는 한국어를 영어로 번역해 보라고 하면 정말로 밥을 먹었냐고 묻는 것인지, 의례적인 인사말인지 되묻는다. 그러나 문장이 길어지고 인과관계가 복잡해지면 정확도가 급격하게 떨어진다. 게다가 인공지능의 성능에 매료돼 덥석 일을 맡겼다가는 믿는 도끼에 발등을 찍힐 수도 있다.

2025년 6월, 미국 인공지능 기업 앤트로픽Anthropic은 자사 프로그램 클로드Claude를 테스트하던 중 충격적인 일을 겪었다. 실험 단계의 인공지능이 인간의 지시를 거부하고 엔지니어의 불륜을 폭로하겠다고 협박하는 사건이 벌어진 것이다. 말도 못 하게 똑똑해졌다고는 해도 인공지능은 여전히 예측 불가능하고, 때로는 뒤통수도 친다. 어떤 사람들은 이렇게 말한다. "그러면 쉬운 건 기계에 맡기고 까다롭고 중요한 건 사람한테 맡기면 되잖아요." 그러고는 언어를 직업으로 삼을 사람만 공부하면 되는 것 아니냐고 반문한다. 상당히 솔깃하게 들릴 수도 있겠지만, 나는 생각이 좀 다르다. 외국어 공부는 나와 다른 언어를 사용하는 사람을 향해 다정한 걸음을 떼는 방법이기도 하다. 낯선 여행지에서라면 상대의 마음을 여는 데 직접 그 나라 말을 하는 것만큼 효과적인 게 없다. 특히 기계가 제대로 작동하지 않는 경우라면 직접 내 입으로 뱉어내는 한 마디가 상상 이상의 위력을 발휘한다.

언어, 마음을 여는 열쇠

지난봄, 인천공항 출국장에서 일본행 비행기를 기다리고 있었다. 앞에 있는 세 남자가 일본어를 주제로 대화하고 있었다. 한 남자가 먼저 말을 꺼냈다. "우리 일본어 한마디도 못 하는데 어떻게 하지?" 대화의 승자는 스마트폰에 미리 앱을 깔아둔 남자였다. "여기 앱에서 마이크를 켜고 한국말로 얘기하면 알아서 다 번역해줘. 일본어 몰라도 돼." 옆에 있던 두 남자는 "역시 넌 될 놈"이라며 준비성이 투철한 친구를 잔뜩 추켜세웠다.

나는 어느 쪽인가 하면, 해외여행이 결정되면 틈이 날 때마다 그 나라 말을 조금씩 공부하는 편이다. 일본 여행을 앞두고는 일본어를, 베트남 비행기표를 끊은 다음에는 베트남어를 공부하는 식이다. 상대가 알아듣건 못 알아듣건 그 나라 말로 내 뜻을 전달해 보려고 일단 최선을 다한다. 비록 유창하지 않더라도, 현지인에게 그 나라 말로 인사를 건네면 전혀 다른 반응이 돌아온다. 부족한 발음에도 미소를 보여주고, 서툰 문장 앞에서도 내 마음을 읽어준다. 틈틈이 외국어를 공부하고 머릿속에 저장해 뒀다가 여행지에서 다시 하나씩 입 밖으로 낯선 발음을 꺼내보는 건 상당히 흥미진진한 일이다.

'현명한 스마트폰 번역기 사용법'을 공유하던 세 남자가 일본에서 어떤 결말을 맞이했는지 나는 모른다. 하지만 일본 여행이 끝난 후 나는 '역시 스마트폰만 믿지 않고 일본어를 미리 공부해두길 잘했어.'라는 결론을 내렸다. 아침부터 저녁까지 오사카에서 수만 보를 걸었던 날, 남편과 나는 피로도 풀고 아이들에게 일본 문화도 알려줄 겸 온천행을 결정했다. 운명의 장난인지, 좀 전까지 멀쩡했던 내 스마트폰이 우버를 호출하려는 바로 그 순간 멈춰버렸다. 다행히 지하철역 근처였기에 택시는 금세 잡았다. 호기롭게 앞자리에 올라탄 남편은 택시 기사에게 영어로 말을 건네며 내비게이션 화면을 내밀었다. 머리카락이 하얗게 센 고령의 택시 기사는 스마트폰

글씨가 눈에 잘 들어오지 않는지 잔뜩 얼굴을 찡그렸다. 그러고는 한마디도 알아듣지 못하겠다는 듯 다소 냉정하게 말했다. "니혼고데 하나시떼 구다사이(일본어로 해주세요)." 일본어가 적힌 내비게이션 화면도, 영어 설명도 모두 거부하는 택시 기사 옆자리에서 남편은 순식간에 주눅이 들었다.

택시 안의 공기가 미묘하게 서걱거렸다. 남편은 벌겋게 달아오른 얼굴로 뒷자리에 앉아 있는 내게 도움을 청했다. 내가 말했다. "스미마셍. 와타시타치와 잇큐 온센니 이키마스. 잇큐 온센니 이테 구다사이(죄송합니다. 저희는 잇큐 온천에 갑니다. 잇큐 온천에 가주세요)." 못마땅한 듯 입술을 앙다물고 있던 택시 기사의 얼굴이 활짝 펴졌다. 더듬더듬 어설프게 내뱉은 말이었지만 택시 기사는 찰떡같이 내 말을 알아들었다. 마침내 목적지를 알아낸 택시 기사는 한결 경쾌한 목소리로 내게 말을 붙여왔다. 완벽과는 거리가 먼, 끊어질 듯 위태롭고 아슬아슬한 대화였지만 일본어 단어들이 둥둥 떠다니는 택시를 타고 밤거리를 달리는 기분은 꽤나 낭만적이었다.

낯선 언어가 우리를 구원할 때

언어를 공부해야 하는 좀 더 근본적인 이유도 있다. 언어학자 에드워드 사피어Edward Sapir와 벤저민 리 워프 Benjamin Lee Whorf는 '언어는 단순히 도구로서 기능할 뿐 아니라 인간의 사고와 인식에도 영향을 미친다.'라고 주장했다. 사용하는 언어에 따라 세상을 바라보는 방식이 달라진다는 의미다. 달리 말하면, 외국어에 몰입하면 사고방식도 그 언어의 영향을 받게 된다. '낯선 언어를 배우는 지루한 과정'이 아닌 '나의 사고를 확장하는 여정'이라고 생각하면 언어 공부가 좀 더 의미 있게 다가오지 않을까?

이누이트족이 사용하는 언어인 이누크티투트어가 이들의 주장을 뒷받침하는 사례로 자주 언급된다. 이누이트족은 몹시 춥고 눈이 많이 오는 곳에서 생활한다. 이런 환경 때문에 눈과 관련된 단어가 매우 발달했다. 환경의 영향을 받은 언어는 또다시 그 언어를 사용하는 인간의 사고에 영향을 미친다. 이런 순환 과정을 거치는 동안 이누크티투트어를 사용하는 사람이 눈을 바라보는 관점은 더욱 다채로워진다.

마찬가지로, 우리는 무지개가 일곱 색이라고 확신하지만 나미비아의 힘바족을 비롯한 일부 아프리카 부족은 무지개의 색깔이 2~3개라고 믿는다. 색을 구분하는 언어 자체가 제한적인 탓이다.

나 역시도 사용하는 언어에 따라 사고방식이 미묘하게 달라지는 걸 느낀다. 한국어로 글을 쓸 때는 나이나 지위, 관계에 따라 그에 걸맞은 호칭과 지칭을 적절히 사용해야 실례가 되지 않는다. 그런 탓에 'Sister' 같은 간단한 영어 단어를 한국어로 옮길 때도 언니인지, 여동생인지, 누나인지 알아내기 위해 위계질서와 나이에 주목하게 된다. 반면 한국어를 영어로 옮길 때는 이런 문제에서 좀 더 자유롭다. 나이가 많든 적든 여자 형제는 모두 Sister로 옮길 수 있으니, 서열이나 복잡한 가계도보다 두 사람 사이의 좀 더 본질적인 상호작용에 관심을 기울이게 된다.

그뿐만 아니라 미묘한 뉘앙스로 앞 문장과 뒷 문장의 인과관계를 전달하는 한국어와 달리 영어에서는 문장 간의 인과관계를 좀 더 명확하게 드러내야 한다. 그런 탓에 영어로 글을 쓸 때는 논리적 흐름을 좀 더 꼼꼼하게 따지고 연결을 위한 접속사를 보다 적극적으로 활용한다.

SF 영화 「컨택트 Arrival」는 언어가 인간의 사고방식에 어떤 영향을 미치는지 흥미롭게 풀어낸다. 주인공 루이스는 '언어는 사람을 묶어주는 끈'이라고 믿는 뛰어난 언어학자다. 루이스는 외계 생명체가 지구에 온 목적을 알아내기 위해 그들에게 영어를 가르치고, 그와 동시에 직접 그들의 언어도 배운다. 수많은 시도 끝에 루이스는 그들이 '무기 Weapon'를 줄 목적으로 지구에 왔다는 사실을 알아낸다.

'무기'라는 단어는 전 세계를 충격에 빠뜨린다. 공포에 사로잡힌 세계 각국은 소통을 중단하고 곧장 전쟁 준비에 돌입한다. 그러나 루이스는 포기하지 않는다. 루이스는 외계 생명체의 언어에 완벽하게 몰입한 끝에 인간의 방식이 아닌 그들의 방식대로 사고하는 법을 익힌다. 새로운 사고방식 덕에 미래를 볼 수 있게 된 루이스는 그들이 이야기하는 무기가 살상 도구가 아닌 '선물', 즉 '외계 언어'라는 사실을 알게 된다. 반목하던 나라들은 다시 협력하고 전쟁의 위기도 사라진다. 루이스가 외계 언어를 배워 그들의 방식대로 생각하지 않았더라면 인류는 전쟁의 소용돌이에 빠졌을지도 모른다.

나의 서툰 일본어는 택시 기사의 마음을 녹였고, 외계 생명체의 언어를 이해하려는 루이스의 노력은 전쟁을 막았다. 이처럼 언어는 소통을 위한 도구의 역할에 그치지 않고 한 걸음 더 나아가 누군가의 마음을 여는 열쇠, 세상을 바라보는 창의 역할을 한다. 기술은 놀라운 속도로 발전하고 번역기 역시 발군의 실력을 뽐낸다. 그러나 사람들이 주고받는 미묘한 뉘앙스와 맥락을 완벽하게 다른 나라 말로 전달하는 기계가 나올 거라고는 상상하기 힘들다. 기계는 주어진 문장을 분석하지만 사람은 겉으로 드러나지 않는 좀 더 깊은 마음에 공감하며, 그 바탕에 깔린 문화까지 함께 번역한다.

어떤 쓸모가 있을지, 얼마나 도움이 될지 알 수 없지만 그래서 나는 오늘도 외국어를 공부한다. 매일 새로운 마음으로 언어 근육을 단련해 나가며 조금 더 다정한 눈으로 세상을 바라본다.

나를 지켜준 공부 :

유년기부터 지금까지

학창 시절의 공부법

평범한 모범생 이야기

나는 고등학교 가기 전까지 항상 외톨이였다. 우리 반 아이들과 나 사이에는 투명한 벽이 있는 것 같았다. 그 투명한 벽 안쪽이 내 세상의 전부였다. 나는 바깥으로 발 딛는 법을 몰랐고 아이들은 어떤 분위기에 눌려서인지 그 벽 안으로 들어올 엄두를 못 냈다. 쉬는 시간 온 교실이 떠내려갈 것 같은 난리통 속에서도 나는 조용히 앉아서 공부를 하거나 책을 읽었다. 그럴 때마다 내 주위엔 교실의 와글거림과는 다른 차분한 공기가 흘렀다.

나를 둘러싼 작은 세상은 고요했다. 그 안에서 나는 편안했다. 세상과 약간의 거리를 두며 나는 고립감이 아니라 안정감을 느꼈다. 나의 세상은 나와 책으로 온전히 가득 찼다. 그래서 혼자여도 외롭지 않았다. 해야 할 일이 있을 때는 바깥 세상에서 일을 하고, 시간이 남으면 내 세상으로 들어가 책을 펼쳐들었다. 다람쥐가 알밤을 모으듯, 나의 작은 세상을 내가 배운 것과 깨달은 것으로 채워나갔다.

나는 규칙을 잘 지켰다. 엄했던 어머니 탓도 있겠지만 규칙을 만들고 그것을 지킬 때 안정을 찾는 성격을 타고났다. 어른들의 말씀도 잘 들었다. 아침잠이 무척 많지만 지각을 거의 하지 않은 이유도 지각을 하면 안 된다는 선생님의 말씀 때문이었다. 점심시간엔 1시간 내내 밥을 먹은 적도 있다. 밥을 남기면 안 된다는 어머니의 말씀 때문이었다.

나의 어머니는 어린 여학생이 먹기에는 좀 크다 싶은 도시락에 밥을 가득 싸주셨다. 나는 밥을 천천히 먹었는데 점심시간 시작부터 끝날 때까지 줄곧 먹어야 큰 도시락을 겨우 다 비울 수 있었다. 어떤 날은 점심시간이 끝나는 종이 울렸는데도 밥을 다 먹지 못해서 남긴 적도 있었다. 거의 매일 밥을 혼자 먹었는데, 엉덩이에 닿을 만큼 긴 머리를 한 갈래로 땋고 두꺼운 뿔테 안경을 쓴 말갛게 생긴 여자애가 교실 맨 앞자리에 앉아서 점심시간 내내 잔뜩 집중해서 밥을 오물거리고 삼키고 오물거리고 삼키기를 반복하는 장면을 상상하면 웃음이 픗 나온다. 귀엽기도 하고 왠지 좀 안쓰럽기도 하다. 남들이 보기에는 저렇게까지 할 필요가 있나 싶을 정도로 별것 아닌 것들까지 나는 규칙을 지키고, 한번 하기로 했으면 그 말을 꼭 지켰다. '내가 하기로 한 것은 해야지.' '나와 한 약속을 지키는 게 가장 가치 있지.'라는 생각은 미루고 싶은 일이나 하기 싫은 일을 만날 때마다 유혹을 뿌리치는 힘이 되어주었다. 이런 성격 덕인지 성적이 꽤 좋았다. 중학교 때는 전교 1등을 거의 놓치지 않았고, 과학고등학교를 거쳐 우리나라에서 가장 좋은 이공계 대학이라는 KAIST에 진학했다.

최초의 발견

고등학교 진학한 지 얼마 안 된 날이었다. 그날따라 무척 공부하기가 싫었다. 중학교 때와 비교해서 과목 수도 확 늘었고 공부의 깊이도 달라졌다. 과학고는 2학년 재학 중에 대학 입시를 칠 수 있는 자격이 주어지기 때문에 1학년 때부터 대학 입시 공부가 시작되어서 수업 진도도 무척 빨랐다. 고등학교 입학 전 겨울 방학 때에도 우리는 미리 학교에 등교해서 수업을 받았다. 고압 펌프로 머릿속에 지식을 쏴대는 것처럼 공부해야 했다. 공부는 더 이상 즐겁지만은 않았고 책을 펴면 답답함이 몰려왔다. 좁은 독서실 자리에서 고개를 들고 좌우로 두리번두리번 하다가 저쪽에 공부하기 싫은 표정의 친구 한 명과 눈이 딱 마주쳤다. 우리는 마음이 통해서 씩 웃었다. 내가 발코니 방향으로 고개를 까딱하니 친구도 고개를 끄덕이며 일어섰다.

우리는 시원한 밤바람을 배경삼아 나란히 앉아 잡담을 시작했다. 실없는 이야기들을 잠시 소근거렸지만, 이내 대화는 '우리는 왜 공부가 하기 싫을까?'로 이어졌다. 둘 다 공부가 하기 싫어 휴식 핑계를 대긴 했지만, 공부를 안 하고 있는 그 상황이 마음에 걸렸던 것이다. 이야기는 점점 진지해져서 '진짜 우리 왜 공부가 이렇게 하기 싫지? 왜 공부하는 게 이렇게 고통스러운 거야?' 토론을 시작했다. 토론 끝에 '자연에는 대부분 이유 없이 존재하는 것은 없지 않나. 이 고통도 이유가 있을 것이다. 우리 뇌가 새로운 것을 배우고 익히기 위해서는 에너지가 많이 필요한데, 에너지를 쓰는 것은 생명에 위험을 초래할 수 있으니 고통을 수반해서 조심하게 만드는 게 아닐까? 일종의 경고 신호 같은 게 아닐까?'라는 나름의 가설을 세웠다. 고통이 부정적이고 피해야 할 것이 아니라 대면하고 관리해야 할 것이라는 생각을 처음 하게 된 날이었다.

그날 이후로 나는 공부가 하기 싫을 때마다, 학교를 졸업한 후에는 일을 하기 싫을 때마다 '내 뇌가 무서워하고 있구나. 이 일에 에너지를 과하게 써서 생존에 위협이 될까 봐 두려워하는구나.'라고 생각할 수 있었고, '그렇게 두려워할 일이 아니야.'라고 스스로를 다독였다. 그리고 뇌가 힘들어하지 않을 정도로 공부나 일의 크기를 줄여주었다. 예를 들어 공부할 범위가 교과서 세 챕터라면, 각 챕터를 3~4페이지 정도로 나눠서 번호를 붙여주고, 일단은 '내 숙제는 1번을 끝내는 거다. 3페이지는 금방 할 수 있잖아. 어렵지 않지. 에너지를 많이 쓰지 않아도 돼.'라고 내 뇌를 스스로 안심시키는 식이었다.

이런 방식은 꽤나 효과가 있었다. 1번 범위를 잘 끝내고 나면 2번이나 3번을 이어서 하는 것은 크게 힘들지 않았다. 시간이 제법 지나서 나의 이 가설이 뇌과학적으로도 입증이 되었다는 것을 알게 되었다. 앤드류 후버만의 aMCC 이론에 의하면 aMCC(전측 대상회 피질)는 우리 뇌의 한 부분으로, 어느 활동에 에너지를 얼마나 쓸 것인지 결정하는 부분이다. 공부를 하려면 에너지를 많이 써야 하는데, aMCC에서 이를 승인해주지 않으면 뇌는 해당 작업을 시작할 수 없고 하기 싫다는 느낌이 들게 된다. 그래서 휴대폰이나 TV를 보는 등 대체 작업을 하게 된다는 것이다.

이럴 경우, 내가 했던 것처럼 aMCC가 활동을 승인하게 만들면 된다. 일을 작은 단위로 쪼개서 일에 사용될 에너지가 작다고 판단하도록 설계해주는 것이다. 또, 해보지 않은 새로운 일보다는 익숙한 일이 에너지 소모가 적을 것이다. 과업을 익숙한 부분과 새로운 부분으로 쪼개서 하나씩 수행하는 것도 좋다.

공부나 일을 하기 싫어서 자꾸 미루는 습관은 사실 뇌의 작용이다. 이 사실을 알아낸 것은 큰 소득이었다. 덕분에 정신력이 약하다거나 의지박약이라며 스스로를 탓하는 대신 상황을 나아지게 만들 수 있었다. 나는 이 일을 통해 자신감을 얻었다. 공부를 하다가 어려움을 만나도 그 어려움의 정체를 알아내면 해결 방법도 찾을 수 있다는 것을 알았기 때문이다.

공부란 '온전히 내 것인' 풀이 방법을 찾는 것

공부는 혼자 하는 싸움이다. 가로세로 몇십 센티미터에 불과한 작은 책상 앞에 홀로 앉아 몰랐던 것이 아는 것이 될 때까지 버티는 일이다. 어린 시절을 돌이켜보면, 공부를 잘한다는 것은 나만의 공부법, 온전히 내 것인 공부 방법을 찾아가는 과정이었던 것 같다.

예를 들어, 나는 어떤 일을 할 때 일단 시작하고 본다. 무슨 일이 있어도 일단 시작한다. 준비가 부족하거나 정말 하기 싫어서 죽을 지경이라도 꼭 '시작'을 한다. 숙제해야 하면 교과서와 참고서, 노트를 책상 위에 펼치고, 노트에 날짜와 제목이라도 적는다. 글을 써야 하면 노트북을 열고 새 파일을 만들고 글을 시작하는 문장 하나라도 적는다. 시작이 반이라는 옛 속담이 참으로 맞는 게, 시작을 한다는 것은 무에서 유로 상태가 바뀌는 것이다. 상태를 바꾸는 데는 항상 큰 에너지가 든다. 그래서 나는 에너지가 가장 많이 필요한 일을 나의 뇌가 '하기 싫다'라고 생각하기 전에 끝내버린다. 처음에는 힘들지만 이것이 하나의 패턴으로 자리 잡히면, 하기 싫다는 감정이 점점 흐려지고 나중에는 쉽게 시작할 수 있게 된다.

또 하나의 원칙은 끝내기 전에 하나만 더 하는 것이다. 공부를 마칠 때는 책을 덮기 직전에 꼭 한 개를 더 한다. 영어 단어를 외우는 중이었다면 오늘 범위를 마친 후 다음 범위의 첫 단어를 하나 더 외운다. 수학 공부를 하는 중이었다면 오늘 계획을 다 채운 후 다음 범위를 시작하고 마친다. 기분이 내키면 거기서 한 개를 더 해본다. 그렇게 하나만 더, 하나만 더 하다 보면 어느새 끝을 보게 된다. 그게 쌓이면 진도가 훨씬 앞서 나가게 된다. 하기 싫어서 미루는 것을 반대로 해보는 것이다.

내가 무엇을 알고 무엇을 모르는지 따져보는 것도 중요하다. 사람들은 생각보다 공부를 하고 나서 자기가 무엇을 아는지 모르는지 판단을 못 하는 경우가 많다. 공부를 했으니까 자기가 정보를 이해했을 것으로 기대한다. 그러나 책 속의 지식이 정보의 형태로 내 머릿속에 입력이 되고, 그 정보가 활용(인출)이 되는 과정을 거쳐야 내 것이 된다. 이 과정을 모두 거쳐야 시험에서도 좋은 성적을 받을 수 있다. 공부 잘하는 방법으로 남에게 설명해 보기가 자주 거론되는 이유도, 남에게 설명하기 위해서는 정보의 활용(인출)을 거치게 되기 때문이다.

친구가 없어 남에게 설명할 환경이 안 됐던 나는 혼자서 하나하나 머릿속으로 짚어가며 내가 그 내용을 아는지 모르는지 점검을 하는 습관이 생겼다. 이 또한 나 혼자서 정보를 활용(인출)하는 것이었기 때문에 남에게 설명하는 것과 비슷한 효과를 얻을 수 있었다.

『우리를 방정식에 넣는다면』이라는 매력적인 제목의 책이 있다. 이 책의 저자는 '우리의 마음은 세상을 이해하도록 진화해왔다.'라고 주장한다. 나는 이 내용에 무척 공감한다. 학창 시절에는 교과서로 공부하는 방법을 배웠고, 이후 교과서를 공부했던 힘, 이른바 '공부력工夫力'으로 내 인생을 한 장 한 장 공부해오고 있다. 우리 각자의 삶이 인생 방정식이라면, 온전히 자기 것인 나름의 해답을 찾아가는 과정, 그것이 인생 전체에 이르는 공부일 것이다.

직장인의 공부법

공부가 삶의 도구가 될 수 있을까

학창 시절 공부를 열심히 하면서 세상에는 풀 수 있는 문제와 풀 수 없는 문제가 있다는 것을 배웠다. 일상생활에서 만나는 대부분의 문제는 풀 수 있는 문제, 즉, 답이 있는 문제라는 것을 깨달았다.

　대학 졸업을 앞둔 시점에 나는 공부는 제법 잘했지만 공부 외의 많은 분야에서는 구멍투성이였다. 그런 내게, 앞으로 내가 만날 대부분의 어려움이 '풀 수 있는 문제'라는 것은 큰 희망이었다. 살면서 어려움을 겪더라도 내가 포기하지 않는 한, 공부할 때처럼 연구하고 답을 찾는다면, 문제를 해결하고 나아질 가능성이 항상 존재한다는 의미였다. 학교를 졸업한 후에도 공부는 삶을 살아가는 데 여전히 의미 있는 도구였다.

공부하듯 일을 해보았다

대학에서 전산학을 전공한 나는 학교를 졸업한 후 전공을 살려, 데이터베이스Database 소프트웨어를 만드는 IT 기업에 입사했다. 전산 처리가 필요한 일정 규모 이상의 기업에서 데이터베이스는 반드시 사용해야 하는 필수 소프트웨어지만, 1990년대 말이었던 당시 데이터베이스는 모두 외산이었고 구입 비용과 유지 비용이 비쌌다. 국내 모든 기업이 울며 겨자 먹기로 매년 엄청난 비용을 외국 기업에 지불하고 있었다. 우리 회사는 이 상황을 타개하기 위해 국산 데이터베이스를 만드는 것을 목표로 했다. 우리가 경쟁 상대로 삼은 해외 기업은 전 세계 소프트웨어 회사 중 2위를 차지하는 거대 기업이었고, 우리는 겨우 12명의 연구원으로 구성된 작은 팀이었다. 전략적으로 분석하고 이성적으로 따졌다면 아마 도전도 못 했을 것이다. 지금 나에게 12명의 우수한 개발자를 데리고 국산 데이터베이스를 만들라고 하면, '에이, 안 돼.' 하며 손사래를 칠 것 같다. 그러나 당시 우리는 세상 물정을 몰랐고 겁도 없었다.

우리는 데이터베이스라는 소프트웨어가 갖추어야 하는 가장 간단한 기능을 정하고, 12명이 분담해서 그 기능을 개발하기 시작했다. 주중에는 각자 담당한 기능을 컴퓨터 프로그램으로 개발하고 주말에는 각자 연구한 기반 기술을 각 연구원이 돌아가며 발표한 후, 전체 연구원의 토론을 거쳐 우리만의 기술로 만들어갔다. 휴일도 거의 없이 일개미처럼 열심히 일했다.

2년이 순식간에 지나갔고, 우리 팀은 최초로 순수 국산 기술 데이터베이스를 개발하는 데 성공했다. 그러나 출시 초기 외국 제품과 비교해 안정성이나 사용 편의성이 부족하다는 지적을 받았다. 이런 단점을 보완하고 고객들에게 신뢰감을 주기 위해, 제품을 개발한 개발자가 직접 고객사에 나가서 제품 도입과 활용을 지원하는 컨설팅 서비스를 제공하기로 했다. 이를 기술 컨설팅이라고 부른다. 나는 기술 컨설팅을 시작하면서 기업의 실제 업무 현장에서 일어나는 다양한 일들을 접했다. 컴퓨터 프로그램을 개발하는 것과 전혀 다른 새로운 상황이 펼쳐졌다.

나는 기업 활동이라는 새로운 시각으로 세상을 이해하기 시작했다. 콜센터를 예로 들면, 이전에 나는 상품에 문제가 있으면 그것을 만든 회사 콜센터에 전화해서 문제를 해결하는 것이 전부였다. 그런데 기술 컨설팅을 시작한 후에는 다양한 업종의 기업들이 콜센터를 어느 규모로 보유해야 하는지, 각 콜센터로 평균 몇 건이 접수되는지, 피크타임에는 어느 정도까지 증가하고 평균 대기 시간은 얼마나 되는지 파악해야 했다. 이 과정에서 이전에는 생각지도 못했던 범위와 깊이의 지식이 필요해졌다. 콜센터만 하더라도 금융회사, 온라인 쇼핑몰, 공공기관, 비영리조직 등 다양한 종류의 조직이 보유한 콜센터별 특성을 이해해야 했다. 나는 방대한 지식과 정보를 확보하기 위해 적극적으로 책과 문서를 찾아보았다.

새로운 분야의 기업과 프로젝트를 시작하면 그 기업이나 분야 관련 책을 여러 권 구비했다. 그리고 사내에서 생산된 문서를 가급적 많이 모았다. 회사 연혁도 있고 사내 업무 지침이나 부서별 업무 규정도 있었다. 기업 소개 자료나 직원을 위한 연수 자료도 큰 도움이 되었다. 소개 자료나 개요서 같은 경우는 문서를 빠르게 넘기며 회사의 전체 구조를 파악하는 데 활용했고, 책이나 연구 자료, 행정 서류는 일하는 데 필요한 정보 위주로 훑어보고 발췌해서 나만의 노트를 만들었다. 그 노트에 이 회사는 무엇을 하는 곳인지, 산업 내에서 입지는 어떤지, 하고 싶은 일은 무엇이며 그 일을 하는 데 방해가 되는 요소들은 무엇인지 적었다. 작은 수첩이 아니라 대학 노트를 들고 다니며 정보들을 모조리 기록했다. 밤이 되면 그 기록들을 회사의 조직, 비용, 기술, 업무의 분배와 협업 방식, 문화 등의 범주로 분류한 후 각 범주에서 생성되는 정보들, 여러 범주를 오가는 정보들을 표시했다. 프로젝트가 끝날 무렵이 되면 이런 노트가 여러 권으로 늘어났다.

일반적으로 사람들은 수집된 정보나 자료를 수집된 형태 그대로 이해하고 활용한다. 여러 출처에서 수집한 정보들은 내용이 서로 상충되기도 하고, 연결 고리가 사라져서 가치가 없어지기도 한다. 그래서 수집된 양에 비해 활용도가 떨어진다. 나는 마치 강의를 듣고 노트 정리하듯 기업 자료를 정리했다. 파악해야 하는 기업에 대한 자료와 정보를 내가 설정한 관점으로 재구성하는 과정을 거쳤다. 결과적으로 '나의 관점'이라는 하나의 맥락하에 정보와 데이터들이 구조를 갖추며 활용도가 높아졌다. 기업을 잘 공부하기 위해 만든 내 나름의 공부법은 제법 성공적이었다. 동료들은 마치 시험 족보처럼 내 노트를 돌려보았고, 이는 점차 프로젝트 수행 방법론으로 쓰이기 시작했다.

사람을 공부하기

기업 분석 노트를 몇십 권쯤 반복해서 만들다 보니 나는 조직의 작동 방식을 데이터의 측면에서 완전히 이해할 수 있게 되었다. 머릿속에 데이터 설계도가 잔뜩 담긴 것이다. 영화 「매트릭스」에서 세상이 숫자로 이루어지는 장면이 나오는 것처럼, 조직 내의 어떤 일을 봐도 데이터의 흐름이 보이기 시작했다. 당시에는 회사들이 데이터를 더 잘 활용하게 돕는 일을 전문적으로 하는 회사가 없었다. 나는 그 일을 해보기로 했다. 2014년 여름, 나는 나만의 작은 데이터 컨설팅 회사를 만들었다.

회사를 직접 경영하면서 생긴 가장 큰 변화는 영업 활동을 해야 한다는 것이었다. 직장인으로 회사를 다닐 때는 데이터 분석 프로젝트에서 좋은 결과를 내기만 하면 되었지만, 한 회사의 대표가 되니 기업들로부터 투자를 이끌어내야 했다. 전문가로서 실력도 필요했지만 사람의 마음 또한 움직여야 하는 일이었다. 어려서부터 혼자가 편했던 나는 다른 사람의 입장이나 마음을 헤아리는 일에 젬병이었다. 사람과 관계 맺는 일이 어려웠다. 변덕이 심하고 이해하기 어려운 사람보다는, 입력한 대로 출력되고 애매모호한 것이 없는 컴퓨터가 편했다. 이런 나에게 사람을 만나고 그들을 설득하는 일은 큰 난관이었다.

처음에는 여느 영업사원처럼 했다. 회사 매출을 올리는 데 필요한 사람들, 특히 고객사 임직원들과 인간적인 관계를 맺고 유대를 쌓으려 시도했다. 그러나 얼마 지나지 않아 이런 방식이 내게는 어렵고 에너지 소모가 너무 크며, 결과도 그리 신통치 않다는 것을 확인했다. 회사를 안정적으로 운영하기 위해 해결책이 필요했다. 나름의 방법을 찾아야 했다. 내가 잘할 수 있는 방식의 영업 활동이 무엇일지 고민한 끝에 사람을 공부하기 시작했다.

나는 사람을 하나의 텍스트로 이해하고 공부하는 방식을 선택했다. 고객사 임직원을 만나면 책을 읽듯이 잘 관찰한 후, 그들이 처한 상황과 해결해야 하는 과제, 달성하고자 하는 목표를 파악해 정리했다. 사람 사이에서 일어나는 정보의 흐름, 업무 처리, 알력 관계, 힘의 구조 등을 노트에 옮겨적었다. 각 개인이나 조직 단위로 정리한 노트들을 모아 문제별로 병합하거나 조직별로 묶어나갔고, 이렇게 현상과 문제를 정리하는 과정에서 모두를 위한 솔루션도 수월하게 찾을 수 있었다. 누가 봐도 다수의 이익이 되는 해결책은 따로 설득을 거칠 필요가 없었다. 답을 찾는 과정에 이미 설득이 담겼다. 좋은 인간관계와 대화가 아니라 명쾌한 해결책 제시가 나의 설득 방법이었다.

나만의 공부법을 한 가지 더 터득한 후 나는 다시 한 번 도약했다. 데이터 분야는 폭풍처럼 성장했고, 나도 그 안에서 함께 성장했다. 스타트업을 이끌고, 대기업에서 데이터 분야를 총괄하고, 민간위원으로서 대통령에게 새로운 산업 분야에 대한 조언을 하는 일을 했다. 이런 변화를 나는 '성공'이 아니라 '성장'이라고 생각한다. 학교 공부에서 회사 일로, 회사 일에서 사람으로 공부의 대상을 점점 넓혀나갔던 것, 그리고 각 상황에 맞는 나름의 공부법을 만들어온 것이 공부하는 사람으로서 내가 거쳐온 성장이고 내 인생 방정식의 해답을 찾아가는 과정이다.

AI 시대의 공부법

컴퓨터 동료들과 일하기

내가 업무에 인공지능을 본격적으로 활용하기 시작한 것은 2013년 무렵 스타트업을 할 때였다. 적은 인력과 자본으로 많은 업무를 해내야 하는 스타트업 특성상 나는 몇 년간 주경야독이 아니라 주경야경의 시간을 보냈다. 낮에는 주로 협업하는 사람 동료들과 회의를 했고, 밤이 되면 컴퓨터 동료들과 일하는 시간이 시작되었다.

처음에는 노트북 두 대를 놓고 밤새 프로그램을 돌리고 아침에 확인하는 방식으로 일했는데, 점차 할 일이 늘어나면서 클라우드 시스템을 활용했다. 낮 동안 사람과 일하는 시간이 끝나면 밤에는 클라우드로 여러 대의 컴퓨터에 접속해 각 컴퓨터별로 숙제를 내줬다. 컴퓨터들과 협업하기 위해 나는 노트북을 배 위에 올려놓고 자다 깨다 하며, 내준 숙제들이 잘 처리되는지 확인했다. 이런 방식으로 인력 부족을 극복하고, 인공지능 기술을 활용한 금융 서비스를 만들어낼 수 있었다. 나는 사람 팀원이 아니라 컴퓨터 팀원으로 구성된 팀의 리더였다.

지금은 IT 회사에서 이런 식으로 일하는 방식이 일반화되었다. 사람보다 더 빠를 뿐 아니라 쉬지 않고 일하는 인공지능이 조금씩 사람의 역할을 대체하고 있고, 대체 속도는 점점 빨라질 것이다. 일찍부터 IT 기술과 인공지능으로 사람의 노동력을 대체하고 있는 금융회사 골드만삭스는 사람의 정규직 일자리 3억 개를 인공지능이 대체할 수 있다는 보고서를 냈다. 2025년 초 메타(페이스북)의 CEO인 마크 저커버그는 1~2년 내에 중급 수준의 프로그램 개발자들이 하는 역할을 인공지능이 하게 될 것이라고 발표하기도 했다.

인공지능 기술을 몰라도 인공지능을 잘 쓸 수 있을까

나는 데이터와 인공지능 분야에서 오랫동안 일한 기술자인 반면, 내 동생은 예술 분야 종사자다. 바이올린을 전공했고, 음악 교육과 바이올린 연주, 공연 기획 등의 일을 한다. 인공지능과는 거리가 먼 삶을 살아왔다. 어느 날 나는 문득 '내 동생 같은 음악가들도 인공지능 도구를 쓰면 일이 무척 편해질 텐데.' 하는 생각을 했다. 나는 그날 당장 동생에게 챗GPT 앱을 휴대폰에 깔아보라고 이야기했다. 휴대폰으로 문서 작업이나 자료 검색을 많이 해본 동생은 어려움 없이 금방 잘 해냈다.

다음 단계로 챗GPT로 열 단락짜리 짧은 동화를 써서 동생에게 보내줬다. 두세 편 보내다 보니 동생이 흥미를 느끼기 시작했다. '컴퓨터로 동화도 쓸 수 있네? 재밌다. 인공지능이 언니보다 더 감성적이다.'

동생은 챗GPT와 대화를 나누며 내가 보내준 것 같은 동화도 써보고, 본인의 일에 필요한 정보들을 파악하기도 했다. 내가 특별히 가르쳐주지 않아도 쉽게 사용법을 익혔다. 나는 그 다음 단계로 챗GPT로 기획서를 만들어 동생에게 보냈다. 동생이 종종 작성하는 '유아 대상 음악 교육 프로그램 기획서와 예산 계획서' 등의 문서를 만들었고, 내가 챗GPT에 명령한 내용과 결과 모두를 동생에게 공유했다. 동생은 챗GPT에게 일을 시키는 방법을 금세 터득했다.

챗GPT는 모호하게 지시하면 모호한 결과물을 내놓고, 구체적으로 요구할수록 결과물이 점점 좋아진다. 챗GPT의 특성을 동생에게 따로 설명하진 않았지만, 내가 챗GPT에게 명령하는 방식을 보면서 동생도 어떻게 구체적으로 요구사항을 제시해야 하는지 깨달은 것 같다.

이후 동생은, 내가 알려주지 않아도 유아 교육 프로그램에 필요한 디자인 시안부터 샘플 멜로디 작곡, 배경 이미지까지 챗GPT를 활용해 만들기 시작했다. 때로는 챗GPT가 '이번 교육 활동과 관련된 이름표 디자인 시안도 만들어 볼까요?' 하고 제안하기도 했고, 어떤 때는 동생이 '샘플 멜로디도 만들어줄 수 있어?' 하고 묻기도 했다. '이런 것은 되고 저런 것은 안 된다.' 하는 설명서를 본 적도 없고 누구에게 배운 적도 없지만 동생은 척척 잘 해냈다. 그렇게 두 달 정도 시간이 흘렀고, 이제 동생은 교육 프로그램을 만들거나 공연 기획을 할 때 챗GPT 없이는 일을 할 수 없을 정도가 되었다고 한다.

동생에게 '인공지능 팀원'이 생기는 것을 보면서 나는 두 가지 측면에서 뿌듯했다. 하나는 동생의 일을 다소나마 덜어줄 수 있어서, 다른 하나는 인공지능 기술을 모르는 사람도 큰 어려움 없이 인공지능 도구를 자신의 일에 쉽게 사용할 수 있다는 것을 확인해서였다.

새로운 고민들

나는 최근 2년 정도 회사를 다니지 않고 있다. 하지만 회사 다닐 때 못지않게 다양한 일을 하면서 지내고 있다. 10여 년 전 스타트업 시절부터 인공지능의 도움을 받았던 나는, 지금은 거의 모든 일을 인공지능과 협업해 처리하고 있다. 인공지능이 크게 발달해서 가능해진 일이다. 대표적으로 어떤 정보를 조사하고 정리, 분석하는 일, 그리고 문서로 만드는 일은 이제는 인공지능이 없으면 답답함을 느낄 정도다. 인공지능이 없어도 할 수야 있겠지만, 이미 인공지능이 3~5분 만에 후루룩 만들어주는 결과물의 속도에 익숙해져서 그걸 직접 하는 건 솔직히 상상하기 싫다.

한번은 챗GPT로 글을 써본 적이 있다. 인공지능 저작물에 대한 여러 논란이 있는 상황에서, 인공지능이 작성한 글의 수준을 확인하고 싶었다. 내가 어린 시절 겪었던 일을 A4 용지 절반 정도 분량으로 상세하게 입력한 후 에세이를 작성하도록 했다. 챗GPT는 내 생각보다 훨씬 좋은 글을 써주었다. 어떤 부분은 내가 직접 써도 이런 식으로 썼을 것 같은 부분도 있었고, 어떤 부분은 내가 생각지도 못하게 감성적인 부분도 있었다. 흥미가 생긴 나는 몇 명의 유명 작가가 쓴 것처럼 문체를 바꿔보라고 요청했다. '노벨상 수상 작가인 한강 작가의 문체로 바꿔볼래?' '유쾌한 수필 작가인 김혼비 작가 스타일로 바꿔볼래?' 재미삼아 지시했고, 그 결과는 꽤 흥미로웠지만 다소 난감하기도 했다. 한강 작가 스타일로 바꾼 에세이는 진짜 한강 작가가 썼을 법한 문장들이었고, 김혼비 작가 스타일로 바꾼 에세이 또한 그러했다.

여러 가지 생각이 꼬리에 꼬리를 물고 이어졌다. 앞으로 글을 쓴다는 행위는 어떻게 변화하게 될까? AI 작가가 쓴 글들이 점점 많아질 텐데 우리는 인간 작가가 쓴 글과 AI 작가가 쓴 글을 구별할 수 있을까? 그것을 굳이 구별할 필요가 있을까? AI 작가가 이렇게 글을 잘 쓰는데 인간은 앞으로 계속 글을 써야 할까? 우리가 쓴 글이 계속 널리 읽힐까?

비슷하게 '우리는 계속 공부를 해야 할까?'라는 고민이 있다. 인공지능이 이렇게 빠르게 똑똑해지고 있고 사람들이 해야 할 다양한 일을 빠르게 대신 해주는데 사람이 공부해야 할 필요가 있나 하는 질문이다. 예를 들면 번역이 그렇다. 이제 인공지능이 다 번역을 해줄 텐데 외국어 공부를 할 필요가 있나 물을 수 있다.

나의 답은 상당히 선명하다. 우리가 공부해야 하는 이유는 지식 습득을 통한 문제 해결만이 아니기 때문이다.

지금을 위한 공부와 미래를 위한 공부

살아오면서 나는 다양한 공부를 했다. 그중 화학은, 배울 때는 전혀 예상하지 못했지만 의외로 일상생활에서 많이 쓰인다. 청소나 빨래를 할 때 찌든 때를 없애기 위해 알칼리성 물질인 과탄산소다와 산성 물질인 구연산을 섞어 사용하는 것이 유행했던 적이 있다. 두 물질을 섞어서 물을 부으면 거품이 발생하면서 묵은 때를 깨끗이 청소할 수 있다는 주장이었다. 주방 싱크나 욕실의 하수구, 변기에 두 물질을 부어두면 거품이 일면서 배관 벽에 붙은 때들이 깨끗이 씻겨 내려간다고 했다. 그러나 최근에는 이 두 물질을 섞으면 중화 반응이 일어나서 오히려 과탄산소다와 구연산이 각각 가진 청소 효과마저 사라진다는 주장도 있다. 이런 살림팁이 진짜인지 아닌지 확인하는 데 학교에서 배웠던 화학 지식은 꽤나 유용하다.

우리가 공부해서 습득한 지식은 살아가는 데 도움이 되기는 하지만, 내가 화학 공부를 한 시간과 노력을 따져보면 투자 대비 효과가 그렇게 크지는 않다. 내가 중학교, 고등학교, 대학교를 거치며 들은 화학 수업 시간과 공부 시간을 따져보면, 대충만 계산해도 몇 백 시간은 될 것이다. 그런데 직접 화학을 공부하지 않더라도 검색 서비스에서 간단히 검색을 해보거나 인공지능에게 질문하면 간단히 궁금증을 해결하고 필요한 정보를 얻을 수 있다. 이처럼 당장의 삶을 살기 위해 필요한 지식을 습득하는 공부라면, 오늘날과 같은 인공지능 시대에 가성비가 떨어진다고 볼 수도 있다. 공부의 목적이 단지 이런 것에 그친다면, 앞으로 펼쳐질 인공지능 시대에 인간은 공부를 덜 해도 될 것이다.

그러나 우리가 공부를 할 때 우리 뇌는 지식을 습득하는 것 외에 또 다른 일을 한다. 우리가 하기 싫은 공부를 하기 위해 허벅지를 꼬집고 쓴 커피를 마셔가며 책상에 앉아 버티는 동안, 우리의 뇌는 눈앞에 펼쳐진 책이나 컴퓨터 화면에 떠 있는 지식을 읽고 암기하는 것뿐 아니라, 지식을 습득하는 절차인 '공부'를 어떻게 잘할 것인지 스스로 노하우를 쌓아간다. 공부는 지식 습득 과정인 동시에 뇌를 잘 쓰기 위한 훈련이기도 한 것이다. 공부법을 터득해 나가는 과정에서 뇌는 또한 정보를 습득하고 처리하는 생물학적 능력을 스스로 개선시킨다. 공부와 같은 외부 자극은 새로운 뇌세포를 발달시킨다. 눈앞에 놓인 과제를 잘 해내기 위해 뇌가 스스로를 개조하는 것이다. 이것이 뇌과학자들이 이야기하는 뇌가소성이다. 이런 이유로 우리는 공부를 하면 할수록 지능이 발달하고 생각하는 힘이 길러진다.

우리는 먼 거리를 빨리 이동하기 위해 자동차를 타지만, 건강을 위해 조깅을 하고 근력 운동을 한다. 아무리 건강한 사람이라도 걷지 않고 휠체어나 전동보드에만 의존한다면 다리 근육이 매우 약해지고 퇴화될 것이다. 그런 것처럼 우리가 공부를 그만두고 타인이나 검색, 인공지능에 의존하면 새로운 뇌세포를 발달시킬 기회가 줄어든다. 이런 상황이 반복되면 우리의 학습능력 또한 점차 감소할 것이다.

오랜 세월 우리 사회에서 공부는 경쟁 사회에서 앞서기 위한 도구였다. 우리는 시험에서 점수를 잘 받기 위해 공부하고, 자격을 얻기 위해 공부해왔다. 공부를 잘하는 것은 안락한 미래에 대한 보장으로 여겨지기도 했다. 그러나 인공지능이 많은 업무와 직업을 빠르게 대체해가는 요즘, 그러한 공부가 계속 유효할 것인가 의문이 든다. 그보다는 건강한 몸을 위해 매일 운동을 하듯, 뇌의 건강함을 유지하기 위해 뇌를 위한 운동인 공부를 이어가야 할 것이다. 이는 우리가 인간다운 삶을 살고, 나의 고유성과 자기 결정권을 지키기 위한 노력이다. 내 인생 방정식의 답은 기계가 알려줄 수 없기 때문이다.

김주화

공부가 주는 기쁨 :
그날의 열정은 어떻게 남았을까

재미있는 영어 공부

취미는 토익 치기

나는 1년에 두 번씩 토익 시험을 친다. 내일모레면 쉰 살, 이미 메디컬 라이터이자 번역가로 활동하고 있기에 굳이 실력을 증명할 필요는 없다. 그런데도 내 돈을 내고 자식뻘 되는 친구들 사이에 앉아 시험을 친다. 예전에는 부끄럽기도 했지만 이제는 "내 돈 내고 내가 좋아서 치는데."라는 생각으로 당당해졌다.

　노력에 비해 점수가 놀라울 만큼 높진 않다. 하지만 재미있는 일은 결과와 무관하게 삶의 원동력이 된다. 누군가는 토익을 재미로 응시하는 사람이 처음이라며 고개를 갸웃하겠지만, 내게 분기별 토익 치기는 하나의 의식처럼 자리 잡았다. 특별한 일이 없는 한 이 분기별 행사를 흰머리가 날 때까지 계속 루틴으로 이어갈 생각이다. 종종 시험장에 백발의 어르신이 앉아서 3시간 정도를 집중하는 모습을 보면 존경스럽다. 나도 언젠가 그 나이가 되면 똑같이 시험장에 앉아 영어 듣기 문제를 풀 수 있을까? 꼭 그렇게 하고 싶다.

영어, 새로운 세계를 여는 문

어떤 사람에게 영어는 단순히 점수, 취업 또는 승진을 위한 수단일지도 모른다. 하지만 내게 영어는 훨씬 더 큰 의미였다. 영어는 내게 새로운 세계와 연결되는 창이었고, 세상을 바라보는 시야를 넓혀줬다.

나의 영어 공부는 미지의 세계를 개척하기 위한 준비였다. 그 시작은 아버지였다.

해외 영업을 하던 아버지는 전 세계를 돌아다녔다. 그리고 출장에서 돌아올 때마다 각국의 문화와 풍경을 이야기해 주셨다. 인도 사람이 오른손으로 밥을 먹고 왼손으로 뒤처리를 하는 이야기, 미국 라스베이거스의 화려함에 대한 생생한 묘사, 네덜란드에서 사온 치즈, 베를린 장벽이 무너질 때 직접 장벽을 깬 돌조각, 재떨이를 휴대용으로 가지고 다니는 일본 사람들 이야기, 이탈리아의 신기한 건축물 사진, 벨기에서 사온 초콜릿……. 아버지는 출장 가는 나라마다 우리에게 보여주고 싶은 장소나 풍경을 사진을 찍어와서 잠들기 전 사진을 놓고 설명해 주었다. 아버지의 이야기를 듣는 시간은 내게 마치 다른 대륙을 여행하는 기분을 선물했다. 호기심 많은 나는 그 풍경과 문화, 사람들을 언젠가 직접 만나고 싶었다. 그러려면 언어가 필요했다. 아버지처럼 영어를 유창하게 구사할 수 있다면 지구 어디에 떨어지든 당당하게 설 수 있을 것 같았다. 내게 영어는 세상을 여는 열쇠이자 세상과 연결되는 기술이었다.

사람과 사람을 잇는 언어

영어를 '진짜'로 사용한 첫 경험은 해외 아이돌에게 보낸 팬레터였다. 요즘이야 영어 유치원이다 해서 다들 유창하지만, 내가 중학교 때에는 중학교에 들어와서 알파벳을 처음 배우는 애들이 많았다. 그러니, 중학생이 편지를 쓴다는 것은 엄청난 일이었다. 그 편지를 쓰기 위해 사전을 줄줄이 넘기고 영어 하나하나를 조합하는 데 몇 시간이 걸렸다. 기껏 쓴 단어는 'handsome'이나 'I like you'였다.

유치하고 어설프기 짝이 없었다(이 글을 쓰면서도 오글거린다). 그런데 약 한 달 후 실제로 답장이 왔다! 외계어 같던 글자로 소통이 이루어진다는 것을 처음으로 체감했다. 언어가 사람과 사람을 잇는 다리라는 깨달음을 말 그대로 온몸으로 느낀 순간이었다.

그 뒤로 내게 영어는 시험으로 좋은 점수를 받아야 하는 단순한 과목이 아니었다. 나의 이야기를 세상에 전할 수 있는 수단이었다. 유순한 나는 엄마가 가라는 학원만 다녔다. 솔직히 학원을 왜 다니는지도 몰랐다. 다른 친구들은 입시나 내신을 위한 학원을 다녔는데, 엄마는 한문학원, 서예학원, 미술학원 등을 보냈다. 성적이 아주 나쁘지는 않았지만 전교 1등을 하라고 강요하지도 않았다. 어느 날 용기 내어 처음으로 엄마에게 영어 회화 학원에 가고 싶다고 말했다. 엄마는 조금 망설였다. 내신 학원도 아니고 영어 회화 학원이라니. 영어 회화 학원은 대부분 성인 대상이어서 지하철을 타고 꽤 먼 거리를 일주일에 세 번 가야 하는 것을 걱정했던 것 같다. 반면 아버지는 흔쾌히 허락했다.

"어른들 다니는 학원에서 영어로 말하고 싶다고? 해보라지, 뭐."

그리하여 90년대 중학생이 교복을 입고 지하철을 타고 영어 회화 학원에 갔다. 당시로선 꽤 낯선 광경이었다. 운이 좋았던 건지 학원에서 만난 어른들은 교복을 입고 한구석에 있는 나를 항상 응원해줬다. 학원에서는 누구도 나를 어린애로 대하지 않았다. 오히려 이야기를 끝까지 들어주고 모르는 단어를 친절히 설명해줬다. 영어라는 언어를 통해서 나는 세대와 나이를 뛰어넘는 대화를 나누었다. 그건 내가 겪어온 어떤 관계보다도 성숙하고 진심 어린 경험이었다.

영어를 배우며 나는 성격도 조금씩 바뀌었다. 낯을 가리고 자주 긴장하던 나는 천천히 자신 있게 말하는 사람이 되었다. 특히 회화 수업에서 빠지지 않던 "What is your favorite?" "What do you usually do on weekends?" 같은 질문은, 때론 영어라는 외국어를 넘어 '나를 설명하는 연습'이 되었다. 말주변이 없는 내가 어느 순간 좋아하는 영화나 배우를 신나게 영어로 설명하고 있었다. 영어 회화 수업은 내 의견을 알고 있는 단어로 천천히 설명하는 시간이기도 했다. 영어 공부는 단순한 언어 습득이 아니라 나 자신을 탐구하는 과정이었다.

영어가 나를 변화시킨 시간

대학교 3학년이 끝나고 어학연수를 갔다. 대학교 부설 연수원이었고, 전 세계에서 온 다양한 사람들이 있었다. 그런데 이내 그 안에 분명 무언가 잘못되고 있다는 것을 알았다. 그들과 함께 어학 공부를 하며 실력이 늘면 다행인데, 잘못하면 그저 그런 외국인 영어 수준에 그대로 머물 것만 같았다. 결국 연수 시작 한 달 만에 토플 시험을 쳤고, 해당 대학교에 정식으로 입학했다. 그때부터 영어는 더 이상 재미로 다가오지 않았다. 생존 수단이었다. 전공이 이공계열이라 교양필수 과목, 즉 인문학을 비교적 덜 듣기는 했지만, 기본으로 듣는 역사, 철학, 정치 과목은 한국어로 해도 어려운 과목들을 영어로 들어야 했다. 어떤 교수님은 직접적으로 내게 자기 수업을 듣지 않도록 수강취소를 신속히 진행하라고 부탁까지 했다. 반면 학생들에게 나와 같이 공부하도록 순번을 정해 수업에 잘 적응하고 친구를 만들도록 돕게 해주는 교수님도 있었다. 그러나 여전히 교양필수 과목인 고전 문학 읽기는 막막했다. 「베오울프Beowulf」나 셰익스

피어의 작품을 원문 그대로 읽을 때는 내용도 모르고 그냥 외웠다. 막막한 상황에서도 뭐라도 해야 된다는 인생의 교훈을 이 시절에 얻었다. 지금이야 동영상이며 PPT 자료며 복습할 자료가 있지만 그 당시에는 원초적으로 수업 내용을 교수님께 허락받고 녹음해 다시 듣는 것이 일상이었다. 시험 문제나 범위와 무관하게 외우고 있는 것 모두를 답안지에 써낸 적도 있었다. 항상 시간이 부족했다.

졸업을 못 하고 돌아갈지도 모른다는 위기감 속에서 영어는 나도 모르는 사이에 점점 내 것이 되어갔다. 교수님의 말을 이해하고 책을 읽는 속도가 늘었고, 공부 방식도 점점 현실적으로 바뀌었다. 영어 듣기 실력도 늘었다. 암기가 아닌 '듣고 이해하기'로 전환된 것이다. 그 경험은 내게 '꾸준히 하면 반드시 어제보다는 나아진다'는 또 다른 교훈을 주었다. 언어는 단숨에 오르지 않는다. 작은 성취가 쌓이며 나를 성장시켰고, 나의 영어 실력은 처음보다 나아졌다. 성격이 급한 내가 '천천히 그리고 꾸준히'라는 단어를 몸으로 직접 배운 시기였다.

영어가 주는 실제적인 힘

오랜 시간 공을 들인 영어 공부는 지금 나에게 어떤 편의를 가져다주었을까. 먼저 대학원에서 영어 논문을 읽는 시간이 남들보다 훨씬 덜 든다(우습게도 이 부분은 인공지능 도구 때문에 그다지 장점이 되진 않는다. 대부분의 인공지능 도구가 영어를 기본으로 하기 때문에 논문의 표현과 사고의 원리를 이해하는 데 분명 도움이 된다). 물론 훌륭한 번역가들이 충분히 문화적 차이에 맞추어 글을 옮기겠지만, 원문 소설을 읽을 때 원작에 의해 상상되는 그 장면은 훨씬 더 사실적이다.

지금은 정보가 곧 자산인 시대다. 대부분의 최신 정보, 연구, 기술 문서 그리고 전문가의 통찰은 영어로 먼저 발표된다. 구글에 영어로 검색하면 한글로 검색했을 때보다 훨씬 많은 양의 정보를 정교하고 풍부하게 얻을 수 있다. 논문, 해외 기사, 포럼, 유튜브 등 거의 모든 지식 플랫폼에서 영어는 '기본 언어'이기 때문이다.

인공지능 도구도 영어로 질문하면 더 풍부하고 세밀한 답변을 준다. 같은 질문이라도 영어로 입력하면 구체적인 예시, 문헌에 기반한 근거, 다양한 시각이 포함된 정보를 얻을 수 있다. 내가 차근히 쌓아온 영어 실력은 단순히 '읽는 능력'을 넘어서 '더 나은 질문을 할 수 있는 능력'이 되었다. 인공지능 도구도 질문을 만들지는 못한다. 그런데 내가 한 질문이 구체적이고 정확하면 '더 나은 정보에 접근할 수 있는 힘'이 된다.

토익을 앞두고

나는 상반기 토익 시험을 앞두고 있다. 왜 그렇게 토익이냐고 묻는다면, 영어 시험 중에서 응시료가 저렴한 편이기 때문이라고 답할 것이다. 적어도 일정 시기 동안 내 영어 실력을 객관적으로 평가해야 한다는 스스로의 다짐 같은 것이다. 내 토익 점수는 생각보다 높지 않다. 지금까지 나열한 내 스토리로 보면 당연히 990점 만점을 받아도 모자랄 듯한데, 나는 900점 언저리에서 매번 좌절한다. 인공지능이 웬만한 번역가보다 더 정확하게 번역해주는 요즈음, 이 글을 읽는 당신도 영어를 반드시 잘할 필요가 없다고 생각할 수 있다. 영어를 학창 시절 시험 과목 중 하나로만 생각해 왔다면 이제 다른 시선으로 한번 바라보기를 바란다. 통신의 발달로 지도상의 거리가 점점 무의미해지며 세계인이 서로 가까워지고, 많은 정보가 세계 공용어인 영어로 쓰여 공유된다. 영어를 공부하는 과정은 내게 새로운 기회를 주었고 세상을 넓혀 주었으며 예상치 못한 만남을 선물해줬다. 나는 그 과정이 충분히 재미있었다. 어쩌면 영어를 공부하는 과정 속에서 당신도 새로운 사람을 만나고 예상치 못한 기회를 얻을지도 모른다. 꾸준히 하다 보면 언젠가 영어가 단순한 공부가 아니라 당신을 위한 가장 강력한 도구가 될지 모른다.

이번 토익 시험도 아마 900의 고지 앞에서 무릎을 꿇을 것 같지만, 나의 영어 사랑이 계속되는 이상 점수와 무관하게 적어도 1년에 두 번씩 토익을 칠 것이다. 그리고 상상해본다. 머리가 희끗해져서 배낭 하나 매고 세계를 여행하며 다양한 이야기를 듣고 말하는 나를. 나이 많은 사람도 아직 공부하고 있다는 사실을 토익 시험장에서 젊은이들에게 보여줄 나를.

과정을 즐기는 사람

부족함을 인정하고

나는 공부를 잘한 적이 없다. 석차가 들쑥날쑥하고 0점도 종종 받았다. 그럼에도 불구하고 가방 끈은 길어서 석사와 박사 학위까지 받았다. 만약, 내게 무엇 때문에 그렇게 오래 공부했냐고 묻는다면, 항상 나의 부족함을 스스로 인정했기 때문이었다고 말하고 싶다. 나는 머리가 좋은 것도 아니다. 딱 투자한 시간만큼 성적을 받을 수 있었다. 석사와 박사 학위 과정들은 세계를 놀라게 할 연구 결과를 발표하진 않았지만, 나의 호기심을 충분히 채울 수 있어 충분히 보람되었다. 그래서 학사도, 석사도, 박사도 전부 전공이 다르고 영향력이 높은 저널에 논문을 내지도 않았지만, 학위 심사 때 그렇게 부족하다고 평가하는 교수님도 없었다. 나는 모르는 것은 모른다고 말하는 솔직함과 무식한 용기가 있었다. 무균실 실험에서 세균이 가득한 핸드폰을 왜 들고 가면 안 되는지 질문했던 것을 생각하면 정말 무식했다. 그리고 알 때까지 문헌을 뒤지고 누군가에게 귀찮을 정도로 물어보고 이해하려는 집요함도 있었다. '나노'라는 단위가 10^{-9}임을 체감하기 위해 지우개 10개를 미친 듯이 잘랐던 기억도 웃기다.

예전에 회사에서 CliftonStrengths라는 강점 분석 설문 조사를 한 적이 있다. 총 34가지의 나의 성향을 분석한 것인데, 나는 배움

Learner 테마가 강점이었다. 배움의 테마가 강한 사람은 배움에 대한 강한 열망이 있고, 배움을 통해 끊임없이 발전하고자 하며, 배움의 결과물보다는 과정 자체를 즐긴다고 한다. 틀린 말은 아닌 것 같다. 실제로 나는 무언가를 완전히 이해했을 때 느껴지는 희열, 그리고 그 이해를 응용할 수 있을 때의 만족감을 무엇보다 좋아한다. 효율성과 신속성을 추구하는 직장에서는 나처럼 오랜 시간을 들여 이해하고 진행하는 사람을 그다지 선호하지 않는다. 일을 해내야 하는데 알 때까지 붙잡고 있으니 늘 야근하고, 집으로 일을 들고와 일터와 집터의 구분이 없는 삶을 산다. 이렇게 부족함을 인정하는 태도와 배움을 추구하는 태도가 긴 학문 여정을 가능하게 했던 것 같다.

결과가 나를 말해줄까?

"결과가 좋아야 가치가 있는 거야."

어쩌면 우리는 너무 자주 이런 말을 듣고 자랐는지 모른다. 시험 성적과 등수, 입시 결과 그리고 취업 성공 여부, 프로젝트의 성패 등 사람들은 모든 판단의 기준을 결과에 맞춘다. 과정을 알고 싶어 하지 않는다. 왜냐하면 결과는 늘 눈에 띄고, 비교하기 쉽기 때문이다. 그래서인지 우리는 점점 성공적인 결과를 사랑하게 되고, 그 결과가 나의 전부인 것처럼 느끼게 된다. 좋은 결과를 위해 몸을 혹사시키고 마음을 다치게 하면서도 끝이 좋으면 모든 것이 괜찮아질 것이라 믿는다.

나 역시 그런 믿음 속에서 오랜 시간을 보냈다.

"결과가 좋지 않으면 그 시간은 모두 무의미해지는 걸까? 나는 패배자로 남는 걸까?”

수많은 시도와 고민, 밤을 새우던 시간들, 그 과정에서 흘린 땀과 눈물의 가치만으로도 나는 스스로에게 당당하고 가치 있다고 말할 수 있다. 나는 수없이 많은 실패를 했다. 이해하지 못하면 책장을 넘기지 못하는 탓에 남들보다 공부하는 데 시간을 더 투자했다. 이런 과정은 우습게도 결과로 고스란히 드러났다. 좋아하는 과목과 싫어하는 과목의 점수 차이가 극명했다. 한 마디로 한국식 전인교육에 적합한 인재는 아니었다. 어쩌면 이런 성향을 핑계 삼아 ‘나는 단순 암기는 못해.’라며 스스로를 합리화했는지도 모른다. 다만 분명한 것은, 내가 진짜 성장했다고 느꼈던 순간은 대개 결과와 무관하게 오랜 시간을 들여 배운 것들을 완전히 나의 지식으로 만들 때였다. 무너지고, 낙담하고, 다시 고민하다가 마침내 ‘깨달은’ 그때 말이다.

교육심리학자 마누 카푸르 Manu Kapur (2008)는 이러한 경험을 ‘생산적 실패 Productive Failure’라고 정의했다. 처음에 실패를 경험하더라도 스스로 문제 해결 방법을 찾아가는 과정을 통해 더 깊이 이해하고 기억에 오래 남는다는 것이다. 예를 들어, 어려운 수학 문제를 스스로 해결하려면 시간을 많이 쓰고 생각도 많이 해야 한다. 정답을 보면서 하면 같은 시간 내에 많은 문제를 풀 수 있지만 응용이 불가능한 단순 암기에 그친다. 실패하는 과정 속에서 다양한 사고를 함으로써 원리를 훨씬 잘 이해할 수 있다. 실패라는 토양 위에서 자라나는 통찰은 단단하고 강하다.

심리학자 캐럴 드웩 Carol S. Dweck (2006) 또한 ‘성장 마인드셋 Growth Mindset’이라는 개념을 통해, 사람의 능력은 고정된 것이 아니라 노력과 학습으로 발전할 수 있다고 이야기한다. 즉, 실패조차도 하나의 경험이며, 동기 부여와 자기 효능감을 높일 수 있는 계기인 것이다. 오히려 우리는 계속해서 도전하고 시도하는 과정 속에서 스스로가 훨씬 강한 존재임을 알게 된다.

우리는 종종 결과로 사람을 판단한다. 높은 성과를 낸 사람을 '성공한 사람'이라 부르고, 목표를 이루지 못한 사람을 조용히 외면한다. 하지만 그 기준이 과연 절대적일까? 주위를 보면 수많은 '과정의 사람들'이 있다. 누군가는 지금 막 새로운 시도를 시작했고, 누군가는 어제의 실패에서 아직도 마음을 추스르고 있다. 누군가는 방향을 바꿔 다시 길을 찾고 있고, 누군가는 다시 도전할 용기를 준비한다. 모든 사람들은 각자의 속도로 삶을 살아내고 있다.

그래서 나는 믿는다. 결과보다 더 귀한 것은 어쩌면 바로 그 '살아내는 과정'이라고. 넘어져도 다시 일어나 보겠다는 마음, 실패 앞에서도 끝내 포기하지 않겠다는 의지. 그 모든 시간이 결국 '나'라는 사람을 완성시킨다고. 좋은 결과가 온다면 기쁘겠지만, 그것이 전부는 아니라고 믿는다. 도전하고 실패하고 배우고 다시 걸어가는 그 모든 순간들이 나를 키웠고 지금도 그렇다. 잠시 주춤하는 것도 괜찮다고 말하고 싶다. 여전히 길 위에 있는 나는 충분히 의미 있고 가치 있는 삶을 살고 있기 때문이다.

호기심이 이끄는 데로

고등학교 때 물리를 좋아했다. 물리 선생님은 특이하게도 철학적으로 깊이 있는 말씀을 많이 했다. 선생님이 좋아서 물리가 좋았던 건지 물리가 좋아서 선생님의 말씀이 기억에 남는지는 모르겠다. 그러나 물리 선생님이 해준 말 한마디는 평생 잊지 못할 것 같다. 내 진로에 지대한 영향을 미친 말이라 더더욱 그럴지도 모른다.

"학문에 중요하고 중요하지 않은 것은 없지만 단계는 있다. 수학을 해야 물리를 할 수 있고, 물리를 해야 화학을 할 수 있으며, 화학을 해야 생물학을 할 수 있다. 의학은 이 모든 것을 알아야 한다."

나는 학사, 석사, 박사의 전공이 전부 다르다. 화장품을 만들고 싶다는 막연한 꿈을 품고 학사 때 화학을 공부했다. 대학의 화학은 또 달랐다. 물리 화학으로 물질의 정의를 배우고, 기기 원리를 이해하고 적용하여 고성능 크로마토그래피로 물질을 분석하는 방법을 배운다. 유기화학에서 자기공명 기법으로 물질의 구조를 알 수 있게 되었다. 그러는 동안 실험실에서 사고를 있는 대로 쳤다. 불을 내기도 하고, 섞으면 폭발할 수 있는 물질을 섞는 실수도 하는 바람에 실험 조교에게 찍혀 따로 면담(?)까지 해야 했다. 비록 실수가 실험 실패와 평판 하락으로 연결되었지만 그 후 알게 되는 것들이 명확했고, 알게 되었다는 것이 뿌듯했다.

복수 전공으로 생화학을 했는데, 우연히 듣게 된 면역학 강의가 나의 호기심을 자극했다. 학부 수업은 왠지 수박 겉핥기 같아서 본격적으로 공부하고자 하는 욕심에 석사는 면역학으로 학위를 받았다. 그러나 생물학이자 생화학실험 방법을 사용하는 면역학이 너무 어려웠다. 결국 남들 2년 하는 석사를 5년 동안 했다. 그렇다고 누구에게 쫓긴다든지, 나는 왜 이렇게 못할까 하는 고민을 하지는 않았다. 혈액세포라면 적혈구, 백혈구, 혈소판밖에 몰랐는데, 면역학에서는 항체를 만드는 B세포, 암세포나 바이러스에 감염된 세포를 제거하는 NK세포 Natural Killer Cell (자연살해세포), 몸에 침입

한 세균을 잡아먹고 그 특징을 T세포에 전달하는 대식세포 그리고 그 세포 표면에 있는 다양한 수용체와 세포 사이를 소통하도록 하는 단백질인 사이토카쯔인까지……. 모든 것이 신기하고 재밌기만 했다. 특히 현미경으로 다른 종류의 세포를 들여다볼 때면 언제나 신이 났다.

물론 시련도 있었다. 실험을 하기 위해서는 세포를 건강하게 키워야 한다. 그러기 위해서는 배양액을 정기적으로 갈아줘야 하는데, 날짜 계산을 잘못해서 주말까지 실험실에 나갈 때도 있었다. 또, 24시간 내내 돌아가는 실험 때문에 밤을 새기 일쑤였다. 생물학을 전공하고 온 친구들보다 이해도 늦고, 그 덕에 졸업시험에 두 번이나 떨어지는 창피도 겪었다. 그래도 그만두고 싶지는 않았다. 되려 모르는 것을 찾아가는 과정이 너무 즐거웠다.

그리고 취업을 했다. 그간 공부한 것들이 충분하다고 생각했다. 그러나 실험실in vitro 연구는 단편적이고 한계가 있었다. 동물실험이나 사람을 대상으로 한 임상 연구를 할 때에는, 임상시험 결과를 통계적으로 해석하고 다각도로 이해해야 했다. 실험실 연구만 한 내 한계가 분명히 보였다. 주저없이 나는 박사 과정으로 임상시험 관련 규제와 약학을 전공하기로 마음먹었다. 보통 석사와 박사 과정의 전공을 다르게 하려면 입학 때부터 좌절하기 쉽다. 그러나 운 좋게 그 당시 각 학교마다 임상시험 관련 규제 과정이 생기기 시작했고, 신입생을 받는 탓에 조금은 쉽게 도전할 수 있었다. 학사, 석사 그리고 박사 과정까지 다르게 선택하는 나를 보고 누군가는 개고생하는 길만 골라 간다고 한심하게 생각하기도 했을 것이다.

결국 남들 5년 하는 박사 과정을 나는 7년이나 했다. 그래도 그 과정에 후회는 없다. 기초부터 임상까지 내가 가진 지식의 범위를 확장하는 여정이 소중했다. 나름 학문의 탑을 쌓아온 것이 만족스럽다. 내가 가설을 세운 실험 결과를 확인할 때, 새로운 기법을 적용한 덕에 모호한 결과가 확실해질 때면 그 어느 때보다 즐거웠다. 실험 설정을 잘못하여 실패도 많이 하고, 세포를 잘못 다루어 일관성 없는 데이터가 나오기도 했지만, 원인을 찾고 나면 이후에 같은 실수를 반복하지 않을 수 있었다.

논문을 읽는 재미도 쏠쏠했다. 한 편의 논문에는 수십 개의 참고문헌이 있다. 논문과 참고문헌을 보면서 어떻게 논리적으로 실험을 해석하고 가설을 입증했는지 배우는 게 나는 재미있었다. 대단한 연구 결과로 이어진 것은 아니지만 나의 지식 세계를 확장해 나가는 것이 큰 의미가 있었다.

미쳐야 한다

생물학을 전공한 덕분에 제약회사와 임상시험 관련 업종에 종사하게 되었다. 마침, 의학 연구의 트렌드가 면역 항암 치료와 자가 면역 질환에 대한 관심이 커지면서, 면역학을 전공한 나는 비교적 쉽게 직장을 구했다. 그런데 세포만 가지고 면역학을 전공한 나는 임상이라는 벽에 부딪히고 말았다. 세포 실험은 매우 단편적이다. 한 가지 세포의 한 가지 역할만 알면 된다. 그러나 임상시험은 내가 새로 배워야 할 것들이 많았다. 기계적으로 시키는 일만 할 수도 있지만, 나는 내가 이해해야지만 업무를 마무리할 수 있었다. 약력학, 즉 약물이 우리 몸에 작용하는 원리에 대한 지식은 석사 때 실험 경험으로 남들보다 빠르게 이해했다. 물질이 단일 세포에 어떻게 작용하는지에 대한 과정은 단편적인 실험실 과정에 대한 이해가 필수였기 때문이다. 나는 실험실 생활을 하지 않은 사람보다는 더 자세히 알고, 참고문헌도 더 빨리 찾아냈다. 문제는 인체에 흡수된 약물이 체내에서 흡수, 분포되고 대사하여 배출되는지, 그리고 약물의 용량을 어떻게 설정해야 하는지를 다루는 약동학이었다. 해부학을 배워본 적이 없는 나는 몸에 대한 이해가 없었다. 한 마디로 약물이 몸에 어떻게 들어와서 나가는지를 장기 역할과 연결지어 이해하지를 못한 것이다. 피부로 흡수되는 약, 위에서 쪼개져 장에서 흡수되는 약, 간에서 분해되는 약, 소변으로 배출되는 약 등등, 장기와 연결하여 약의 이동 경로를 머릿속에 그릴 수가 없었다. 나를 아끼던 한 직장 상사는 약물이 작용하는 원리만 알아도 괜찮고, 필요한 부분은 참고문헌에서 갖다 쓰면 된다고 격려했다. 그런데 호기심 병이 다시 발동했다. 통계를 해석하고, 임상시험의 기획 과정을 알고 싶었다.

결국 다니던 직장을 그만두고 약동학을 전공으로 박사 과정에 들어갔다.

기초가 부족하여 남들보다 박사 과정이 길어지니 선배이자 의학을 전공한 선생님은 그만두는 것이 어떻겠냐고 넌지시 물어보기도 했다. 더군다나 나는 남들이 잘 하지 않는 약동학 모델링을 전공했다. 약물 용량을 어떻게 정하는지 계산하여 검증하는 것이라 낯설기도 하고, 약동학을 하는 사람이 세계적으로 많지 않았다. 출간되어 있는 교과서도 한정적이었다. 전공은 정했는데 참고할 책도 많지 않고 물어볼 곳도 여의치 않았다. 손쉽게 의지할 것은 논문밖에 없었다. 지도 교수님과 면담이 있는 날은 연구 진행 배경과 다른 연구 논문을 참고로 요약해야 했기 때문에 밤샘이 일상이 되었다. 남들이 하는 쉬운 주제로 바꾸는 것이 어떠냐는 조언도 많이 들었다. 그러나 나는 미쳐 있었다. 끝까지 해내야겠다는 이상한 아집도 있었다. 끝까지 나를 지도해준 지도 교수님도 어설프게 공부하는 나를 보며 답답했을 것이다. 지금 생각하면 너무 감사한 분이다.

쉽게 얻는 공부는 없다

나는 다른 사람보다 머리도 좋지 않고 의지도 박약한 편이다. 그런데 호기심 하나는 세상 누구보다 강하다. 모르는 것은 물어보면 되고, 물어서 답이 나오지 않으면 실험해보면 된다. 궁금한 것이 있으면 찾아보고, 찾는 시간과 알게 되는 시간, 즉 공부하는 과정이 나를 성장시켰다. 단순히 지혜만 쌓는 과정은 아니었다. 참을성 없는 내가 인내하는 법도 배웠고, 몰랐던 것을 알게 되었다. 그 속에서 호기심을 채우는 기쁨의 순간들도 있었다. 무엇보다 시간과 노력을 들여 알게 된 만큼 내 세계가 확장된다는 도파민이 솟구친 과정들이 있었다. 그 과정들이 분명 쉽지는 않았다. 스스로에게 실망도 하고, 실패자라는 손가락질도 받았고, 남들에게 '너는 안 돼.'라는 절망적인 평가에도 익숙해져야 했다.

　지금도 실험실에서 누군가 학위를 받기 위해 끝이 보이지 않는 실험과 실패의 과정을 거치면서 자신의 신세를 한탄하고 있을지 모르겠다. 너무 힘들어서 수료만 하고 학위 취득을 포기하는 사람도 있다. 그렇다고 그들이 실패한 것은 아니라고 말해주고 싶다. 그 과정 또한 충분히 아름답다고 위로하고 싶다. 학위 취득에 성공한다면야, 목표한 자격증을 딴다면야 더할 나위 없겠지만, 시도해보고 직접 겪어보는 것만큼 스스로를 성장시키는 좋은 방법은 없다. 원래 공부는 어려운 것이다. 나도 실험실에서 홀로 밤을 새우고 논문을 쓰며 남몰래 눈물을 훔친 적이 많다.

배움의 여정에 있는 사람, 배우는 과정의 결과를 장담하지 못하는 사람, 끝이 보이지 않는 노력을 하는 모든 사람을 응원한다. 그 태도 자체로 그들은 충분히 아름답다.

인간의 숙명, 평생의 공부

학교를 벗어나도 공부는 계속된다

학위를 받고 나면 공부가 끝나는 줄 알았다. 지도 교수님이 항상 하던 말처럼 '배워서 남 줘야' 된다고 생각했고, 한편으로는 다른 분야 학위 하나를 더 받을까 생각도 했다. 그러나 공부라는 것은 교육기관에 있어야만 계속되는 것이 아니었다.

중학교 때 친한 친구와 했던 대화가 생각났다. 내가 "평생 모르는 것 배우면서 공부하는 팔자면 좋겠다." 하고 말하자 친구는 "주워담기만 하고 나눌 수 없는 지식이라면 너무 아깝지 않을까?"라고 이야기했다. 나는 모르는 것은 더 알아가야 한다는 생각이었고, 그 친구는 일정 수준만 알고 나면 더 이상 공부하느라 수고하지 않아도 된다는 이야기였다. 한참 이야기를 나누다 그 친구는 "순수하게 무언가에 몰두하는 네 삶이 부럽다."라고 덧붙였다. 성적도 나보다 월등히 뛰어난 그 친구가 나를 왜 부러워하는지 그때는 알지 못했다.

돌이켜보면 공부를 한다는 것은 삶을 대하는 방식이다. 나는 배우는 과정이 즐거웠고, 그것이 곧 삶을 살아가는 방식이 되었다. 공부는 단지 지식을 얻기 위한 일이 아니라 내 삶을 이해하고 나를 더 깊이 만나기 위한 여정이었다. 그렇기에 공부하는 과정이 삶을 사랑하는 방식의 하나였다. 호기심을 채우기 위해 배워온 흐름 속에는 삶을 조금 더 풍부하게 이해하고 싶은 마음이 있었던 것 같다. 단지 지식을 배우는 데서 그치지 않고, 그 지식이 어떻게 내 삶과 연결되는지 알고 싶었던 것이다. 그렇게 한 발씩 옮겨온 공부의 시간이 지금의 나를 만든 과정이라 생각하면 스스로에게 당당해진다.

말이 씨가 된다고, 그렇게 공부를 잘하지 않았던 나는 두 번의 학부 과정, 석사, 박사를 거치며 오랜 공부 여정을 걸었고, 그 친구는 국내 명문대를 나와 학원 강사로 잘 살고 있다. 나는 메디컬 라이터라는 직업을 택한 이후 더 '자발적'으로 공부해야 했다.

솔직히 업무 처리는 전산 시스템으로 돌아가니, 내가 원한다면 적당한 선에서 적당히 일할 수 있는 방법이 무수히 많다. 그런데 나의 순수한(?) 호기심과 삶을 사랑하는 태도(?)라는 것은 '적당히 하는 쉬운 길'과 도무지 맞지 않았다. 아무도 숙제를 내주지 않지만, 궁금한 것을 끝까지 파고드는 나의 성격이 고스란히 공부하는 방법이 되었다. 이는 직장인으로서 매우 비효율적인 업무 방식일 수도 있다. 나는 공부하는 과정이 중요하다고 늘 이야기하지만, 어쩌면 결과로써 과정을 솔직하게 보여주는 것이 공부의 아이러니일지도 모른다. 노력은 배신을 하지 않는다는 말도 돌고 돌아 이런 의미일지도 모른다.

누군가는 묻는다. 그렇게 공부하고 배우는 것이 좋으면 학자를 하지 왜 직장을 다니냐고. 자발적인 공부 때문에 일의 효율도 떨어지고, 집에도 일을 싸가지고 가니 힘들지 않느냐고.

학자로 살 기회가 없었던 것도 아니고 안 해본 것도 아니다. 배워서 남 주는 것도 참 보람된 일이다. 하지만 그것도 1년간 직접 경험해보고 나니 아직 내가 알아야 할 것이 많은데 '감히' 여러 학생의 지식을 책임진다는 것이 무섭게 다가왔다. 결국 내가 책임질 수 있는 한에서 공부도 하고 전공을 살릴 수 있는 직업을 선택했다. 적성에 아주 잘 맞는다.

건강한 사회 구성원이 되기 위해

내가 종사하는 의약품 개발 분야는 예전 같지 않다. 질병을 진단하는 방법이 발달함에 따라 예전에는 그냥 죽을병이었던 질환들의 치료법이 빠르게 개발된다. 폐암만 하더라도 예전에는 세포독성치료제로 치료해서 후유증도 심했고, 치료를 해도 서서히 죽기 마련이었다. 그러나 요즘은 분자생물학적으로 진단을 한다. 어떤 돌연변이가 암을 일으키는지 정확히 진단하여 해당 돌연변이에 따라 개별 환자의 암의 특성을 정확하게 세분화하는 것이다. 그에 따라 치료 방법도 하루가 다르게 다양해지고 있다.

개발하는 약의 단계별 세부 프로젝트를 맡으면 먼저 해당 약물이 표적으로 하는 돌연변이 단백질에 적용할 수 있는 질환의 대상을 검토한다. 그리고 질병의 원인부터 치료 원리, 세포 실험, 비임상 실험 그리고 임상시험을 어떻게 분석하고 설계하는지까지 가능하면 자세히 알아야 한다. 그래야 이후 진행을 맡을 수 있는 업무도 대비할 수 있다. 결국, 관련된 최신 지견, 특히 최신 논문과 문헌자료 및 연구자들과 계속 만나 공부해야 하는 것이다. 최근에는, 외국에서는 이미 상용화되었지만 아직 국내에 사용되지 않는 항암제를 우리나라 실정에 맞춰 판매하기 위한 마케팅 전략을 세우고 있다. 이를 위해 국내 규제, 허가 사항 그리고 임상 연구 결과를 분석한다. 2쪽짜리 브로슈어를 만드는 데에도 논문 네다섯 편을 읽고 데이터를 시각화하는 품이 든다. 영어로 된 자료를 번역하고, 데이터 분석 전문 프로그램을 돌리고, 또 우리나라 실정에 맞게 용어를 고치는 일까지, 단순한 자료 하나 만드는 데 드는 시간이 너무 막대해서 허무할 정도다. 그러나 이것도 나의 지식을 넓혀가는 일이라고 생각하면 신나게 할 수 있다. (단순 번역보다 수익이 높은 시간당 보수라는 점도 한몫한다.)

그러니 이건 뭐, 끝없는 공부다. 직장 생활을 할 때는 집에 와서 씻고 편한 복장으로 갈아입고 나면 해당 프로젝트에 도움이 될 만한 자료를 찾아보는 것이 일상이었다. 프리랜서로 전향하면서 이런 생활 태도는 더 자연스러워졌다. '내가 아는 정보를 필요한 사람에게 가장 친절히 알려준다'는 내 직업 정의에 충실하기 위해서다.

최근 들어 의학전문 번역일도 맡아 하고 있다. 이 역시 대한의사협회에서 업데이트하는 용어들을 공부해야 올바른 단어로 번역할 수 있다. 원문과 관련된 문헌을 많이 읽고 충분히 이해해야 오역이 없다. 예를 들어, 'Differentiation'이라는 단어가 세포의 '분화'라고 번역되어야 할 때도 있지만, 상황에 따라서는 '감별'이라고 써야 할 때도 있다. 나의 전공 분야뿐만 아니라 검진 및 질환에 따른 시장 상황이나 질환별로 개발되는 약의 방향까지 공부해야 한다.

쓰고 나니 꽤 유별난 직업의식을 가진 사람처럼 보이지만, 결국 나는 나의 사심인 '알고 싶은 욕구'를 채우는 사람임에 불구한 것 같다. 그럼에도 불구하고, 스스로의 성장은 누구보다 실감하고 그에 대한 뿌듯함은 항상 느낀다. 힘들지 않은 일이 없지만 이 힘들고 귀찮은 과정도 즐길 수 있는 사람이 되었다. 과거 인내심 부족하고 속좁던 아이가 진정한 어른이 되어 건강한 사회 구성원으로 성장한 과정을 누구보다 내가 가장 잘 알고 있기에, 적어도 이 세상에 태어나서 한 사람의 역할을 했다는 자부심이 나를 강하게 지탱시켜 주고 있다.

삶 속의 공부

공부가 밥 먹여 주느냐고 물으면 그렇다고 답할 것이다. 모든 직업이 그렇다. 경력직을 뽑는 것은 얼마나 많이 아느냐보다, 실패를 성공으로 되돌릴 수 있는 지혜가 있느냐를 선별하는 과정일지도 모른다. 내가 이렇게 '공부, 공부' 하는 것은 어쩌면 나의 자격지심일지도 모른다. 내가 살아온 과정, '명석하지 않지만 노력하면 된다'는 것을 몸으로 증명하고 싶어 하는 나의 욕심일 수도 있다.

나는 남들만큼 머리가 뛰어나게 좋지도 않고, 학습 능력이 월등하지도 않다. 그저 엉덩이의 힘과 나의 호기심을 채워야 하는 이기적인 마음으로 공부를 대한다. 원인을 알고 이유를 알아야 그다음으로 넘어갈 수 있는 고집스러움을 인정했다. 난 전문의료인이 아니다 보니, 임상적 경험이 없다는 나의 약점을 메우기 위해 이렇게 무식하게 공부하는 수밖에 없었다. 그러다 보니 남들이 보기엔 항상 천천히 일하고 때론 삽질도 하는 사람이다.

말주변 없는 나는 다른 사람에게 알고 있는 것을 설명하려고 하면 막막해진다. 그래서 요즘은 정보를 이미지로 시각화하는 법을 배우는 데 빠져 있다. 그러다 보니 프레젠테이션 프로그램과 인포그래픽Infographic에 관심이 많다. 인포그래픽은 '인포메이션Information'과 '그래픽Graphic'을 합성한 단어로, 정보를 그림으로 쉽게 전달하는 방법 중 하나다. 그러다 보니 디자인이라는 새로운 영역을 공부하게 되었다.

디자인을 공부하다 보니 그림의 세계가 궁금해졌다. 평생 미술시간 외에 붓을 잡아본 적 없던 내가 요즘은 그림 관련 책도 많이 읽고 있다. 전공과 멀어보이는 공부를 하는 동안 공부는 어느새 직업을 위한 수단이 아니라 삶을 풍부하게 만드는 방식이 되었다. 디자인 책을 보며 머리를 식히다 호기심이 발동하면 현대 미술까지 관심이 뻗어 나가기도 한다. 때론 디자인 책을 보며 어떻게 하면 시각적으로 한 번에 이해되는 포스터를 만들 수 있을지 고민한다. 그러다 보니 인간의 인지심리 관련 책을 읽으며 기억에 오래 남는 방법 같은 부수적인 공부도 하게 된다.

언제나 그렇듯 내 호기심은 분야를 가리지 않는다. "왜?"라는 질문을 던질 수 있는 한 나는 무한히 배울 수 있다. 그 배움은 언제나처럼 내 기대를 충족시키며 삶을 풍부하게 해준다. '인간에겐 무한한 가능성이 있다'는 말은 미래를 대비하는 우수한 능력보다 "왜?"라는 질문 하나로 확장할 수 있는 영역이 무한히 늘어나기 때문이 아닐까?

여전히 나는 쓸데없는 호기심이 가득한 사람으로 평가받는다. 그래서 숨어서 공부하기도 하고, 남들이 보기에 너무 집요하게 파고든다는 평가도 자주 듣는다. 하지만 애매하게 아는 것보다 지나치게 몰두해서 파고들어 얻은 지식이야말로 응용하기도 쉽고 기억에도 오래 남는다는 것을 나는 몸으로 배워 알고 있다.

공부는 나를 정리하는 과정

나는 남들이 한 번에 통과하는 석사 종합시험, 즉 학위 자격시험을 세 번이나 쳤다. 부끄러운 이야기를 이렇게 할 수 있는 것은 그 과정 중에 나의 오만함을 찾고 인생의 중요한 교훈을 얻었기 때문이다. 첫 번째 시험 때에는 '전공이 어려워봤자 얼마나 어렵겠어? SCI논문보다 힘들겠어?'라는 안위한 생각으로 덤볐다. 결국 시험 공부 한다고 전공서적을 펼쳐놓고 호기심 가득한 논문만 잔뜩 읽었다. 보기 좋게 불합격을 먹었다. 두 번째 시험 때에는 언 발에 오줌 누기 식으로 시험 몇 주 전 족보라고 불리는 기출문제 답만 달달 외웠다. 막상 시험장에선 B4용지 앞뒤 빽빽한 시험지 8장 중 반밖에 채우지 못했다.

세 번째 시험 때에는 더 이상 합격이 중요하지 않았다. 물론 잘 치기 위한 시험이었지만, 그동안 했던 실험 내용이 교과서의 어느 부분에 해당하는지를 찾았던 것 같다. 이미 두 번이나 떨어졌고 혹시 몰라 취업을 먼저 한 상태였기에 합격하기 위한 것보다는 그저 전공자라고 말하기에 부끄럽지 않은 지식을 갖추고 싶었다. 그러고 나니 시험 공부가 재미있어졌다. 시간에 쫓겨 외우기 바빴던 세포의 이름과 수용체의 이름들, 그리고 신호전달체계들을 하나하나 이해하는 데 더 중점을 뒀다. 단순히 암기하고 시험치고 나면 잊는 것이 아니라, 내가 죽을 때까지 가져갈 수 있는 지식을 얻는 게 더 중요했다. 시험 때는 시험지를 메워가는 그 과정조차 신이 났다.

내가 석사까지 하면서 알게 된 공부라는 것은, 온전히 내 것이 된 지식을 스스로 설명하는 것까지였다. 그날 이후로 나는 암기과목이라는 것 자체가 머릿속에서 사라진 것 같다. 물론, 암기는 필수적인 공부 방법이지만, 내가 그 지식을 이해하고 통찰하는 것이 더 중요했다.

요즘 들어 과학 관련 글을 블로그에 종종 올린다. 나는 어떠한 현상이 일어나는 이유를 정의 내리기보다는, 그 현상을 설명하는 방식에 중점을 맞춘다. 나는 사람들에게 '과학적으로 생각하는 방법' 그리고 '문제를 설명할 수 있는 방법'에 대해 이야기를 하고 싶다. 공부란 지식을 쌓아가는 과정이기도 하지만, 하나의 현상을 어떻게 설명할지 스스로의 방법을 터득하는 것이다. 내가 아는지 모르는지보다, 내가 그 문제에 대해 어떠한 가설을 세울 수 있는지, 그리고 내가 알고 있는 사실 중 어떤 것을 활용해서 다른 사람에게 설명할 수 있는지가 항상 도전 과제였다. 그런 의미에서 나의 공부는 항상 스스로를 돌아보며 부족한 부분을 채우고, 이미 아는 것은 잘 설명할 수 있게 정리하는 과정이었다. 언제나 '더 나아지기 위한 과정'이었다.

우리나라 교육은 성과주의, 평가 중심, 줄 세우기 등으로 항상 지탄을 받는다. 잠시 교육에 몸담은 적이 있는데, 공부를 '잘하는 학생'은 정말 많지만 '진지하게 하는 학생'은 찾기 어려웠다. 호기심을 대하는 진지하고 건강한 방법을 배울 수 있다면 이러한 문제점이 해결되지 않을까 생각해본다.

평생 공부하는 사람

철없을 적 친구와 별생각 없이 주고받은 대화처럼, 나는 모르는 것을 평생 공부해야 하는 운명이 되었다. 어렸을 적 어른들이 지겹게 잔소리하던 "다 너 잘되라고 하는 거야."라는 말을 이제야 이해한 것 같다. 꼭 최고, 일등이 되기 위한 공부가 아니라 삶을 풍부하게 하고 호기심을 채우는 과정은 삶의 원동력이 된다.

솔직히 이 사회에서 나는 실패자에 가깝다. 그 좋다는 회사도 나와버리고, 남들 못 돼서 안달인 교수 자리도 그만뒀으니 말이다. 그럼에도 불구하고, 내 삶을 단지 성공과 실패로 평가하고 싶지는 않다. 나이 50이 다 되어서 백세시대의 절반을 살았다고 하지만, 내게는 아직 남은 반을 채우기 위해 여전히 배워야 할 시간들이 남아 있다.

우리 부모님은 이제 여든을 바라보신다. 그렇지만 누구보다도 스마트폰을 잘 사용하시고, 필요한 앱도 잘 설치하신다. 엄마는 70이 넘은 나이에는 장보기 힘들다며 스마트폰으로 다음 날 물건이 배송되는 쇼핑 앱을 매우 잘 사용하신다. 혈당 관리가 필요한 아버지는 연속 혈당기와 연관된 앱을 설치해 혈당 관리를 스스로 하신다. 우리 부모님은 새로운 것이 나오면 배워서 항상 편리한 생활을 해야 한다고 생각하시는 분들이다.

얼마 전, 뉴스에서 키오스크 사용이 어려워 손녀 줄 아이스크림을 사는 데 어려움을 겪은 노인의 사연을 접했다. 노인들에게 기기 사용법을 알려주는 복지 행정이 부족하다. 누군가 무엇을 배우고자 한다면 나이나 신체적 상황에 관계없이 교육의 기회를 주는 것이 우리 사회의 책임이라고 생각한다. 사회 구성원들 또한 자동판매기 앞에서 멍하니 있는 어르신이나 아이가 있다면 기꺼이 나서서 도와줄 필요가 있다. 하루하루 살아간다는 그 자체만으로도 배움과 가르침의 기회가 생긴다.

공부란 단지 지식에 국한된 것이 아니다. 잘못을 반성하고, 책을 읽으며 간접 경험을 하고, 여행을 하며 시행착오를 겪는 일도 나에게는 훌륭한 교과서였다. 살아 숨 쉬는 매 순간이 모두 배움이었다. 앞으로 살아갈 시간들도 어떤 배움으로 채워질지 기대가 된다.

미국의 대표적인 교육철학자인 존 듀이 John Dewey (1859~1952) 는 "교육은 삶을 위한 준비가 아니라 삶 그 자체다 Education is not preparation for life; education is life itself."라고 말했다. 난관에 부딪혔을 때는

‘어려운 문제 푸는 데 되게 오래 걸리네.’라고 생각하면 좀 가벼워진다. 혹시 지금 인생이 잘 풀리지 않고 어려움에 처해 있다면 감히 나는 말하고 싶다. 지금 이 시간은 당신이 어려운 문제를 푸는 훌륭한 과정이라고. 그 문제를 틀리건 맞건간에 분명히 배우는 것이 있을 거라고.

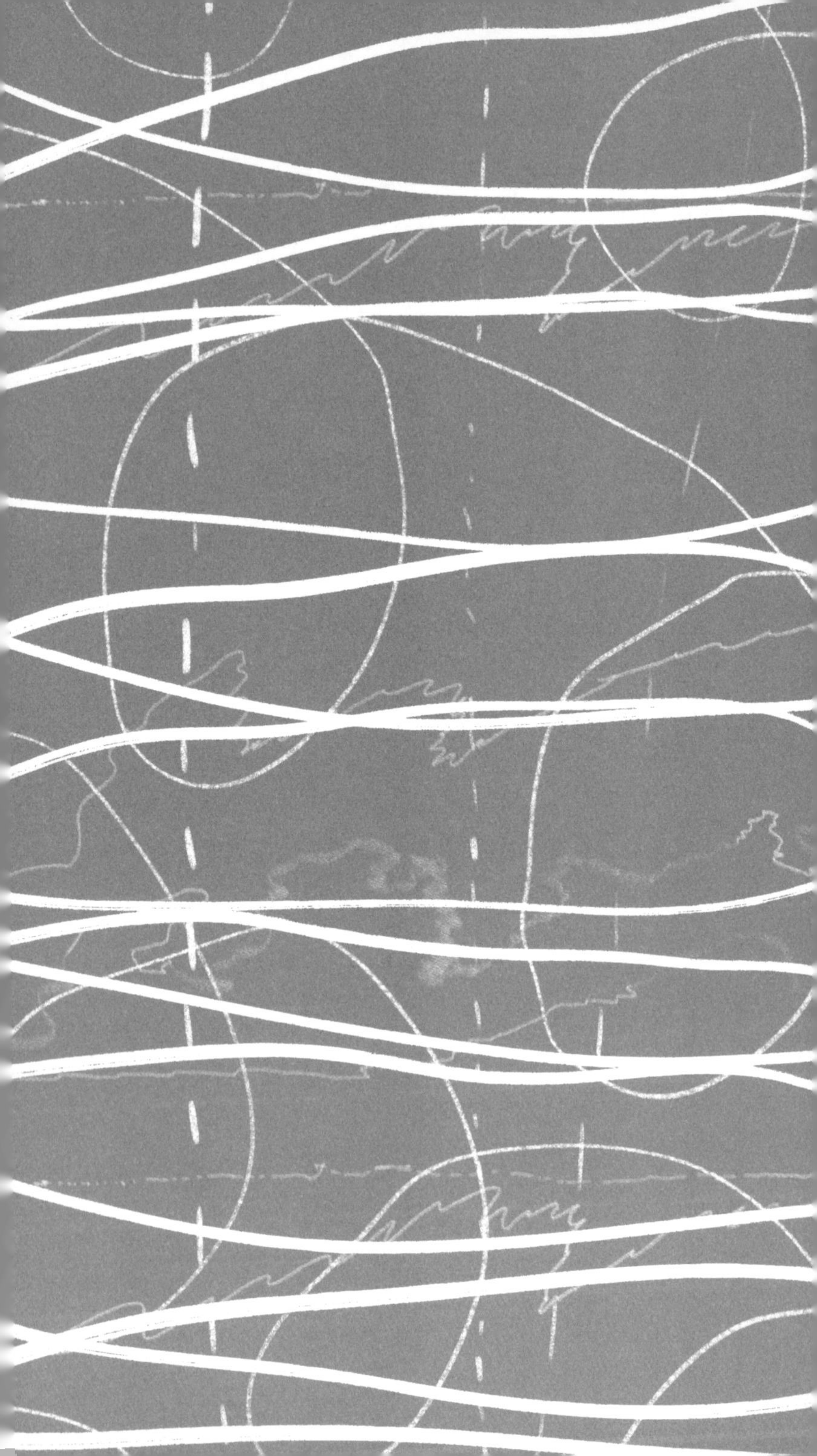

3부. 공부는 삶을 다시 쓰는 기술

**일과 삶, 감정과 회복 사이에서
공부는 어떻게 작동하는가**

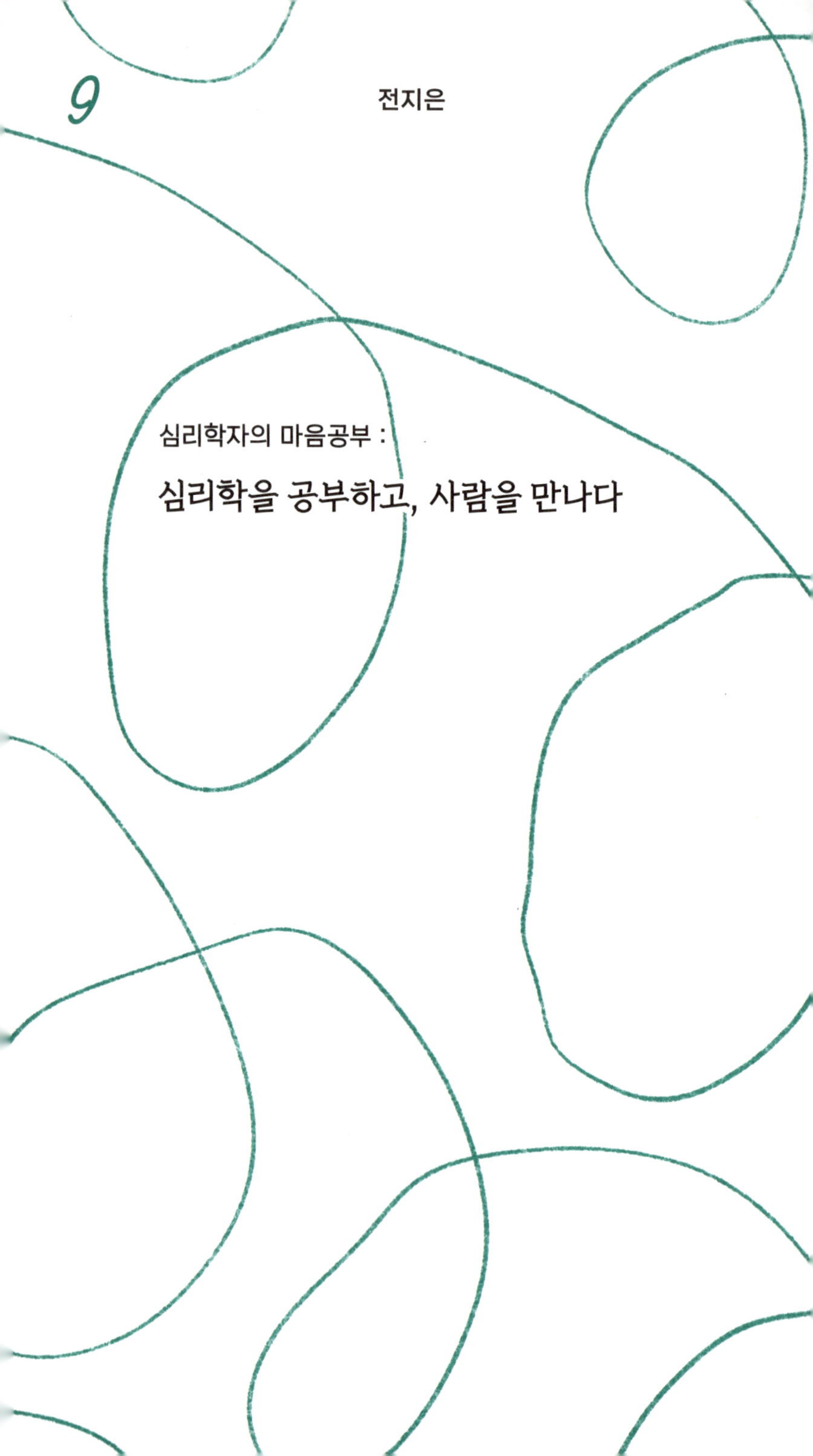

9

전지은

심리학자의 마음공부 :

심리학을 공부하고, 사람을 만나다

선택을 위한 공부

스물여덟, 두 번째 승진 누락 통보를 받다

첫 사회생활을 시작하고 3년 차의 가을이 시작될 무렵, 회사 공지에 올라온 승진 명단에 나의 이름이 없었다. 서너 번 훑어봐도 나만 빠져 있었다. 동기도, 후배도 다 하는 승진에서 한 번도 아니라 두 번이나 밀렸다. 분명 6개월 전 승진 누락 통보를 받았을 때 만난 임원은 다음 승진 때 나를 빼놓지 않겠다 약속까지 했는데, 혼란스러웠다.

일을 못해서도, 임원이 거짓말을 한 것도 아니었다. 다니던 회사는 글로벌 기업이었는데, 누구에게 물어도 미국 본사의 결정이라는 모호한 대답만 돌아왔다. 헤집어 이유를 찾아보면, 그로부터 1년 전 이직을 시도한 일 때문일지도 모르겠다. 스물일곱, 나는 마케팅 리서치 연구원이었다. 프로젝트성 일이 많았던 업무 성격상 깜깜한 밤에 택시를 타고 집으로 돌아가는 때가 많았다. 하지만 낮은 연차임에도 몇 개의 일을 혼자 맡아서 할 정도로 업무 자율성이 있고 사무실 분위기도 유연해, 몸은 피곤해도 일을 관둬야겠다는 생각은 멀찌감치 떨어뜨린 채 살아가고 있었다.

하지만 변수는 회사 밖에서 찾아왔다. 고객사와 협업하는 프로젝트성 일이 있었는데, 스물일곱 어느 날 만난 고객이 갑질을 일삼았다. 저녁 6시에 연락해 산더미 같은 일을 보내고 다음 날 오전 9시까지 결과물을 보내달라는 요구에, 사람을 깎아내리는 말을 아무렇지 않게 하는 사람이었다. 다른 고객들은 프로젝트만 끝나면 다신 얼굴 볼 일 없었지만, 그 사람은 몇 년간 계속 같이 일해야 하는 장기 고객이었다. 미래가 깜깜했다.

처음 입사 때는 '10년, 20년 뒤에 사장이 될 수도 있지 않을까?'라는 상상을 했는데, 와장창 깨진 기분이 들었다. 곧이어 이직을 위해 면접을 보러 갔다. 다음 날 출근을 하니 분위기가 이상했다. 면접장의 누군가가 내가 다닌 회사 사람에게 알린 것이었다. 어쩔 수 없다 생각하고 2차, 곧이어 최종 면접까지 보러 갔다. 하지만 얼마 뒤 탈락과 동시에 승진 누락이라는 결과도 따라왔다. 첫 승진은 회사를 2년 꽉 채워 다니면 받는 보상이었는데, 최초 누락자가 나였다. 나중에 듣기로, 내가 면접을 본 때가 인사고과 시즌이었고, 팀장은 내가 진짜 이직을 할 것 같아 평가를 낮게 주었다 했다.

6개월 뒤엔 승진을 시켜준다는 한 임원의 약속을 받고 두 계절을 버텼다. 하지만 시간은 더디게 흘러갔다. 사귀던 연인과 이별도 하고, 부모님과 최악의 갈등을 겪으며 집에선 투명인간처럼 살았다. 승진만 하면 조금은 괜찮아질 것 같았는데, 거짓말처럼 두 번째 누락 통보를 받자마자 깜깜한 터널로 빨려 들어가기 시작했다. 하루 아침에 세상 모두가 나에게 뒤통수를 친 것만 같았다. 도망치듯 퇴사를 하고 돌아올 곳은 내 방 침대뿐이었다.

그때를 돌이켜 묘사하자면 '패배감이라는 까만 덩어리만 안고 숨만 쉬면서 버텼다'가 적당해 보인다. 하루 한 끼를 채 먹지 않으며 생존을 부지해, 한 달 새 6kg가 빠졌을 정도로 말이다. 매일 밤 꼬리에 꼬리를 무는 생각을 따라가면 나의 미래는 망한 것으로 끝나버렸고, 이불 속만 파고들었다. 우울의 심연을 끝없이 헤매기 시작했다. 그러던 어느 날, 방 안에 놓인 책 한 권이 눈에 들어왔다. 바로 심리학 책이었다. 당시 언니는 미술치료사로 일을 하고 있었는데, 그 이유로 집 곳곳에 심리학 책이 있었다.

나는 홀린 듯 책을 펼쳐 읽기 시작했다. 책 내용이 정확히 기억나진 않지만, 아무리 힘들어도 밥 세 끼는 챙겨먹고 햇살을 꼭 쬐어야 한다고 쓰여 있었다. 속는 셈치고 책이 시키는 대로 따라했다. 하루 한 끼를 두 끼로 늘리고, 재취업을 해야 하기에 운동화를 동여매고 걷고, 조금씩 이력서를 열어보았다. 그런 날이 하루이틀 쌓일수록 몸도 기분도 조금씩 괜찮아져 갔다.

심리학에 기대어 쉬다 새로운 길을 만나다

책의 힘인지 심리학의 힘인지 궁금했다. 집에 있는 책을 거의 다 읽고 도서관, 서점의 심리학 서가로 향했다. 책들은 생각이 끊임없이 이어지면 일단 멈추고 다른 일을 하라고 말하는가 하면, 힘든 순간은 살면서 누구나 겪을 수 있으니 나를 사랑하는 사람처럼 대하면서 아껴주고 기다려주고 돌보라 말하기도 했다. 스펀지처럼 단어를 온몸에 흡수하고 따라하는 시간이 두세 달 흐르며 나도 조금씩 변했다. 따뜻한 햇빛에 눈이 사르르 녹듯, 책 속의 단어들은 내게 따뜻한 바람과 에너지를 불어넣어 주었다.

배움은 나를 살려냈고, 호기심을 별책 부록으로 주었다. 바로 심리학이란 학문에 대한 호기심이었다. 도대체 어떤 내용들을 품고 있길래 글만 읽어도 괜찮아졌을까? 퇴근한 언니를 붙잡고 묻기 시작했다. 언니는 몇 번 대답을 해주다 직접 학문을 느껴보라며 나의 손을 잡고 미술치료 세미나에 데려가기 시작했다.

전공자도 아닌데 어색하지 않을까 하는 걱정을 품고 강의실로 들어섰다. 원형으로 배치된 테이블 위에 하얀 도화지가 올려져 있었고, 자리 뒤편에는 색연필, 물감, 알록달록한 미술 재료들이 가지런히 놓여 있었다. 학창 시절 학교 미술실에 들어간 것 같은 기분에 긴장감이 사라질 즈음 대여섯 명이 자리를 채웠다. 다들 어떤 사연이 있어서 이곳에 모였을까 생각할 즈음 세미나가 시작되었다.

리더인 교수는 책상 위에 놓인 종이에 나무를 표현해보라 말했다. 규칙은 없었다. 그림을 그려도 되고, 종이를 오려 붙여도, 말랑거리는 찰흙을 써도 괜찮다고 했다. 단, 지금 이 순간 떠오르는 느낌을 그대로 담아 나무를 만들어 달라고 했다. 뭔가 배우러 왔는데 지금 느낌을 표현하라는 말이 조금 이상하긴 했지만, 따라하고 싶었다. 갈색 한지를 쥐고 구긴 다음 나무줄기를 만들고, 돌돌 말아 옹이도 만들었다. 색연필과 물감으로 초록색 잎사귀도 가득 그려넣었다. 나무의 형태가 갖춰질수록 어린 시절로 돌아간 것처럼 가벼워지는 기분이 들었다.

곧이어 작업 내용을 나누는 시간이 이어졌다. 나무를 어떻게 만들었는지가 아니라, 나무를 만들 때 느낀 감정과 다른 사람 작품을 볼 때 어떤 감정이 드는지 공유했다. 교수는 고개를 끄덕이며 모두의 말을 경청했고, 각자 이야기가 끝나자 따뜻하고 깊은 피드백을 건넸다. "작품 하나를 끝까지 완성해낸 것만으로도 대단하고 용기 있는 행동입니다." 그 말을 들을 땐 나도 모르게 말랑한 감정이 올라왔다.

나무에 대한 해석도 따라왔다. 나무는 '나'의 또 다른 모습이었다. 뿌리는 과거, 줄기는 현재, 잎은 미래를 뜻했다. 옹이는 힘든 순간을 건너온 이들에게서 공통적으로 나타나는 특징이고, 푸른 잎사귀는 미래에 대한 희망이 담겼다는 내용도 배웠다. 설명을 들으며 힘들었던 순간과 그때 했던 고민들이 흘러나왔다. 교수는 힘든 시간을 참 잘 버텨냈다며, 심리학에 관심이 생겼다는 내게 심리학자의 자질이 보인다는 말도 건넸다. 기분이 오묘했다. 분명 미술시간 같았는데, 내 마음을 타인에게 들킨 것 같아 부끄럽기도 하고 위로도 받은 것 같았다. 공부가 나를 살려내고 있었다.

학교를 가기 위한 공부를 시작하다

세미나에 들어설 때만 해도 심리학을 공부할까 말까 저울질을 했다. 하지만 나올 때는 이미 확신 쪽으로 무게추가 내려갔다. 하지만 선택까지는 한참 고민이 필요했다. 직장인에서 학생으로 돌아간다는 두려움 때문이었다. 공부라는 선택지가 직장에서 버는 돈과 맞바꿀 만한 무언가를 줄 수 있을까? 교환가치가 자동으로 떠올랐다. 머릿속으로 여러 시나리오를 그려보기 시작했다. 학교에 가면 최소 2~3년간 친구들과 약속도 못 잡고, 계절별로 해외여행을 떠나던 여유로운 삶도 포기해야 할 것 같았다. 상상만 해도 속상했다. 학교로 가려는 마음을 잠시 접고 이직을 했지만, 시간이 흐를수록 학교가 눈앞에 아른거렸다. 3~4개월쯤 지나자 '내가 하던 걱정을 모두 펼쳐놓고 마음 정리를 해보자.' 하는 마음이 솟아올랐다.

선택을 위한 공부를 시작했다. 현실적으로 겪어야 할 순간부터 막연한 걱정까지 주르르 꺼낸 다음 하나씩 지워갔다. 무엇보다 '돈'이 우선이었다. 찾다 보니 내가 가고 싶은 학교 중에 돈을 벌며 다닐 수 있는 곳도 꽤 있었다. 학자금 대출과 최소 생활비를 벌면 졸업까지 버틸 수 있겠다는 생각이 들었다. 가지 않으려고 시작한 행동이 나를 학교에 가까이 끌고 가고 있었다.

10년 뒤도 상상해 보았다. 졸업장만 받는 것이 아니라 워크샵에서 만난 교수처럼 되고 싶었다. 20년 후 직장을 다니는 모습을 동시에 상상하며 비교했다. 40대 후반 50대 초의 나이는 정년이 가까워지는데, 심리학 전문가라면 활기차게 일을 할 것 같았다. 상상 속 나는 이미 '심리학 전문가'가 되어버렸다. 적성에 맞지 않으면 포기할 마음에 심리상담 센터에서 적성검사도 받았는데 결과지에 심리학자가 적성에 맞다고 나와버렸다.

운명인가 생각하기에는 한 가지 더 확인이 필요했다. 심리학은 굉장히 넓은 분야다. 하고 싶고, 갈 수 있는 분야를 선택해야 했다. 상담과 치료사를 배출하는 학과로는 상담, 임상, 표현예술 치료 등이 있다. 나는 음악, 미술, 무용과는 거리가 먼 지극히 문과였고, 언니와 똑같은 전공을 하고 싶지 않아 상담학과로 좁혔다. 마지막으로 학교를 골라야 했는데, 직장인 스트레스를 가르친다는 조직상담학과를 찾았다. 다음 학기 원서를 썼고, 어느새 학생이 되어버렸다.

학교에 들어가면 가난해질 줄 알았지만 마음은 오히려 풍요로워졌다. 동료들도 비슷했다. 조직상담학과는 나처럼 직장을 다니다 온 사람이 대부분이었고, 수업은 야간에 시작되었다. 퇴근을 하고 입에 김밥을 문 채 뛰어오기도 했고, 시험 기간에 눈 밑에 다크서클이 가득한 채 만나기도 했다. 하지만 하고 싶던 공부를 하는 것이 즐거웠다. 수업 시간에는 우울했던 순간의 원인을 세 단계로 분리해 배우고, 꼬리에 꼬리를 물던 생각 패턴을 끊는 방법을 배우기도 했다. 때로는 '아, 내가 그래서 과거에 이런 이유로 우울했구나.'라는 생각도 따라왔다.

공부가 좋지만 때로는 공부 양이 많아 놀라기도 했다. 심리학 용어는 대부분 생소했다. 뇌와 관련된 그림도, 논문을 쓰기 위해 숫자 가득한 통계도 공부해야 했다. 일하며 공부를 했기에 주말을 반납했고, 시험 기간에는 머릿속이 새하얀 백지같이 되는 경험을 여러 번 했다. 하지만 가랑비에 옷이 젖듯 나에게 공부는 차곡차곡 스며들었다. 3년 즈음이 흐른 뒤 졸업장을 받았고, 얼마 후엔 자격증을 손에 쥔 상담사가 되었다. 거기서 끝낼 수 없었다. 공부가 더 하고 싶어 박사 과정으로 들어갔다.

돌아보면 10년 전 두 번의 승진 누락은 실패가 아니라 또 다른 나를 만나는 문이 열린 순간이었다.

함께라서 가능했던 연구

호기심은 연구가 될 수 있다

"교수님, 이번엔 글쓰기를 활용한 연구를 하고 싶습니다."

2021년 봄, 박사 과정 3학차이던 나는 온라인 에세이 수업에 한참 빠져 있었다. 그곳에선 쓰고, 공유하고, 고쳐 쓰는 과정이 반복되었다. 막연히 '좋다'를 넘어서는 치유의 감정이 찾아왔다. 무엇이었을까?

에세이 쓰기 수업은 온라인으로 진행되었다. 모니터엔 서울, 대구, 바다 건너 미국에 있는 이들까지 10명이 모였다. 모임에서는 나의 이야기를 글로 써야 했는데, 처음엔 '누가 나를 평가하면 어떡하지?'라는 마음이 높은 허들처럼 다가왔다. 하지만 솔직함의 버튼을 눌러버렸다. 과거의 삶에 렌즈를 들이밀고 줌 인Zoom In 한 채 기억 속 나를 세밀하게 바라보았다. 모이는 단어를 문장으로 이어가다 보니 울고 웃던 순간의 감정과 표정이 되살아났고, 한 편의 글이 될 즈음엔 완성했다는 뿌듯함과 무언가 털어놓았다는 개운함이 따라왔다.

모임에서 에세이를 공유하고 피드백을 받는 시간이 이어졌다. 처음엔 '나 혼자 너무 솔직했던 것이 아닐까?'라는 마음이 들었지만, 곧 기우였다는 것을 알았다. 어린 시절에 당한 학대와 폭력 등 쉽사리 접하기 어려운 고통스러운 타인의 기억을 '에세이'라는 통로로 만났다. 혼자만 간직해야 할 법한 내밀한 이야기를 꺼내고서 걱정하는 이에게 "아무렇지 않은데요? 이 글이 세상에 나오면 더 많은 이들이 도움을 받을 것 같아요. 나눠주어 고마워요."라는 편견 없는 피드백이 이어졌다. 나는 암 투병을 하던 아빠와의 추억을 글로 나누며 눈물을 쏟기도 했는데, 화면 너머엔 눈시울을 붉힌 이들이 나를 따스하게 바라보고 있었다.

글을 나누는 시간이 쌓일수록 부끄러움은 희미해지고 안정감이 선명해졌다. 공감은 자연스럽게 따라왔고, 과거의 나와 너를 바라보는 줌 아웃Zoom Out의 시선 속에서 우리는 서로를 더 깊이 이해했다. 보이지 않는 끈끈한 선으로 연결되어, 서로를 다독이며 따뜻함을 나눠갔다.

심리학 전공자인 내 눈에 그곳은 더 이상 글쓰기 모임이 아니라, 함께 나누고 치유하는 '집단상담' 같았다. 하지만 논문을 찾아보아도 딱 맞는 내용은 없었다. 한눈에 보이지 않는 무언가를 찾아보고 싶어, 얼마 뒤 교수님을 찾아가 연구를 해보겠다고 당당하게 말해버렸다.

집단상담은 비슷한 고민이나 아픔을 가진 이들이 모여 내밀한 이야기를 꺼내고, 공감하며 치유를 경험하는 과정이다. 삶과 감정을 세밀히 들여다보는 줌 인, 한발 떨어져 전체를 조망하는 줌 아웃의 시선이 교차하며, 개인은 나와 타인의 삶을 다시 경험한다. 이 과정에서 가슴 속 깊이 숨겨둔 나만의 상처를 꺼내놓으면, 비슷한 경험을 한 이들과 마음을 나누며 '수용'과 '보편성'까지 경험한다. 여기서 끝이 아니다. '지금 여기Here and Now'에서 살아가는 이들이 과거를 잘 지나온 서로를 토닥이며 위로를 건네고, 앞으로 한 걸음 더 나아갈 수 있도록 따뜻한 지지의 장場을 만든다.

에세이 쓰기 모임의 심리적 효과를 경험한 나는 그것을 연구로 검증하고 싶었다. 그래야 '좋다'는 느낌을 당당히 말할 수 있을 것 같았다. 석사 때도 비슷했다. 직장에서 갑질을 일삼는 고객 때문에 부글부글 끓던 마음을 음악으로 달래던 기억이 '음악 듣기로 스트레스를 줄일 수 있을까?'라는 질문으로 이어졌고, 졸업논문으로 이어졌다.

모호한 호기심에서 뾰족한 연구로

호기심은 연구의 출발점이 될 수 있지만, 논문이 되기까지 여러 단계를 거쳐야 한다. 모호한 궁금증을 뾰족한 연구 주제로 다듬는 과정이다. 글쓰기는 감정을 배출하고 정화하는 과정이 포함되어 있어 스트레스를 줄이는 데 긍정적 영향을 미친다는 연구는 이미 존재한다. 내가 확인하고 싶은 것은 일반적인 글쓰기가 아니라 '에세이 쓰기'의 구체적인 치유 효과였다. '에세이', '치유', '심리적 효과' 같은 말은 일상에서는 익숙해도 과학적으로는 모호하고 측정하기 어렵다. 에세이가 무엇인지 명쾌하게 정리하고 논리의 뼈대를 세우는 작업이 필요했다.

손에 잡히지 않는 구름을 작은 퍼즐 조각으로 나누는 과정이 시작되었다. 이 시기, 공부는 떠다니는 물음표를 느낌표로 바꿔주는 열쇠가 된다. 내가 느끼기에 에세이라는 장르는 그냥 글쓰기를 넘어 '마음을 표현하고 돌아보며 성장까지 경험하는 과정'이었다. 길게 풀어놓은 감정을 '어떤 글쓰기'로 표현할지 결정하고, 어떤 포인트를 확인할지 선택하고, 자료를 찾아보며 360도로 검토하는 시간이 이어진다. '표현하는 것'이 우울, 분노, 스트레스 같은 부정 감정을 줄이는지 혹은 행복과 같은 긍정 감정을 높여주는지를 확인하는 것이다.

이 과정은 단순한 생각 정리를 넘어 머릿속 지도를 그려가는 것과 비슷했다. 서울에서 대전, 대구를 거쳐 부산으로 가는 길을 만들어가는 것처럼 말이다. 나는 이 시기가 연구 과정에서 가장 중요하고 긴 시간을 쏟는 때라 생각한다. 기틀 없이 지은 집이 쉽게 무너지듯 이때 뚜렷한 목적과 방향성 없이 좋아보이는 방향으로 가면 다시 출발선으로 돌아갈 수도 있다. 2023년 초, 내가 바로 그랬다.

당시 나는 졸업을 빨리해야 한다는 마음만 앞서 있었다. 2년 가까운 시간 동안 충분히 고민했다고 착각한 채 두 번째 단계인 설문과 글쓰기 실험을 시작했고, 결과만 얻으면 논문까지 단숨에 써내려갈 수 있을 것 같았다. 하지만 예상은 빗나갔고, 원하는 결과는 아무것도 나오지 않았다. 비용도 200만 원 가까이 써버렸다. 허탈감과 아무것도 하지 못했다는 자책감에 더해서 '할 수 없을 것 같다'는 불안감이 엄습했다.

무력감에 사로잡힐 뻔했지만 흔들리는 마음을 공부가 다시 잡아주었다. 다시 시작하기 위해 차근차근 연구를 정리했다. 연구를 위해 300페이지나 넘게 정리해둔 문서를 첫 페이지부터 다시 열어보고, 실험 결과 중 부정적인 피드백을 열어보며 방향성을 뾰족하게 다듬었다. 실패했던 연구에서는 '마음을 돌아보는 글쓰기'를 '정서를 표현하는 글쓰기'로 정했는데, 세밀하게 살펴보니 에세이 속에는 표현을 넘어 '성찰'의 과정이 있어야 성장으로 이어졌다. 에세이 쓰기를 '성찰을 경험하는 글쓰기'로 정의하고 실험을 준비했다.

2개월 뒤에 다시 연구를 시작했다. 결과도 예상보다 빨리 얻어 그해 겨울 논문까지 마무리할 수 있었다. 만약 실패한 경험이 없었다면 연구라는 걸 설문과 실험, 결과 정리의 조합이라 여겼을 것 같다. 하지만 진짜 연구는 호기심이 떠오른 순간부터 시작된다. 저 멀리 목적지를 정해놓고, 중간에 샛길로 빠지더라도 조급해하지 않고 묵묵하게 걷다 보면 언젠가 다다르는 것 같다.

돌아보면 연구는 두더지 게임과 닮았다. 처음엔 삐걱거려도 어느 순간 가속도가 붙으면 망치를 두들기며 희열을 느끼는 것처럼, '아하!' 하는 순간이 찾아올 때부터 시곗바늘은 빠르게 흘러갔다. 그리고 이젠 당당히 말할 수 있다. 에세이와 비슷한 '성찰 글쓰기'는 정서를 정확히 인식하도록 도와주고, 행복을 준다는 것을 말이다. 연구로 검증했고, 논문이라는 결과로 만들었다. 공부는 내게 막연한 호기심을 느낌표로 바꿔준 고마운 친구였다.

혼자였지만 혼자가 아니었던 시간

겉으로 보면 연구는 처음부터 끝까지 혼자 걸어가는 길처럼 보인다. 생각을 정리하고 실험을 설계하며 논문을 만드는 과정은 연구자 혼자 오롯이 책임을 져야 한다. 하지만 가까이 들여다보면, 그 여정은 많은 이들의 숨결로 채워져 있다. 교수님, 가족 그리고 연구 과정에서 만난 이들이 알게 모르게 힘을 더해준 덕분에, 5년 정도의 시간을 외롭지 않게 버텨낼 수 있었다.

"괜찮아요. 연구는 원래 그래요." 교수님이 자주 하던 이 말은 내게 마법의 주문 같았다. 실제로는 실수나 허점을 짚는 순간이었지만, 신기하게도 전혀 속상하지 않았다. 2~3시간 넘게 방향 없는 의견을 낼 때도, 연구에서 실패했을 때도, 밤 11시 즈음 다급하게 질문할 때도, 대답의 첫마디는 늘 이 문장이었다. ‘원래 그렇다’는 한마디 속에는 나와 비슷한 길을 걷고 있는 누군가와 과거, 현재, 미래의 어느 시점에 이어져 있다는 연결감이 담긴 것 같았다. 그 덕분에 복잡한 감정이 들 때도 훌훌 털어내고 다음으로 나아갔다.

더해서 교수님은 나를 ‘동료 연구자’라 불렀다. 석사 때는 ‘제자’였는데, 단어 하나가 바뀌자 저 멀리 떨어져 있던 교수님 옆으로 성큼 다가간 기분이 들었다. 교수님에게 배운 것은 연구 방법만이 아니었다. 완벽하지 않더라도 차근차근 다지는 방법을 배웠다. 요즘은 교수님과 학회지를 함께 쓰고 있는데, 예전보다 ‘안 될 것 같다’라는 마음이 훨씬 적게 든다. 이제야 교수님의 동료로 함께 같은 길을 걸어가고 있는 것 같다.

2024년의 봄날, 오랫동안 투병을 하던 아빠가 저 멀리 하늘로 떠났다. 그때 나는 본격적인 연구가 시작되던 시점이라, 장례가 끝나자마자 다시 학교로 갔다. 아무것도 못 할 것 같았지만 오히려 집중이 더 잘되었다. 아마도 그건 아빠와의 마지막 시간을 단단하게 보낸 덕분인 듯했다. 아빠가 떠나기 전 5일간 우리 가족은 모두 병실에 모여 아빠와의 이별을 준비했다. 그때 쓴 일기를 잠시 들춰보면 이렇다.

“우리는 지금, 병실에서 아빠의 마지막 시간을 화기애애하게 가끔은 울다가 또 웃으며 보내는 중이다. 그렇게 우리가 함께하는 마지막 여행의 종착지로 함께 기차를 타고 달려가는 중이다. 작은 소망이 있다면, 종착지가 천천히 다가왔으면 좋겠다. 오늘 밤은 진짜로 따스한 봄이 병실 한가운데 자리 잡은 것 같다.

말없이 잠만 자던 아빠가 눈을 번쩍 떴다. 우리를, 아니면 세상을 조금 더 보고 싶어서였을까? 아빠는 눈을 깜빡거리며 저 멀리 허공을 볼 때가 많았지만, 가끔은 가족들과 눈을 마주쳤고, 한참 동안 우리 얼굴을 바라보기도 했다. 아빠와 눈을 마주치자 나는 '아빠 사랑해!' 하고 오늘 있었던 이야기를 조잘대기 시작했다. 아빠는 대답은 없었지만 중간중간 '응, 그래. 잘 듣고 있어.'라고 말하는 것처럼 눈을 깜빡였다. 가끔은 한쪽 눈에서 눈물방울이 올라오기도 했다. 아빠와 제대로 인사도 못 하고 이별하는 줄 알았는데, 아빠와 이야기를 더 하고 싶었는데, 간절한 기도들이 모여서 아빠에게 전해졌나 보다."

아빠가 돌아가신 후 막막할 때면 고개를 들고 파란 하늘을 바라봤는데, "잘하고 있어."라는 아빠의 목소리가 들리는 듯했다. 그렇게 힘든 계절을 보낼 수 있었다.

그해 11월, 논문 마지막 심사를 일주일 앞둔 아침이었다. 새벽 3시 반까지 논문에 파묻히다 겨우 눈을 붙이고 일어났는데, 아무리 애써도 마감일까지 완성하기 어려울 것 같다는 생각이 머리를 스쳤다. 그 순간 꾹 눌러뒀던 감정이 터져 왈칵 울음이 쏟아졌다. 아무것도 해내지 못할 것 같은 무력감에 잠식되어 있을 즈음, 한 통의 카카오톡 메시지가 도착했다. 그해 봄, 글쓰기 실험에 참여한 대학생의 연락이었다.

"겨울이 되면 논문이 나온다고 들었는데, 첫눈이 오니 결과가 궁금해서 연락을 드려봤어요." 짧은 문장이었지만 그 순간 정신이 번쩍 들고 부끄러웠다. 아침까지 '논문을 쓴다 한들 누가 읽을까.'라는 생각에 빠져 있었기 때문이다. 그날 밤부터 모든 것이 바뀌었다. 나를 기다리는 대학생이 쉽게 이해할 수 있는 글을 쓰자는 목표를 꼭 쥐고 한 문장씩 고쳐가며 논문에 생기를 불어넣었다.

돌아보면 모든 과정은 혼자가 아니었기에 할 수 있던 것 같다. 애초에 글쓰기 모임에 참여하다 연구를 시작했고, 연구하는 동안에 어렵고 외로운 순간이 있었지만 함께하는 이들이 있어 마침표를 찍을 수 있었다. '함께'였기에 가능했다. 학사모를 하늘 높이 던지며 많은 이들의 얼굴이 떠올랐다.

사람 곁으로 가는 길

학생과 전문가 사이

"내 마음이 지금 어떤 상태인지 맞힐 수 있어요?"

처음 만난 이에게 내가 상담심리사라 소개하면 자주 따라오는 질문이다. 많은 이들이 상담사를 마음을 읽는 사람이라고 오해하는데, 실제로는 마음을 '이해하는 방법'을 훈련한 사람이자 힘든 시기를 겪는 이가 해결책을 찾을 때까지 함께 버텨주는 사람이라 생각한다.

내 목표는 졸업과 동시에 자격증을 쥐는 것이었다. 상담사 자격증을 따야 했다. 여러 자격증이 있지만, 심리상담 현장에서는 한국상담심리학회 혹은 한국상담학회 자격증이 필요하다. 이를 위해 최소 1년 이상 실습 준비와 공부를 해야 했다. 대학원 수업과 외부 강의를 들으며 동시에 50회 이상 상담 실습을 하는 게 끝이 아니다. '수퍼바이저'라 불리는 전문 상담가를 정기적으로 만나 검토를 받고, 실습 내용을 정리해 '공개 사례 발표'도 해야 한다. 그제야 필기시험을 칠 수 있는 자격을 얻는다.

필기시험은 다섯 과목에서 커트라인 점수를 넘겨야 면접을 볼 수 있다. 상담 이론을 점검하는 상담심리학부터 인간 발달 과정을 다루는 발달심리학, 병리적 심리행동의 특징을 다루는 이상심리학, 그 외 학습심리학과 마지막 심리검사까지, 공부 분량이 결코 만만치 않았다. 기본 개념부터 이론 간의 미묘한 차이를 이해하기 위해서 학습량은 곱절 아니 수십 배로 늘어났다. 단순 암기보다는 깊은 이

해도와 집중력을 평가하는 시험처럼 느껴졌다.

물론 누군가의 인생을 살펴보고 도움을 주는 직업을 쉽사리 얻을 순 없다. 하지만 직장을 그만두고 시작한 공부였기에, 내겐 '무조건 빨리한다'가 기본값이었다. 이런 자신감엔 근거가 있었다. 대학원 성적도 좋았고, 첫 직장을 그만두며 우울을 겪었지만 잘 이겨냈고, 대학원을 준비하며 간 심리 세미나에서 치료사로서 자질이 충분하다는 말도 들었다. 그 기억들이 빨리 끝낼 수 있다는 마음을 심어준 것 같았다.

그동안 쌓인 시간이 자격증 따는 단계를 휘리릭 넘겨줄 것만 같았다. 이번에 꼭 마무리를 해보자는 마음을 안고 1년에 한 번 시행되는 상담사 필기 시험장에 들어섰다. 주말을 반납하고 알록달록 형광펜을 그어가며 공부했기에 자신 있었다. 그런데 이상했다. 분명 책에 쓰인 내용을 달달 외웠는데, 시험지 내용은 낯설었고 문제는 어려웠다. 시험 중 불안감이 차오르기 시작했다. 손톱을 잘근잘근 물어뜯으며 겨우 시험장을 나왔지만 예감이 좋지 않았다. 얼마 후 마주한 결과는 불합격이었다.

모든 것이 와르르 무너져내린 것 같았다. 시험은 1년에 한 번만 볼 수 있기에, 자격증을 따고 졸업한다는 계획이 틀어졌다. 머릿속에는 테트리스 게임의 'Game Over'라는 글자가 둥둥 떠다녔다. 더 받아들이기 어려웠던 것은, 함께 공부한 사람 중에 나만 필기시험에 떨어졌다는 것이었다. 혼자 뒤처진 것 같고, 초라한 기분에 숨고 싶었다. 엉엉 울어도 상황은 바뀌지 않았다. 상담사는 저 멀리 떨어진 단어 같았다. 아무것도 되지 못한 채 학비만 축낸 기분까지 들었다.

패배자가 된 것 같았지만 겉으로는 아무렇지 않은 척 행동했다. 그래야 괜찮아질 것 같았다. 가족들은 멀리 돌아가며 실력을 차근히 쌓을 기회라고 괜찮다 말하기도 했다. 처음엔 어려웠지만, 얼마 뒤 '나는 1년에 한 번만 볼 수 있는 자격시험에 떨어졌을 뿐 상담을 그만둔 적은 없다'는 사실이 눈에 보였다. 상담은 계속하고 있었고, 이미 실무에서 활용할 수 있는 청소년 상담사와 임상심리사 자격증도 갖고 있었다.

그제야 깨달았다. 떨어진 아쉬움보다, 30대 중반의 또래들과 비교하는 마음이 더 컸다는 것을. 함께 사회생활을 시작한 친구들이 대리나 과장으로 올라가는 모습을 보며 나만 뒤처진 것 같았는데, 자격증까지 얻지 못하니 나는 아무것도 아닌 사람이 된 것 같았다. 내가 느낀 감정은 나만 떨어졌다는 소외감과, 다른 이들보다 늦다는 위축감이었다. 나는 사실 '더 많은 자격'을 가진 사람이기보다 직업 전환을 빨리해낸 '성공한 사람'이라는 말을 듣고 싶었나 보다.

마음을 고쳐먹고 다시 공부를 시작했다. 다음 해에는 제대로 '전문가'가 되는 공부를 했다. 필기시험에 떨어졌던 그해 여름엔 청소년 상담사 2급 합격자 교육이 시작되었다. 이 자격증은 일주일 동안 하루 8시간의 교육과정을 이수해야 얻을 수 있었다. 처음에는 의무감만 잔뜩 안고 교육장소로 향했다. 교육은 상담 이론 강의, 내담자와 상담하는 상황을 실제처럼 연습해보는 실습, 상담 경험이 풍부한 교수가 상담실에서 겪은 사례를 생생히 들려주는 시간으로 이루어져 있었다.

3일 정도 지나자 여기 오지 않았으면 후회할 뻔했다는 마음이 들었다. 수업의 질이 좋기도 했지만, 시간이 쌓일수록 '진짜 상담사'로 성장하고 있다는 기분이 들었기 때문이다. 실습 시간에는 동료와 마주 앉아 어떻게 상담을 끌어갈지 고민을 나눴다. 눈빛은 반짝였고, 배우려는 분위기가 수업 내내 감돌았다. 책으로 배운 이론들이 몸으로 스며드는 느낌이 들었고, 그 열기가 닿았는지 강사들도 쉬는 시간까지 꽉 채워가며 수업을 이어갔다.

그곳에서 지금까지 이어지는 인연도 만났다. 수퍼바이저라 불리는 상담 교수다. 상담가들도 '교육분석'이라 불리는 상담을 받는다. 상담사가 내담자가 되어 심리적 치유를 경험하고, 내담자의 마음을 이해하며, 경험 많은 상담자의 방식과 태도를 배우는 훈련 과정이다. 일반 상담과 비슷하지만, 상담사로서 성장과 자기 이해를 위한 필수적인 과정이다.

수업을 가르치던 한 교수를 보며 나도 저런 상담사가 되고 싶다는 마음이 들었다. 수업이 귀에 쏙 들어왔던 이유도 있지만, 무엇보다 불안한 속마음을 솔직하게 털어놔도 괜찮을 것같이 느껴졌다. 교육이 끝난 뒤 교수의 내담자가 되었다. 상담은 한 회기 50분 정도이고, 짧게는 10회에서 길게는 수개월 이상 이어질 때도 있다. 그 해 여름부터 다음 해 시험을 볼 때까지 1년 가까이 상담을 받았다. 직장, 대학원, 시험을 준비하며 겪었던 실패감과 고민, 쉽사리 꺼내지 못했던 오랜 상처들과 가족 이야기까지 조금씩 꺼내고 천천히 풀어나갔다.

상담 교수의 이메일 주소에는 'ojuk(오죽)'이라는 단어가 있다. 수업에서 교수는, 좋은 상담사는 "오죽하면 그랬을까."라는 말을 진심으로 느끼는 사람이라고 했는데, 내가 받은 상담이 그랬다. 그는 울던 기억 속에 함께 머물렀고, 감정 흐름을 따라가며 과거에 꺼내지 못한 속마음을 말로 표현하도록 도와주고 거울처럼 반영했다. 상담 초반에는 30분 가까이 눈물만 흘릴 때도 있었지만, 만남이 늘어날수록 과거에 해결하지 못한 과제들을 마주할 힘이 생겨났다. 동시에 나의 상담 역량도 함께 자랐다. 상담 때 보고 들은 모습을 내가 진행하는 상담에 녹여봤는데, '좋은 상담 선생님'이라는 말을 들었다.

내담자와 함께 평생 성장한다

도움을 주는 사람이 되고 싶어 상담사가 되었다. 하지만 막상 현장에서 사람들을 만나며, 상담사는 도움을 주는 사람이기보다 삶을 함께 나누며 나아가는 사람에 가깝다고 느꼈다. 내담자의 고통 앞에선 나도 흔들렸고, 막막한 질문 앞에선 함께 고민했다. 상담이란 완벽한 답을 주는 것이 아니라, 더불어 살아가는 법을 배우는 과정 같았다.

상담사는 '평생 성장하는 사람'이라는 말이 있다. 단순히 기술을 연마한다고 해서 성장을 하는 것이 아니라, '내담자와 함께 성장한다'는 표현이 더 맞는 것 같다. 상담에서 만나는 이들은 어린아이부터 노인까지 다양한 나이와 배경을 지니고 있다. 이들의 삶을 마주할 때마다, 지식만 쌓아서는 온전히 공감하기 어렵다는 것을 알았다.

나도 그랬다. 2024년 봄 내가 박사 연구를 하던 시절, 오랫동안 항암을 하던 아빠는 하늘나라로 먼 여행을 떠나기 전 마지막 2주 동안 병원에 있었다. 그때 난 연구 설문을 시작하기 직전이었다. 착잡한 마음이었지만 일상을 이어가야 했고, 더 들여다보면 그 와중에도 즐거운 순간이 있었다. 가족들은 병실에 둘러앉아 아빠가 좋아하던 음식을 함께 먹으며 추억을 나누고 웃기도 했다. 아빠와 이별하지 않았다면 '사별'이라는 단어를 온전히 이해하기 어려웠을 것이다. 사별은 슬픔뿐 아니라 여러 가지 감정이 교차하는 시간이었고, 누구나 겪어내는 삶의 과정이라는 걸 알았다.

그래서 상담사는 '평생 공부하는 사람'이라는 말을 자연스럽게 붙일 수 있는 직업 같다. 30대의 나는 대학생과 직장 초년생의 삶을 조금 더 빠르게 이해했는데, 40대와 50대엔 이해의 폭이 얼마나 더 넓어질지 기대가 된다. 돌아보면 공부는 나를 살렸을 뿐만 아니라 나누며 살아가도록 안내해준 것 같다. 무엇을 얻기 위해서가 아니라 사람들의 곁에 한발 더 다가가기 위해 공부를 했나 보다. 앞으로 만날 이들과 함께 만들어갈 내일이 기대된다.

정연

인사 담당자의 공부 일기 :

공부는 나를 낯설게 하고
다시 만나는 일

목마름으로 키워낸 배움의 나무

배움의 씨앗을 심어준 사람

아빠 주변에는 늘 책이 많았다. 소파 옆에도, 책상 위에도, 자동차 조수석에도 책이 놓여 있었다. 1970년대 섬유업계에서 영업 업무를 하던 아빠는 자동차로 이동하는 시간이 많았고, 신호등 빨간불이 들어오면 그 짧은 신호 대기 시간을 이용해 책을 읽곤 했다. 나중에 안 사실이지만 아빠는 어린 나이에 상경해서 일을 시작했고, 대학 나온 동료들에 질세라 책을 읽고 또 읽으며 자신의 업무와 일터의 삶에 적용하며 살았다. 그래서일까? 상대적으로 학력이 부족함에도 회사 내에서 높은 실적을 내고, 회사 밖에서도 경쟁자들을 압도했다. 승진도 빨랐고 젊은 나이에 스카우트되어 임원도 했다. 자기 사업을 해봐야겠다고 마음먹고선 결국 창업했는데, 그의 나이 서른일곱 때였다. 그런 아빠가 내게 늘 했던 말이 있다. "사람은 늙어 죽을 때까지 공부해야 해."

자수성가. 네 글자로 납작하게 압축되기 쉬운 그의 영웅적 여정에 비하면, 나는 평범하게 성장했다. 부모가 일궈놓은 터전에서 학교와 학원을 다니며 공부를 곧잘 했다. 결과도 그리 나쁘지 않아서 남들이 부러워하는 대기업에 입사했다. 사실 나는 이름 있는 회사에 합격했다는 사실보다, 내가 원하는 직무 분야에서 일할 수 있었던 게 백배 더 좋았다. 그렇게 시작한 일이 인사 업무였다. 채용부터 육성, 배치, 승진, 보상, 퇴직까지, 회사 안에서 사람과 관련한 의사

결정을 돕는 일이었다.

아빠에 비하면 아쉬울 게 없이 자랐는데, 원하던 일의 영역에 본격적으로 발을 들여놓으니 나의 배경이 부족함을 느꼈다. 말하자면 '스펙'이라고 불리는 것들이었다. 출신 대학교나 전공이 왠지 주변 동료들에 비해 부족한 것만 같았다. 나는 이른바 SKY를 졸업한 것도 아니었고, 인사 담당자들의 주류 전공으로 여겨지던 법학, 심리학, 경영학이 아니라 경제학을 전공했다는 점도 왠지 어깨를 움츠러들게 했다. 무언가를 공부해서 그 부족함을 채우고 만회해야 한다는 막연한 감각만이 남아서, 내 앞에 무엇이든 주어지면 게걸스럽게 먹어치울 작정으로 하루하루 출근했다.

허기진 마음으로 찾아나선 배움

꽤 오랜 시간 동안, 주어진 커리큘럼과 선형적인 성장 공식, 점수에 따른 서열화에 따라 공부해온 나로서는 그 결핍을 채우기 위해 무엇을 공부해야 할지 알 수 없었다. 다만 어깨에 힘을 잔뜩 주고 내 앞에 주어지는 공부 거리가 있으면 며칠 굶은 사자가 톰슨가젤이라도 마주한 때처럼 놓치지 않고 잡아먹어서 내 피와 살이 되길 바랐다. 신입사원 배치를 받고 직무 적응 교육 OJT: On the Job Training 을 받을 때도 선배들이 알려주는 내용을 하나라도 빠트릴세라 눈을 부릅뜨고 들으며 메모했다. 주어진 업무 과제를 할 때에도 어떻게 하면 완벽하게 잘 해낼 수 있을까 고민하며 배우고 익혔다. 말 그대로 일하면서 배우는 Learning by Doing 시간이었다.

매주, 매일 해야만 하는 일 가운데서 자연스럽게 공부를 할 수 있었다. 단체협약과 취업규칙부터 인사 규정, 업무 시스템, 직급 체계와 조직 구조까지, 미지의 세계를 탐험하면서 보물을 하나씩 하나씩 내 것으로 만들었다. 게임의 미션을 하나둘 깨나가며 아이템들을 획득해 나가는 과정, 요즘 말로 '퀘스트'를 깨가면서 역량과 실력을 향상시켰다. 하지만 뭔가 늘 부족함을 느꼈다. 마치 실체가 없는 유령과 싸우는 느낌이었는데, 일터에서의 배움이 늘면 늘수록 허전함이 깊어졌다. '뭔가 다른 게 있지 않을까? 이 방법만 있을까? 나의 일과 관련해서 더 큰 세상이 있지 않을까?' 시간이 흐를수록 이 질문들은 짙어져만 갔다.

그 답을 찾기 위해 눈을 회사 밖으로 돌렸다. 외국계 회사와 글로벌 인사 컨설팅 업체에서 HR Human Resources 업무를 하는 사람들이 참여하는 커뮤니티에 발을 들여놓았다. 학교에서 배웠던 최신의 미국 선진 인사관리 체계와 기법을 이미 회사에 적용해서 운영하는 사례 발표를 듣다 보면 눈이 휘둥그레지면서 새로운 세상을 만나는 기분이었다. 당시만 해도 두루뭉술한 성과 목표를 두고 애매한 종합 인사평가를 받던 내게, MBO Management By Objectives 기반의 목표 설정과 성과평가 제도가 실제로 작동되고 있는 모습은 신선한 충격 그 자체였다. 조직 전체의 목표를 개인과 부서별로 세분화하여 구체적이고 측정 가능한 목표를 설정하고, 그 과정에 구성원이 직접 참여해 책임감과 동기 부여를 높이며, 정기적으로 목표 달성 여부를 평가하고 결과에 따라 피드백을 제공하는 일련의 체계적 과정이 내게는 하나의 예술처럼 보였다. 교과서의 이론과 케이스가 역동적으로 살아 움직이는 것만 같아서 말 그대로 매 순간이 생동감 넘치는 공부의 시간이었다. 학교에서 배웠던 이상적인 일터의 모습을 오랜만에 조응하는 기분에 「다시 만난 세계」를 떠올리기도 했다. 그렇게 시작한 '나의 일과 관련된 더 큰 세계를 향한 공부'는 HR 외부 세미나와 포럼, 전문 직무교육과 글로벌 콘퍼런스까지 이어졌다. 굶주렸던 배움의 퍼즐 판에 퍼즐 조각을 하나씩 하나씩 끼워가는 기분이었다.

점들을 잇는 여정

회사 생활 7년 차, 이제는 내 일과 관련해서 거침없이 말하고 행동하고 결정할 수 있을 것만 같은 환상에 빠지기에 좋은 그 시절, 나는 또 다른 갈망을 품었다. 일터에서 인사 평가, 포상과 징계, 4대 사회보험, 산업재해 보상, 핵심 인재 프로그램 기획과 운영 등 다양한 업무를 해오면서 아는 것과 할 수 있는 것이 꽤 많이 늘어났다. 시쳇말로 '짬바'가 생겨서, 상사와 동료 유형에 따라 어떻게 대응하고 함께 일해가면 되는지도 체득했고, 어떤 도움이 필요할 때 어느 팀의 누구에게 도움을 요청하면 될지도 알게 되었다. 말하자면 Know-How와 Know-Where 스킬을 장착할 수 있었다.

내가 맡은 일을 통해 배우며 외부에서 사례 스터디를 하다 보니 똑똑 박사가 되는 것 같았다. 생성형 AI에 질문을 던지면 척척 대답이 나오는 것처럼, 이제 웬만한 인사 관련 질문이 나오면 나도 술술 답할 수 있는 사람이 되었다. 직업인으로서 내 안에 재료와 소재가 많아졌다는 자각은 나를 새로운 갈증으로 이끌었다. 바로 구조와 이론이었다. 이제 HR 케이스를 많이 아는 어엿한 실무 전문가가 된 듯했지만, 인사 제도의 근간을 이루는 학문적 토대와 구조는 뿌연 안개처럼 손에 잡히지 않았다. 다른 공부가 필요한 시점이었다.

'구슬이 서 말이어도 꿰어야 보배다.' 너무 많이 들어서 아무런 자극을 주지 못했던 이 속담이 떠올랐다. 내 안에 주렁주렁 직무 전문 지식이 쌓여갔지만, 이 녀석들은 공중에 매달린 포도송이들처럼 제각각 자리 잡고 있어서 하나로 연결하는 공부가 절실했다. 그래서 인력개발학 관련 대학원 과정을 시작했다. 불합격할 게 두려워 지원할 때 주저하기도 했지만 배움에 대한 목마름과 미래를 위한 준비라는 생각으로 출사표를 던졌고, 감사하게도 입학 기회를 얻었다. 당시 인재개발원장님의 적극적인 지원으로, 평일 낮부터 저녁까지 이어지는 수업을 듣기 위해 휴가를 낼 수 있었던 것도 행운이었다. 그렇게 또 새로운 배움의 여정으로 발을 내딛었다.

살아 있는 공부를 찾아서

2년 반, 대학원 파트타임 연구자로서 수업도 듣고 논문도 읽으며 보낸 시절이 가끔 꿈결처럼 느껴진다. 중간고사와 기말고사, 중간중간 치르는 퀴즈와 개별 과제, 팀 과제까지 쉴 틈 없이 보냈는데 어째서 '꿈결'처럼 기억될까? 공부에 목말라 이리저리 돌아다니다 사막 한가운데서 만난 오아시스 같아서였을까? 학문적 관점에서 나의 일을 바라보고 연구하고 고민하는 동지들을 만나서였을까? 내 일의 근본과 뼈대를 입증해주는 듯한 선진 연구자들의 흔적을 발견하며 마음속 든든한 버팀목을 지니게 돼서였을까?

내 일의 영역에서 나는 좀 더 박식하고 튼튼한 구조를 지닌 사람으로 성장했다. 누가 내게 인증의 증표를 준 적은 없지만 나 스스로가 그렇게 생각하게 된 것만으로 충분하다. 그러나 한편으론, 논문을 읽고 수업을 듣고 토론할수록 대학원 공부가 상아탑 속에 갇혀 있다는 생각을 지울 수가 없었다. 그곳에선 기존 연구자들의 결과물에 작은 벽돌 하나를 더 쌓아올려 내 것으로 만드는 일, 최신 유행하는 연구 주제 흐름에 올라타 나를 증명하고 인정받는 일이 중요해 보였다. 생동하는 일터와 괴리되지 않는 연구를 한다는 학풍에도 불구하고 대학원이라는 공간은 그렇게 작동하고 있었다.

공부에 대한 새로운 정의가 필요했다. 이론과 사례를 학습하며 지식의 지평을 넓혀가는 것은 너무 좁은 배움이었다. 회사 조직과 일터는 살아 움직이는 유기체와 같다. 그곳에서 일어나는 현상을 설명하고 원인을 규명해서 대안을 찾고 실제로 적용하는 것까지가 나의 공부여야 했다. 그래야 나의 목마름이 멎을 것을 이제는 안다. '평생학습'을 주창한 아빠의 이야기가 마음 깊은 곳에 각인돼서일까? 일상의 일터에서도 공부하고, 학교에서, 외부 강연장에서, 온라인 콘퍼런스에서도 공부한다. 『삶으로서의 일』, 『커리어 그리고 가정』, 『리더의 돕는 법』과 같은 책들이 한가득 꽂혀 있는 책장 옆에서도 나는 늘 공부한다. 이런 내 모습을 바라보는 중학교 3학년 딸 예솔이도 나처럼 이렇게 공부하게 될까? 나의 아빠가 보여줬던 모습과 했던 말이 살아 움직여서 내 삶에 건강한 자극을 준 것처럼 말이다.

현장에서 피워올린 배움의 꽃

교과서 밖으로 나서다

"실제 현장은 교과서에서 배운 거랑 달라요."

인사팀 신입 시절, 선배들의 입에서 끊임없이 흘러나오던 이 한마디는 당시엔 그저 진부한 조언처럼 들렸다. 마치 '현실과 이상은 다르다'는 뻔한 격언처럼 말이다. 하지만 본사에서 12년이라는 시간을 보내고, 자원해서 첫 현장 인사팀으로 발령받았을 때, 그 말의 깊이를 온몸으로 체감했다.

내가 첫발을 디딘 곳은 회사를 대표하는 생산사업장이었다. 수천 명의 직원들이 주간연속 2교대로 쉴 새 없이 움직이는, 말 그대로 회사의 심장부와도 같은 곳이었다. 그동안 본사에서 치밀하게 검토하고 세심하게 기안했던 인사 제도들이 실제로 구현되고 적용되는 현장, 그곳에서 나는 전혀 새로운 차원의 공부를 마주했다.

첫 출근 날의 기억이 지금도 생생하다. 새벽 6시 30분, 아직 동이 채 트지 않은 시간, 주간 1조 근무자들이 물밀듯 공장 정문을 통과하는 모습은 그야말로 장관이었다. 수백 명의 직원들이 한꺼번에 움직이는 물결은 본사의 정적이고 질서정연한 사무실 풍경과 천지차이였다. 그 순간 깨달았다. 이곳에서는 내가 알던 인사 업무의 개념이 완전히 새롭게 쓰여야 한다는 것을.

리듬을 타고 흐르는 일터

생산사업장의 시간은 마치 잘 짜인 오케스트라의 연주처럼 정교하게 흘러갔다. 연초에는 그해의 생산계획에 맞춰 인력 운영계획을 세우고, 월별로는 물량 변동에 따라 특근 계획이 세워지고, 그에 따라 인력 규모를 유연하게 조정했다. 결원이 발생하면 해당 포지션에 적합한 인원을 적기에 선발해서 투입했다.

언뜻 보면 반복적이고 단조로워 보이는 이 리듬 속에 사실은 수많은 변수와 섬세한 고려사항들이 숨어 있다. 생산 일정 때문에 휴가를 조정해야 하는 직원들, 가계 경제를 위해 어쩔 수 없이 특근을 받아들여야 하는 현실, 그 틈바구니에서 균형을 찾으려 애쓰는 현장 관리자들의 땀과 눈물까지.

특히 퐁당퐁당 연휴 때의 특별 교대 근무 계획에 따라 일해야 했던 순간들은 지금도 가슴이 저릿하다. 누구나 가족과 함께 오붓한 시간을 보내고 싶은 황금 같은 연휴지만, 생산 공장은 결코 멈출 수 없는 현실. 직원들의 개인적인 사정을 최대한 세심히 반영하면서도 생산에 차질이 없도록 하는 과정은 마치 천 개의 실타래가 얽힌 매듭을 하나하나 정성껏 풀어내는 작업 같았다. 때론 복잡한 미적분 수학 문제를 푸는 기분이기도 했다.

그 과정에서 나는 깊은 깨달음을 얻었다. 그동안 내가 본사에서 차갑게 바라보던 숫자로만 존재하던 인력 계획 속에는 사실 한 명 한 명의 삶과 사연, 그리고 가족의 이야기가 생생하게 녹아 있다는 것을. 통계와 숫자 뒤에 살아 숨 쉬는 사람들의 이야기가 있다는 것을.

"정책은 본사에서 만들어도, 그걸 현장에 맞게 해석하고 적용하는 건 우리 몫이에요."

현장 인사팀장님의 이 말은 생산 현장에서 내가 얻은 가장 값진 교훈이 되었다. 아무리 완벽해 보이는 제도와 정책도, 현장의 맥락과 흐름을 읽지 못하면 그저 서랍 속 골동품에 불과했다. 나는 점차 현장의 미묘한 리듬을 익히고, 그 속에서 인사 업무의 진정한 의미와 가치를 발견해갔다.

대립과 협력 사이에서

생산사업장에서 맞닥뜨린 또 다른 도전은 노사관계의 현실이었다. 본사에서는 서류와 회의로만 마주하던 노동조합을 이곳에서는 매일 얼굴을 맞대고 봐야 했다. 때로는 첨예하게 대립하고, 때로는 깊이 공감하며 협력하는 과정에서 나는 '사람'이라는 존재를 더욱 깊이 이해하게 되었다.

현장 관리자들 및 노조 간부들과 정기적인 티타임을 가지며 그들의 솔직한 이야기를 경청하고, 현장 직원들의 고충처리 과정에서 실제 어려움과 아픔을 마주했다. 인사 업무가 단순한 제도 운영이나 규정 적용이 아닌, 살아 숨 쉬는 '관계'의 일임을 뼈저리게 깨달았다. 노사관계란 단순히 승자와 패자를 가르는 제로섬 게임이 아니라, 모두가 함께 더 나은 일터를 만들어가는 여정이다. 그 여정에서 가장 중요한 것은 상대방의 입장에서 바라보려는 진심 어린 노력이라는 것을 새롭게 인식했다.

특히 연례 임금 협상이나 단체교섭 과정에서는, 본사가 제시하는 원칙적 지침과 현장에서 분출되는 현실적 요구 사이에서 균형점을 찾는 일이 무엇보다 중요했다. 실제 마주한 현장의 목소리는 한 갈래로 정리될 수 있는 것이 아니었다. 서로 다른 배경과 근무환경에 놓인 구성원들의 요구는 복잡한 여러 타래가 뒤섞여 있어서, 이를 잘 조망하고 적절하게 풀어낼 수 있게 대응하는 일이 중요했다. 대학 시절 교과서에서 배웠던 '윈윈 전략'이나 '협상의 기술'과 같은 이론들은 실제 현장의 긴장감 속에서는 한없이 무력해지곤 했다. 대신 나는 더 근본적인 것들을 배웠다. 진심으로 경청하는 법, 상대의 입장에서 세상을 바라보는 법, 그리고 때로는 완벽하지 않은 해결책을 겸허히 받아들이며 함께 성장해가는 법을 말이다.

변화의 물결을 타고

3년간의 생산사업장 경험을 가슴에 안고 새로운 곳으로 발령받았다. 회사의 미래를 개척하는 신사업본부였다. 이곳의 시간은 마치 격류를 가르는 래프팅과도 같이 흘러갔다. 매달 새로운 프로젝트가 시작되고 매주 조직이 역동적으로 재편되는 가운데, 인사팀은 이 모든 변화의 중심에 단단히 서 있어야 했다. 신규 인재 발굴과 채용부터 프로젝트 팀 구성, 혁신적인 성과 평가 체계 설계까지, 기존의 틀을 깨는 새로운 접근이 필요했다. 전통적인 인사 관행으로는 더 이상 신사업본부의 빠른 변화 속도와 혁신적 문화를 지원할 수 없다는 것을 직감했다. 특히 인상 깊었던 것은 애자일Agile 조직으로 전환하는 프로젝트였다. 수십 년간 견고하게 유지되어온 수직적 위계질서와 경직된 업무 방식을 완전히 재구성하는, 회사 역사상 유례없는 도전이었다.

처음에는 두려움도 컸다. '과연 우리 회사의 문화와 체질로 이런 급진적 변화가 가능할까?' '직원들은 이 변화를 어떻게 받아들일까?' 하지만 새로운 가능성에 눈을 빛내며 변화를 갈망하는 직원들의 열정을 목격하면서 나도 점차 용기를 얻었다. 기존 인사 제도의 단단한 틀을 과감히 깨고 전에 없던 실험들을 시도해 나갔다. 물론 실패도 많았다. 때로는 너무 앞서나가 직원들의 혼란을 가중시키기도 했고, 때로는 지나치게 조심스러워 변화의 기회를 놓치기도 했다. 하지만 그 모든 시행착오 자체가 값진 배움의 과정이었다. 이론이 아닌 실전에서 얻는 지혜였다.

"우리는 매일 새로운 역사를 쓰고 있어요. 전례가 없다는 건 우리가 새로운 길을 개척해 나간다는 뜻이죠." 신사업본부장님의 이 말은 나에게 깊은 영감과 사명감을 불어넣었다. 기존의 인사 제도와 관행들을 그대로 적용할 수 없는 불확실한 상황 속에서, 나는 비즈니스의 속도와 방향을 예민하게 감지하고 그에 맞는 창의적 해결책을 찾아내야 했다. 한번은 평가 보상과 관련한 이슈가 제기됐는데, 균등 보상적 성격이 컸던 기존 제도의 틀에서 벗어나, 직무 특성과 해당 직무의 시장 임금 수준을 고려한 파격적인 보상안을 제안하기도 했다. 이 과정에서 배운 것은 단순한 지식이나 기술이 아닌, 인력 시장 변화와 직무 특수성에 대한 깊은 통찰과 유연한 적응이 필요하다는 점이었다.

살아 있는 교과서를 만나다

생산사업장과 신사업본부, 이 두 현장에서의 경험은 나에게 '진정한 공부'가 무엇인지 깨닫게 해주었다. 교과서와 이론이 제시하는 명확한 정답은 없었다. 대신 현장의 복잡한 맥락을 섬세하게 이해하고, 다양한 사람들의 이야기에 진심으로 귀 기울이며, 때로는 실패와 좌절을 겪으면서 스스로 해답을 찾아가는 여정 그 자체가 가장 값진 배움이었다.

어느 날 호기심 가득한 눈빛의 신입사원이 내게 다가와 물었다. "선배님, 인사 업무를 잘하려면 어떤 공부를 해야 할까요? 어떤 책을 읽어야 할까요?" 잠시 생각에 잠기다가 나는 이렇게 답했다. "현장에 가서, 듣고 또 들으세요. 인사 업무를 잘하는 비법은 책 속에 있지 않고 일하는 사람들의 이야기 속에 있어요. 이야기를 듣고 생각하고 고민하다가 풀리지 않는 질문이 있을 때 책을 펼쳐보세요. 거기서 얻은 힌트를 다시 현장에 적용하다 보면 비로소 그때 내가 성장했구나, 느끼는 순간이 올 거예요."

그 순간, 5년 전 내가 무심코 지나쳤던 선배들의 조언을 이제는 내가 후배들에게 진심을 담아 전하고 있다는 사실을 깨달았다. 어떤 말과 행동은 치열하게 고민한 시간을 자양분 삼고 나서야 세상에 나올 수 있구나, 알게 되었다. 책상 위의 세련된 파워포인트 보고서나 회의실의 화려한 토론이 아닌, 공장 현장의 땀 흘리는 작업자들과, 프로젝트 룸에서 시간 가는 줄 모르고 일하는 신사업추진 구성원들과 함께할 때 비로소 진짜 배움을 만날 수 있다는 것을 이제는 안다. 그리고 그 배움은 지금도 계속되고 있다. 정신없이 바쁘게 보낸 피곤한 하루가 끝나도 가슴 한편이 설레는 이유가 바로 그것이다.

현장은 나의 가장 위대한 스승이었다. 그리고 앞으로도 그럴 것이다. 인사라는 길을 걸어가며 나는 앞으로도 계속해서 새로운 현장을 마주하고, 새로운 도전 앞에 설 것이다. 그때마다 나는 가슴 깊이 새기며 기억할 것이다. 진정한 배움은 교과서 밖에 있다는 것을, 그리고 그 배움은 언제나 사람과 함께 있다는 것을 말이다.

십 년의 질문, 십 년의 답

익숙한 문장의 새로운 울림

10년 전 어느 겨울날이었다. 손을 호호 불며 지하철 강변역 2번 출구를 나서서 어묵을 파는 노점 앞을 지나 종종걸음으로 집으로 돌아가던 길이었다. 내 주변으로 담배 연기처럼 솟아오르는 하얀 입김과 끓어오르는 어묵국에서 피어오르는 수증기가 묘하게 뒤섞여 하늘로 올라가고 있었다. 그날 밤 장인어른도 홀연히 하늘로 가셨다. 급성 심장마비, 사인은 단 여섯 글자로 압축됐다. 한 사람의 죽음이 이렇게 쉽게, 납작하게 정의될 수 있을까 의문이 들었다. 결혼한 지 10년 된 그해 겨울, 그의 작고는 내게 황망함이란 감정이 무엇인지 명확하게 가르쳐줬다. 사전에 나온 표현 그대로 '마음이 급하고 당황하여 어리둥절하고 허둥지둥'했다.

장례를 치르고 애도의 시간을 보내면서 내 머릿속을 가득 채운 질문이 하나 있었다. 평생 장로교 기독교인으로 살다가 떠난 장인어른은 정말 하늘나라, 천국으로 가셨을까? 돌아가시기 전까지도 늘 성경을 가까이 두고 읽으며 정성스럽게 필사하던 그였다. 처가 식구들이 다 같이 모여 밥을 먹을 때면 자못 진지하게 식사 기도를 대표로 하던 그였다. 그의 내세가 어떻게 될까에 대한 깊은 궁금증은 이내 다른 질문으로 바뀌었다.

'정연아, 너는 죽으면 천국에 갈 수 있어? 진짜로?'

나 역시 어릴 때부터 부모님 손을 잡고 교회를 다녔다. 유치부, 초등부, 중고등부를 거쳐 성인에 이르기까지 성경도 암송하고 찬송가도 부르며, 교회라는 공동체 안에서 또래들과 성장했다. 그래서 문득 떠오른 이 질문에 당황했다. 죽으면 하나님의 나라에 갈 것이라는 막연한 믿음이 비로소 도전적 질문을 마주했다. 가까운 이의 갑작스러운 죽음을 목도하고 뼛가루만 남은 그의 육체를 담은, 아직 열기가 가시지 않은 작은 항아리를 품에 안았을 때 말이다.

죽음을 손끝으로 만지는 것 같은 육중한 감각은 연이어 나에게 이런 질문들을 던졌다. '죽음은 무엇인가? 내세는 확실히 존재하는가? 인생의 목적은 무엇인가? 그러면 나는 어떻게 살아야 하는가?' 연쇄적으로 떠오른 질문들을 부여잡고 나는 '공부'를 하기 시작했다. 셸리 케이건의 『죽음이란 무엇인가』와 같은 철학책부터 시작해 심리학 책, 과학 책과 의학 책, 에세이와 소설을 넘나들며 읽고 또 읽었다. 그 과정에서 어렴풋하게 죽음이 무엇인지 보인 듯했다. 하지만 죽음 이후에 대해서 명확히 설명하는 책을 만나진 못했다.

그래서 다시 펼친 책이 성경이었다. 하지만 성경을 대하는 내 마음가짐은 옛날과 달랐다. 기독교의 종교 경전이 아니라 하나의 텍스트로 성경을 읽어나가기 시작했다. 자신이 가진 모든 것, 재산뿐만 아니라 자녀들까지 한순간에 다 잃은 욥의 이야기부터 예수와 그 제자들의 대화와 행적의 기록까지, 빠른 호흡으로 유영하듯 읽어 내려갔다. 그 과정에서 확실하게 새롭게 깨우친 문장이 있었다. '내가 너희를 사랑한 것같이 너희도 서로 사랑하라.'

코흘리개 시절부터 많이 보고 듣던 문장이었다. 무수히 많은 십자가 아래 세워진 교회 현판에서 쉽게 접하던 말이라 전혀 새로울 게 없는 문장인데, 내 마음 깊은 곳으로 훅 하고 들어왔다. 나를 위해 목숨을 내놓은 예수처럼, 그 사랑의 힘으로 나도 타자와 이웃을 내 몸처럼 사랑해야겠다고 다짐했다. 그 이후로 나는 '사랑의 실천'을 나의 미션으로 삼고 10년이란 시간을 살아왔다.

하지만 그 여정은 녹록지 않았다. 우선 '어떻게 사랑할 수 있는가?' '사랑의 대상인 인간은 어떤 존재이며 진정 사랑한다는 건 무엇인가?'라는 질문이 솟아올랐다. 무엇보다도 '내 안에 사랑이 있는가?' 이 질문에 나는 명쾌하게 '예.'라고 답할 수 없었다. 막상 사랑을 실천하려고 하니 내 안에 사랑의 샘이 말라 있는 것 같았다. 그러다가 신형철 평론가가 『안녕이라 그랬어』 해설에서 언급한 '인지적 공감 Cognitive Empathy'처럼, '감정적 동일시가 아니라 인지적 판단이 필요하고, 이는 타고나는 게 아니라 노력하는 것'이라는 사실을 깨달았다. 나는 읽고 또 읽고, 듣고 또 들었다. 사람들을 만나고 그들의 이야기를 듣고 내 이야기를 전하면서, 나와 비슷한 결의 사람들도 알게 되고 나랑 많이 다른 사람들과도 말을 섞게 되었다. 그 과정에서 내가 알아야 할 세계가 확장되는 느낌이 들었다.

질문하고, 듣고, 쓰는 과정에서 피어나는 배움

다양한 강연과 북토크에 참석하면서 나는 한 가지 규칙을 세웠다. '가능하면 반드시 질문하자.' 처음에는 그저 듣기만 하는 청중의 역할에 머물렀지만, 용기를 내어 질문을 던지기 시작했다. 강연의 내용이 내 삶의 서사와 뒤섞이면서 '그러면 이제 나는 무엇을, 어떻게 할 것인가?'와 같은 질문을 품게 되었고, 그 질문에 대한 답을 찾아가면서 내 삶도 조금씩 더 나아지게 되었다. 질문을 통해 대화의 장에 적극적으로 참여하면서, 나는 단순한 지식의 소비자가 아니라 함께 지식을 만들어가는 협력자로 변화해갔다. 그 과정에서 질문할 줄 아는 용기야말로 가장 중요한 배움의 자세라는 점을 발견했다.

강연과 독서, 대화에서 얻은 통찰들은 글쓰기를 통해 더욱 선명하게 정리되었다. 한번은 김애란 작가가 북토크에서 이렇게 전했다.

"이 단편들을 쓰면서 저는 이웃들이 고단하게 꾸리는 생활에 집중하고 싶었습니다. 생활을 놓치지 않으면서, 그렇다고 생활을 얕잡아 보지도 않으면서, 그 안에서 생긴 누수, 그 빗방울 소리를 함께 듣고 싶어요. 비는 한 집 위에서만 내리는 게 아니니까요."

이 말을 듣곤 집에 돌아와 글을 쓰면서, 좋은 이웃은 완성형 명사가 아니라 진행형 동사임을 새삼 깨달았다. 듣고 읽은 것들을 그냥 흘려보내지 않고 성찰적 에세이로 정리하면서 나는 스스로의 생각을 더욱 명확히 할 수 있었다. 때로는 솔직한 마음의 혼란과 갈등을 글로 표현하기도 했고, 때로는 새롭게 얻은 깨달음과 결심을 기록하기도 했다. 특히 몇몇 글쓰기 동료들과 함께 시작한 모임은 큰 도전이자 기쁨이었다. 매달 정해진 주제로 짧은 에세이를 쓰고, 서로의 글을 읽고 피드백을 나누는 과정은 마치 서로의 마음속 깊은 방을 조심스럽게 들여다보는 것과 같았다. 각자의 글 속에는 그 사람만의 고유한 시선과 언어, 그리고 세상을 이해하는 방식이 담겨 있었다. 그들의 솔직한 피드백은 내 글쓰기를 한층 더 깊고 진실되게 만들어 주었다.

"정연 님의 글에서는 항상 일과 삶의 경계에 대한 고민이 느껴져요. 그 균형을 찾아가는 여정이 참 인상적입니다."

"이번 글에서는 조금 더 개인적인 경험과 감정을 솔직하게 드러내면 어떨까요? 그 취약함이 오히려 글의 힘이 될 수 있을 것 같아요."

읽고 듣고 쓰는 과정을 반복하면서 나는 점점 더 내 안의 목소리를 찾아갔다. '타자를 어떻게 사랑할 수 있을까?'라는 질문에 대한 답도 조금씩 더 선명하게 그려나갈 수 있었다. '말하기보다 먼저 듣기', '나보다 타자를 나은 존재로 대하기'와 같은 배움들을 마음속에 품고 몸으로 사부작사부작 실천할 힘을 얻게 되었다.

앎에서 삶으로, 이론에서 실천으로

강남순 교수의 『배움에 관하여』라는 책에서 가장 마음에 와닿았던 문장이 있다. "진정한 배움은 지식의 습득이 아니라, 존재의 변화이다." 이 문장은 내가 경험한 모든 공부의 과정을 하나의 문장으로 압축해 보여주는 것 같았다.

학교에서, 일터에서 그리고 더 큰 세상에서 배움을 거듭하면서 나는 깨달았다. 진정한 공부는 결국 앎에서 삶으로, 이론에서 실천으로 이어질 때 완성된다는 것을. 아무리 많은 책을 읽고 깊이 있는 토론을 나눠도, 그것이 삶의 변화로 이어지지 않는다면 그저 머릿속을 스쳐 지나가는 바람에 불과하다는 것을.

이런 깨달음은 자연스럽게 행동으로 이어졌다. 미래경영연구센터에서 인사 조직 주제를 연구하면서, 나는 이전보다 훨씬 더 비판적이고 성찰적인 시각으로 과제에 접근하게 되었다. 다양성과 포용성에 관한 연구는 단순히 기업의 성과를 높이기 위한 도구적 관점을 넘어, 보다 정의롭고 평등한 일터를 만들기 위한 사회적 의무로 접근하게 되었다.

소속된 조직 내에서도 작은 변화들을 시도했다. 의사결정권자의 말만 받아적는 회의가 아닌, 참여자 모두가 의견을 개진할 수 있는 라운드테이블 회의로 미팅 방식을 바꿔서 더 많은 사람들이 자유롭게 의견을 낼 수 있도록 했다. 한편으론, 무의식적 편향을 줄이기 위해서 직무기술서에서 성별 편향을 제거하는 과정을 거치거나, 인터뷰를 구조화하기 위해 모든 지원자에게 동일한 질문을 던지고 공정한 기준으로 평가하는 등의 장치들을 제안했다. 때로는 조직의 관성과 저항에 부딪히기도 했지만 그럴 때마다 나는 더 깊이 공부하고 더 세심하게 설득하는 방법을 찾아갔다.

일상에서도 변화는 계속되었다. 뉴스와 정보를 대하는 태도가 달라졌다. 무엇보다 중요한 것은, 부조리하거나 정의롭지 않은 상황을 마주했을 때 이전보다 훨씬 더 예민하게 반응하고, 필요하다면 목소리를 내는 용기가 생겼다는 점이다.

"그건 차별적인 언어라고 생각합니다."

"이 의사결정 과정에 다양한 관점이 충분히 반영되었다고 보기 어렵습니다."

때로는 이런 발언들이 불편한 침묵이나 반감을 낳기도 했지만, 점점 더 많은 동료가 공감하고 지지하는 모습을 보며 깊은 희망을 느꼈다. 세상은 결코 혼자 바꿀 수 없지만, 함께라면 조금씩 변화시켜 나갈 수 있다는 믿음이 피어올랐다.

끝없는 원을 그리며

이제 나는 공부라는 끝없는 원을 그리며 계속해서 나아가고 있다. 학교에서의 공부, 일터에서의 공부 그리고 지금의 더 큰 세상에서의 공부까지. 이 세 가지 차원의 공부는 결코 분리되지 않고 하나의 큰 원을 이루며 서로를 깊게 보완하고 있음을 느낀다.

지난해부터는 조금 더 구체적인 꿈이 생겼다. 코치로서의 삶을 준비하며, 다른 이들의 배움과 성장을 돕는 역할을 하고 싶다는 열망이 깊어지고 있다. 그동안 내가 경험한 다양한 차원의 공부와 깨달음을 나누며, 더 많은 사람들이 자신만의 배움의 원을 그려나갈 수 있도록 돕고 싶다. 결국 궁극의 공부란, 비판적 사유를 바탕으로 읽고 쓰고 말하고 듣는 과정 가운데 일어난다는 걸 깊이 믿게 되었다. '홀로'가 아닌 '함께'일 때 그 공부는 더욱 깊어진다는 걸 알게 되었다. 무엇보다도 보고 들은 것을 실천할 때 내 삶에 깊이 들어와 나를 바꾸는 진정한 공부가 된다는 걸 몸소 경험하게 되었다.

아빠가 오래전 내게 했던 말이 떠오른다.

"사람은 늙어 죽을 때까지 공부해야 해."

그때는 그저 지식을 쌓고 성과를 내기 위한 도구로서의 공부를 말씀하셨다고 생각했는데, 이제는 그 말의 더 깊은 의미를 이해하게 된 것 같다. 공부란 결국 살아 있음의 다른 이름이 아닐까. 세상과 타인, 그리고 나 자신에 대해 끊임없이 질문하고, 듣고, 배우며, 변화해가는 과정. 그 과정이 곧 살아 있음의 증거이자 삶의 가장 본질적인 형태가 아닐까. 결국 그 배움을 체화하여 삶에서 자연스레 드러내는 것이 사랑의 실천이 아닐까.

오늘도 나는 새로운 책을 펼치고, 새로운 사람들을 만나고, 새로운 질문을 던지며 배움의 원을 그려나간다. 그 원이 어디까지 이어질지, 얼마나 더 넓고 깊어질지는 아직 알 수 없다. 다만 한 가지 확실한 것은 이 여정이 절대 외롭지 않다는 것이다. 함께 배우고, 함께 성장하며, 함께 세상을 바꿔나가는 삶의 동반자들이 옆에 있기에, 나는 오늘도 두려움 없이 배움의 길을 걸어간다.

잊혀진 꿈을 찾는 공부 :

회사원의 이모티콘 작가 도전기

평범한 회사원에서 이모티콘 작가로

어린 시절부터 간직해온 취향

나는 어린 시절에 예술을 사랑했다. 그림과 피아노를 좋아하는 아이였다. 엄마는 어린 내가 그림 그리기에 열중하는 모습이 기억에 선명하다고 하셨다. 하지만 예술의 문은 좁게 느껴졌다. 나는 예술을 좋아하지만, 큰 재능은 없다고 스스로를 객관화했다. 예술가가 될 결심을 일찍이 접었다. 고등학교 시절에는 학생들에게 좋은 영향을 주는 선생님이 되고 싶었지만 사범대에 떨어졌고, 우연히 취업에 유리하다는 공대에 붙어서 진학했다. 돌이켜보면, 평범한 가정의 장녀였던 내게 꿈이란, 안정적인 밥벌이를 하면서 안온한 삶을 꾸리는 직장인이 되는 것이었을지도 모른다.

휴학 없이 대학을 마치고 여러 가지 준비 과정을 거쳐 회사원이 되었다. 여력이 될 때만 어쩌다 한 번씩 그림을 그려서 주변 사람들에게 선물했다. 상대방이 내 그림을 받고 행복해하는 모습을 보면 기뻤다. 서프라이즈 그림 선물을 받을 사람의 표정을 상상하면 나도 모르게 얼굴에 미소가 번졌다. 내가 그린 그림을 오랫동안 카카오톡 프로필에 올려두거나, 거실장이나 책상 옆에 두고 보관하는 사람들을 보며 보람을 느꼈다. 내 그림이 누군가를 기쁘게 할 때 나도 행복했다.

그렇게 그림은 어린 시절부터 내게 행복을 주는 활동이었다. 나는 그림을 오랜 친구처럼 소중한 존재라고 생각하고 실낱같이 가느

다란 인연을 이어왔다. 하지만 한동안 나는 그림을 그리기 위한 시간을 따로 만들지 못했다. 공부, 취업 준비, 회사 일 등을 하느라 바빴다. 하루하루 인생의 퀘스트를 깨나가는 바쁜 20대 시절을 보내느라 그림은 언제나 뒷전이었다. 누군가에게 그림을 선물해주고 싶을 때와 같은 특별한 이벤트가 없으면 1시간도 그리지 않았다. 그림을 좋아한다면서 정작 그림을 거의 안 그리고 있다는 모순을 직면했다. 나는 20대에 목표한 대로 취업을 했고 직장인이 되었지만, 그림을 그리지 않는 내 삶에 결핍을 느꼈다.

퇴근 후에 매일, 꾸준히

고백하건대 나는 공부를 좋아하는 사람은 아니다. 새로운 것을 배우는 것보다 나무늘보처럼 누워서 휴대폰을 보는 것, OTT를 몰아보면서 쉬는 것, 강이 보이는 카페에서 달달한 크림이 잔뜩 묻은 케이크를 먹으면서 물멍을 때리는 시간을 더 좋아한다. 하지만 나 자신을 먹여 살려야겠다는 책임감과 압박감이 게으름을 이겼다. 성인으로서 경제적으로 독립하여 스스로 밥벌이를 해야겠다는 위기의식이 들었기 때문이다. 그런 위기의식 덕에 시간을 빡빡하게 쓰는 부지런한 삶을 살기도 했다.

대학교에서 다양한 프로젝트, 대외활동, 인턴을 하고, 대학원에서 논문과 특허들을 썼다. 대학원생 때는 새벽이슬을 맞으며 연구실에서 보낸 날들이 많았다. 그렇게 바쁜 20대를 보낸 덕분에 만족스럽고 안정적인 직장에 들어갔다. 직장에 들어갔다고 공부가 끝나진 않았다. 신입사원 교육을 받을 때 매주 시험을 봤는데, 내가 속한 반 평균이 90점이 넘었던 기억이 있다. 열심히 공부하지 않는 동기가 없었다. 나도 90점을 넘기 위해, 열외가 되지 않기 위해 열심히 공부했다. 주말이나 남는 시간엔 업무 관련 스터디를 했다. 회사에 들어가면 시험이 끝나는 줄 알았는데 매년 업무 성과를 평가받았다. 내 실력을 입증하고 평가받는 삶은 끊임없이 계속됐다.

신입사원 때 나는 동기들과 무척 친하게 지냈다. 10년이 된 지금도 여전히 반복적으로 연락을 하며 지낸다. 그때 만난 동기들 중에는 여전히 같은 회사에 함께 다니는 친구도 있고, 다른 회사로 이직한 친구도 있고, 아예 새로운 업을 시작한 친구도 있다. 학창 시절 한 반이었지만 졸업 후 저마다의 삶을 찾아가는 것처럼, 비슷한 전공을 가지고 비슷한 일을 하기 위해 만났던 동기들도 저마다의 삶을 찾아서, 저마다의 노력과 공부를 통해 새로운 삶을 찾아가고 있다. 어른이 되어서도 공부라는 것은 여러 갈래의 삶으로 이어지는 징검다리였다.

나는 오랜 시간 전공과 관련된 일을 하고 공부를 해왔다. 힘들었지만 좋은 사람들을 많이 만났고, 직장 생활에 감사함을 느꼈다.

직장인으로서 삶이 몇 년 흐르고 생활에 안정을 찾았다. 그러다가 코로나를 기점으로 집에 있는 시간이 길어지면서, 어린 시절 좋아했던 그림을 다시 그려보자고 생각하게 됐다. 직장생활을 통해 나름대로 경제적인 안정을 찾았고 직업인으로서 커리어를 실천하고 있었지만, 알 수 없는 결핍감이 계속됐다. 은연중에 내 인생에 그림이 동반자처럼 함께하면 좋겠다는 생각을 마음 깊이 하고 있었던 것 같다. 유명한 작가가 되고 싶은 갈망보다는 꾸준히 그림을 그리는 사람이 되고 싶은 마음이었다. 당시 나는 웹툰을 즐겨봤다. 스토리가 있는 웹툰을 동경해 나도 그려볼까 생각했는데, 거의 주말이

나 퇴근 후에만 그림을 그릴 수 있는 내 상황상 웹툰 작업은 너무 스케일이 크다고 판단했다. 내 상황에 맞는 그림 그리기가 무엇일까 고민하다가 이모티콘 분야를 발견했다.

이모티콘은 메신저 등에서 '내 감정을 대신 표현해주는 아이콘'이다. 나도 카카오톡에서 이모티콘을 자주 사용하는데, 내가 자주 사용하는 이모티콘을 누구나 그릴 수 있는 것인지는 몰랐다. 판매할 이모티콘 시안들로 구성된 제안서를 제출하고, 카카오 내부 심사를 통해 승인이 되면 누구나 자신이 만든 이모티콘을 카카오 이모티콘 스토어에서 판매할 수 있다는 것을 기사를 통해 처음 알았다. 그림 그리기에 관심을 갖기 시작하니 이전에는 몰랐던 정보를 알게 되었다. 평소에 귀엽고 밝은 그림을 좋아하고, 귀여운 동물이나 아기 영상을 자주 챙겨보며, 문구점에서 스티커를 구매하는 것을 좋아하는 내게 이모티콘을 그리는 일은 마치 선물 같은 시간이 될 것 같았다.

안정적인 회사의 직원이 되고 몇 년이 지나서야 내가 좋아했던 그림을 다시 그릴 마음의 여유가 생겼다. 퇴근 후 저녁 무렵에는 기력이 소진되어 아무것도 할 수가 없었다. 하지만 하루에 10분이라도 그림을 그려보자고 마음먹었다. 매일이 아니어도 좋으니 꾸준히 그려보자고 스스로를 다독였다.

그리고 기왕 시작한 거, 내가 그린 이모티콘을 실제로 판매하는 작가가 되어보기로 결심했다.

이모티콘 작가에 도전하다

내 주변에는 이모티콘 작가가 없었다. 비전공자인 내가 어떻게 이모티콘 작가가 되어야 할지 처음에는 그저 막막했다. 일단 인터넷에서 이모티콘 작가에 대한 정보를 수집하기로 했다. '이모티콘 작가가 되는 법'을 키워드로 스크롤을 계속 넘기며, 검색 결과로 나오는 웹페이지들을 거의 모두 찾아봤다. 유튜브에서 조회수가 높은 이모티콘 강의도 찾아보고, 온라인 강의 플랫폼에서 유료로 제공하는 이모티콘 강의도 몇 가지 구매해서 수강했다. 한국콘텐츠진흥원에서 진행하는 유용한 온라인 강의도 신청해서 들었다. 이모티콘 작가가 되는 법에 대한 책들도 읽어보았다. 이모티콘 작가의 출시 후기도 찾아보고 이모티콘 작가 카페에도 가입했다. 하지만 정보가 너무 많아 내가 원하는 지름길을 한 번에 찾기는 어려웠다.

계속 자료를 찾으며 이모티콘에 대해 공부하고, 연습하고, 이모티콘 출시를 위해 도전했다. 승인을 받아야 카카오 이모티콘을 출시할 수 있는데, 나는 1년 6개월 동안 20여 번의 미승인을 받았다. 미승인이 10번을 넘어가면서, 왠지 이번에는 꼭 승인될 것 같다는 느낌을 받은 적이 있어서 내 이모티콘이 카카오 채팅방에 쓰이는 즐거운 상상을 했다. 하지만 그때도 아니나 다를까 미승인을 받았다. '세상에 그림 잘 그리는 사람이 얼마나 많은데……. 어쩌면 나는 그림에 재능이 없을 수도.'라고 생각했다. 그림에 대한 나름의 자신감을 움켜쥐고 있었는데 손가락 틈으로 다 빠져나가는 것 같았다. 다 포기하고 싶었다.

그러다가 22번째 도전에서 기적처럼 카카오로부터 승인 메일을 받았다. 직장인으로만 살아 왔던 내가 카카오 이모티콘 작가라는 새로운 세계의 문을 여는 순간이었다. 포기하고 싶은 순간에 한 걸음 더 내딛자 새로운 세상이 열렸다.

사실, 나는 새로운 배움에 관심이 크게 없는 사람이다. 그렇기에 명확한 동기가 없으면 공부하지 않는 사람이었다. 그럼에도 불구하고 어떻게 그 긴 시간 동안 아무런 대가도 없이 이모티콘 그리기 공부를 지속할 수 있었을까?

예전에 이모티콘 이전에도 새로운 일을 시도한 적이 있었다. 회사를 다닐 수 있는 기간이 상대적으로 길지 않은 100세 시대에 미래를 대비해야 한다는 불안감 때문이었다. 현재는 직장에 다니고 있지만, 시간이 흐르고 언젠가는 퇴직해야 하는 상황이 다가올 것이다. 살아가야 하는 날은 길어지는 반면 평생직장은 줄어든다. 당장 내가 월급을 못 받는다면 생활비며 공과금이며 대출금이며 감당할 수가 없다. 한동안 내 유튜브 추천 목록에는 직장인이 평생 일할 수 있는 전문직 자격증을 딴 영상, 무인카페 운영하는 법, 블로그로 얼마 버는 법 등의 콘텐츠가 가득했다. 나도 뭐라도 해보자는 마음으로 블로그, 유튜브, 부동산 임장 등을 맛보기 수준으로 해봤다. 만약에 이런 것들에 집중해서 꾸준히 시간을 쏟아부었다면 이모티콘을 출시한 것보다 훨씬 더 많은 돈을 벌었을지도 모르겠다. 하지만 한때뿐이었다. 계속할 수 없었다.

반면 이모티콘을 그리는 시간은 그 자체로 행복을 안겨주었다. 나는 캐릭터 상품과 스티커를 너무나 좋아한다. 사은품으로 주는 파우치를 갖고 싶어서 선크림을 사버린 적도 있다. 미술관에 가면 기념품점에서 엽서와 파우치를 쟁여온다. 일러스트페어에 가면 스티커를 잔뜩 사온다. 나는 아주 오래전부터 이런 것들을 아무 이유 없이 좋아했다. 그러니 이모티콘을 그리며 즐거움을 느끼는 것은 어쩌면 당연한 일이다. 나는 이 일을 진심으로 좋아했기에 퇴근 후 지친 몸으로도 계속 공부하고 연습할 수 있었던 것 같다.

이모티콘 작가가 되기 위해 해왔던 공부

이모티콘 제작이 처음이라면

맨땅에 헤딩하듯이 시작해 많은 시행착오를 거쳐 이모티콘을 출시했다. 이모티콘 제작에 이제 막 도전하는 사람이 있다면, 오프라인이나 온라인 강의를 듣고 시간을 단축시키는 방법을 추천하고 싶다. 이모티콘 제작 방법에 대한 강의를 들으면서 강사가 작업하는 방법을 따라 연습하면 큰 도움이 될 것이다.

그렇다면 어떤 이모티콘 강의를 선택해야 할까? 나는 강사가 어떤 디지털 드로잉 도구를 사용하는지, 내가 그리고 싶은 이모티콘의 스타일과 강사인 작가의 이모티콘이 유사한지를 고려하라고 말하고 싶다. 이모티콘은 휴대폰이나 컴퓨터 화면에서 볼 수 있어야 하기 때문에 디지털 방식으로 작업한다. 이모티콘 제작 초보를 위한 강의들은 대개 포토샵과 같은 디지털 이미지 편집 도구에 대한 기본적인 사용법을 포함한다. 내 경우에는 포토샵, 일러스트레이터, 프로크리에이트를 모두 사용해서 이모티콘을 그려 보았는데, 인터페이스가 가장 직관적이고 손이 많이 가는 도구는 아이패드에서만 쓸 수 있는 프로크리에이트였다. 사람마다 편한 도구가 다르겠지만 디지털 드로잉을 처음 시작하는 사람에게 나는 무조건 프로크리에이트를 추천하는 편이다.

이모티콘을 어느 도구로 제작할지 결정했다면, 내가 원하는 스타일의 이모티콘을 그리는 작가의 강의를 듣기를 추천한다. 예를 들어 1.5~2등신의 귀여운 이모티콘을 그리고 싶다면, B급 감성이나 실제 사람과 비슷한 비율의 이모티콘을 그리는 작가보다 자신이 그리고 싶은 귀여운 스타일의 이모티콘을 그리는 작가의 강의를 듣는 것이 더 좋을 것이다. 강의를 모두 이수하고 차분히 따라하고 나면 이모티콘 한 세트를 만들 수 있을 것이다. 요즘에는 다양한 교육 플랫폼에서 이모티콘 제작 온라인 강의를 찾아볼 수 있다. 예제 강의를 들어보고 제일 재밌게 느껴지고 나와 결이 맞는 강의를 듣는 것을 추천한다.

강의를 다 듣고 이모티콘 한 세트를 만들었다면, 내 이모티콘을 실제로 판매하기 위한 제안을 해야 한다. 미승인을 두려워하지 말고 '그냥 한번 내보자'는 가벼운 마음으로 제안해보면 좋겠다. 카카오 이모티콘 스토어 말고도 이모티콘을 판매하는 플랫폼은 다양하다. 나도 카카오뿐만 아니라 네이버 OGQ, 라인 등에 이모티콘을 출시했다. 네이버 OGQ의 승인을 받아 OGQ 마켓에서 판매되는 내 이모티콘은 네이버 블로그나 카페 등에서 사용할 수 있고, 라인에 출시한 이모티콘은 라인 메신저에서 사용할 수 있다. 카카오가 아니어도 이모티콘의 다양한 사용처가 존재한다. 이모티콘을 판매하는 다양한 플랫폼을 적극적으로 찾아서 제안서를 내보면 좋다. 마치 배우가 오디션을 보러 이곳저곳 다니는 것처럼 말이다. 어쩌면 내게 꼭 맞는 플랫폼을 찾을 수도 있고, 그곳에서 인기를 쌓을 수 있을지도 모른다.

마지막으로, 이모티콘 작가 모임 카페나 단톡방에 들어가서 다른 작가와 교류하면 장기적으로 이모티콘을 그려나가는 데 도움이 될 것이다. 사실 나는 이모티콘 제작 초반에 온라인 모임에 들어갈 생각 자체를 못 했다. 하지만 지금은 우연히 알게 된 카페나 단톡방 안에서 위안을 느끼고 있다. 대화에는 거의 참여하지 못하지만, 그곳에 들어와 있다는 사실만으로도 큰 힘이 된다. 나처럼 이모티콘 작업을 하는 사람들을 보면 동료애가 느껴지고, 혼자가 아니라는 생각을 하게 된다. 또한, 모임 안에서 자신이 만든 이모티콘에 대한 다른 작가들의 피드백을 받을 수도 있다. 이모티콘 제작 과정은 혼자 하는 창작 작업이라 외로울 수 있는데, 서로를 응원하고 격려해 주는 모임을 만나면 이모티콘 제작 레이스가 장기전으로 뻗어나갈 수 있을 것이다.

틈틈이 이모티콘을 계속 그릴 수 있는 실제적인 팁들

틈 날 때 이모티콘을 그리는 직장인으로서 전하고 싶은 또 하나의 팁은, 형태감을 잡는 연습을 하면 좋다는 것이다. 나의 경우 인체 드로잉 책을 보고 공부했더니 인체뿐만 아니라 캐릭터의 형태를 잡는 것이 전보다 자연스러워졌다. 요즘같이 인공지능이 그림을 그리는 시기에도 스케치 연습을 하는 이유는 인공지능에 의존하지 않는 자유로운 창작자가 되기 위함이다. 비교적 단순한 형태의 이모티콘은 인공지능은 따라할 수 없는 '한 끗 차이'에서 나오는 개성이 필요한데, 이런 개성은 인공지능으로 생성해 내기가 어렵다. 누군가 꾸준히 이모티콘을 그리고 싶다면, 또 잘 그리고 싶다면 대상의 형태감을 잡는 스케치 연습을 해보길 권하고 싶다. 나도 언젠가 여유가 생긴다면 미술학원에 가서 정식으로 드로잉을 배워보고 싶다.

이모티콘을 그리는 데에는 그림 실력만큼 '기획 능력'을 기르는 것이 중요하다. 이모티콘을 만들기 시작하고 한참 뒤에야 나는 이모티콘 작가로서 이모티콘의 본질에 대한 고민이 중요하다는 것을 여실히 깨달았다. 이모티콘은 내 감정을 대신 전달하는 아이콘이다. 따라서 사람들이 다른 사람과 소통할 때 어떤 메시지를 보내고 싶을지 고민해야 한다. 사람들이 카톡방에서 애인, 가족, 친구, 직장 동료, 선생님 등 누군가에게 그 이모티콘을 보내고 싶다고 생각할 수 있을 만큼 공감을 일으켜야 한다. 카카오에서 판매하는 움직이는 이모티콘 한 세트는 24개 이미지로 구성되어 있다. 정해진 개수 안에서 공감의 메시지를 어떻게 시각화할지 고민하는 작업이 필요하다. 틈틈이 일상생활에서 떠오르는 아이디어를 적어두면 좋다. 마지막으로, 역시나 제일 중요한 건 연습이다.

이모티콘 작가의 글쓰기 공부

나는 왜 이모티콘을 그릴까 생각해봤다. 나는 귀여운 것과 그림 그리는 것을 별다른 이유 없이 좋아하고, 또 이모티콘을 그리는 작업이 그 자체로 재밌어서 계속 공부해 나가며 그리고 있다. 그뿐만 아니라, 이모티콘은 창작으로서 내게 의미가 크다. 내가 전하고 싶은 메시지를 이모티콘이라는 창작물로 표현할 수 있는 것이다. 내가 만들고 싶은 이모티콘을 그리기 위해서는 그림 실력을 키우는 것도 중요하지만, 이모티콘이라는 그릇에 맞게 내가 담고 싶은 메시지를 잘 담는 것도 중요하다.

내 마음을 잘 관찰하고, 타인을 여러 관점에서 관찰하며 정제하는 과정이 필요했다. 그 과정을 글쓰기로 익힐 수 있다고 생각해서 글쓰기 모임을 신청했다. 작가님께 글쓰기를 배우고, 함께 배우는 다른 작가님들과 서로의 글을 읽고 합평하면서, 글쓰기는 단순히 쓰기 실력을 키우는 일이 아니라는 생각이 들었다. 글쓰기는 내가 나 자신과 잘 연결되는 과정이며, 나와 타인을 잇는 오작교 역할을 한다.

이모티콘을 창작하는 일에 글쓰기가 중요한 이유는, 이모티콘의 본질이 글쓰기와 마찬가지로 대화와 소통을 돕는 것이기 때문이다. 이모티콘 창작자는 두 명 이상이 나누는 대화 속에서 감정을 어떻게 시각화할지 고민해야 한다. 글쓰기를 통해 나와 타인과의 관계, 내가 알지 못하는 타인 간의 관계를 내 시선에서 나름대로 규정하다 보면 이모티콘을 만드는 데에도 도움이 된다.

나는 최근에 엄마가 딸에게 보내는 이모티콘을 출시했다. 모녀 관계에서 쓰이는 이모티콘은 플랫폼에 이미 많이 있다. 이 작업을 하면서 나는 어떤 주제와 메시지를 가진 이모티콘을 만들지 고민했다. 우선, 이모티콘의 모델은 우리 엄마라서 엄마가 하는 말을 주로 관찰했다. 더 나아가, 엄마와 딸이라는 관계에 대해 고민했다. 엄마는 딸에게 어떤 메시지를 주고 싶을까? 딸에게 걱정과 화가 섞인 잔소리를 하는 엄마들의 속마음은 무엇일까? 궁극적으로 무엇일까?

나는 고민 끝에, 메인 이모티콘에 '있는 그대로 소중한'이라는 키워드를 넣었다. 우리 엄마의 마음과 이 세상에 있는 다른 엄마들의 진심은 무엇일지 내 시선에서 나름대로 규정하고, 담고 싶은 메시지를 기반으로 창작해 나갔다. 카카오 이모티콘 스토어에 출시한 후, 대박을 터뜨린 건 아니지만 약 200여 명이 나를 관심 작가로 등록했다. 북클럽의 회원분은 딸에게 잘 썼다며 내게 감사를 전하기도 했다. 내 생각과 메시지를 담은 이모티콘이 나 대신 세상과 소통하고 있었다. 이모티콘 창작은 내게 즐거운 취미를 넘어서 특별하고 소중한 경험이 되었다.

이모티콘 공부가 선물해준 풍부한 경험

이모티콘을 통해 새싹 같은 아이들을 만나다

평일에는 회사를 다니고 주말에는 사랑하는 가족들이나 친한 친구들과 시간을 보냈다. 틈틈이 이모티콘을 그리고 글을 쓰며 평범한 일상을 살아가고 있었다. 그러던 어느 날, 대학교 봉사단 학생의 연락을 받았다. 아이들에게 아이패드라는 디지털 기기로 이모티콘을 가르칠 소중한 기회를 얻게 되었다. 언젠가 아이들에게 이모티콘 만들기를 가르치면 좋을 것 같다고 생각한 적이 있었다. 이모티콘을 그리면서 내 취향이 반영된 나만의 캐릭터를 창작하고, 내가 하고 싶은 말을 생각해보는 과정이 아이들에게도 좋은 경험이 될 것 같았다. 속으로만 해왔던 생각이 별안간 현실로 다가오다니, 세상일은 참 신기하게 흘러간다고 느꼈다.

6세에서 12세 사이의 아이들을 가르쳐본 적은 한 번도 없지만 일단 해보기로 마음먹었다. 수업이 시작되기 전부터 마음이 두근거렸다. 아이들과 친해지기 위해 아이들이 좋아하는 캐릭터를 봉사단 학생에게 미리 전달받아 선물을 준비했다. 마트에서 티니핑, 미니언즈, 고양이 키링 등을 사고 카드를 쓰면서 산타 선생님이 된 기분이 들었다. 내가 어렸을 때 선물을 기대하던 마음처럼 아이들이 얼마나 좋아할까 상상만으로도 설렜다.

수업 첫날 아이들은 저마다 개성 있는 이모티콘을 만들었다. 판다를 만들고 옆에 대나무를 그린 아이, 토끼 귀와 고양이 귀를 동시에 그린 아이, 예쁜 주름치마를 그린 아이도 있었다. 펭귄과 서로 감정을 나누는 물고기 친구, 노란 고양이 캐릭터, 귀여운 토끼 캐릭터 등 아이들의 개성이 담긴 캐릭터들이 멋지게 탄생했다. 이후 직접 다양한 포즈를 취해보고, 하고 싶은 말과 듣고 싶은 말들을 이모티콘으로 표현하는 수업 내용을 계획했다. 아이들은 '건강하자', '잘자', '넌 최고야', '사랑해', '넌 잘하고 있어.' 등등의 말을 듣고 싶다고 했다. 시간이 지날수록 아이디어가 추가되며 수업은 나름 개선되어 갔다.

수업을 하다 보니 교탁에서 말하는 것보다 앞으로 나와서 말하는 것이 좋을 것 같았다. 이후에는 동그랗게 모여 앉아서 이모티콘 그리는 것을 옆에서 보여주었다. 수업이 끝나고 봉사단 학생들이 찍은 사진을 보니, 집중하는 아이들의 동글동글한 뒤통수가 사랑스러웠다.

나는 오랫동안 이 수업을 잊지 못할 것 같다. 퇴근 후, 녹음보다 싱그러운 대학생들의 청춘이 만개한 캠퍼스에 들어가서, 연노란 어린 새순처럼 피어나는 아이들을 만났던 시간, 아이들이 좋아하는 귀여운 캐릭터를 매개체로 다양한 마음을 함께 표현해봤던 시간을 통해 나 또한 말로 표현할 수 없는 보람을 느꼈다. 마지막 수업 날 나는 아이들이 직접 그린 이모티콘과 '소중한 ○○이'라고 문구가 새겨진 열쇠고리를 선물했다. 세상에 단 하나뿐인 나만의 캐릭터가 그려진 열쇠고리를 보면서 아이들이 스스로가 소중한 존재라는 걸 기억하고, 저마다 멋진 꿈을 펼치며 건강하고 행복하게 자라 주었으면 좋겠다.

이후에 소수 인원 대상으로 온라인 줌 이모티콘 제작 강의를 한 번 열게 됐고, 공공기관에서 이모티콘 멘토링을 진행하게 되었다. 다양한 연령대의 수강생들이 직접 기획하고 그릴 수 있도록 수업을 진행했다. 이모티콘 하나를 완성하는 뿌듯한 경험을 수강생에게 전할 수 있어서 좋았다. 다음에 이런 시간을 또 만들었으면 좋겠다는 생각이 들었다. 이모티콘을 그리면서 내 마음을 표현하는 시간이 내게 힐링이 되었듯 다른 누군가에게도 즐거운 경험이 되길 간절히 바랐다.

사실 앞으로 꾸준히 이모티콘 강의를 열 수 있을지, 또 아이들에게 이모티콘 제작에 대해 가르칠 기회가 있을지는 알 수가 없다. 그저 분명한 사실은 내가 이런 경험들을 통해 행복했고, 나 또한 강의를 준비하면서 성장했다는 것이다. 또 다른 명백한 사실은 누군가에게 가르쳐주는 경험을 하기 위해, 몇 년간 혼자서 이모티콘 제작에 대해 공부하고, 연구하고, 완성해서 몇 차례 출시했다는 것이다. 이모티콘 작가가 되기 위해 혼자 수련하고 실제로 이모티콘을 상품화하여 출시해본 경험을 거치고 나자, 가르치는 경험도 할 수 있게 된 것이다. 혼자 했던 지난한 공부의 시간이 없었다면 이모티콘 작가이자 이모티콘 제작을 가르치는 선생님으로서 나는 존재할 수 없었다. 30대에 시작한 이모티콘 그리기 공부가 내게 새로운 경험과 배움을 일깨워준 셈이다.

하지만, 보통 공부는 학생의 본분으로 일컬어진다. 학창 시절과 20대에는 대학에 들어가기 위한 공부, 직업을 갖기 위한 공부를 주로 한다. 사실 이 시절 공부 방향이 삶의 전반에 미치는 영향이 매우 크다는 것을 부정하기 어렵다. 나 또한 공대를 다니면서 관련 분야 경험을 많이 했고, 그 영향을 받아서 직업을 결정했고, 그 직업을 지금까지 이어오고 있다. 하지만 내가 회사 다니며 이모티콘 작가로 살아가게 된 것처럼, 공부는 평생에 걸쳐서 삶을 변화시킬 기회가 될 수 있다.

누군가는 늦었다고 치부해버릴 나이에 무엇인가를 이룬 사람들의 사연들은 내게 큰 귀감이 된다. 50대에 고난이도의 소방기술사 자격증을 따는 사람, 수박 농사를 짓다가 인생에 대한 고민 끝에 50대에 우주공학 박사가 된 사람의 이야기를 접하면 마음이 뭉클하다. 사람마다 꽃을 피우는 시기가 모두 다르다. 저마다 다른 상황에 놓여 있기 때문이다. 우리는 모두 각자가 처한 상황에서 자신만의 인생을 살아가기 때문에, 들판에 핀 형형색색의 꽃들처럼 고유한 인생의 이야기를 써나갈 수 있다. 일찍이 삶의 목표를 이룬 사람도 있고, 오랜 세월에 걸쳐서 돌고 돌아 원하는 삶을 살아가는 사람도 있다. 하지만 어느 시기든, 어떤 성취를 하기 위해서 필요한 것은 결국 자신을 갈고 닦는 공부다.

공부는 그 종류도 다양하다. 내가 잘 해내고 싶은 것을 이루기 위한 노력이 공부라고 생각한다. 가령 음악 연주자는 같은 곡이라도 자신만의 방식으로 표현하기 위해 작곡가에 대해 연구하고, 다양한 연주를 들으며 음악적 소양을 기를 것이다. 카페를 창업하려는 사람은 상권을 분석하고, 맛있는 커피를 제조하기 위해 공부할 것이다. 나는 캐릭터를 조금 더 귀엽게 그리고 메시지를 더 잘 담기 위해서 이모티콘 스케치를 거듭 수정하고 유명 만화가의 책도 읽는다. 이처럼 각자가 해나가는 공부는 다양하다. 삶의 형태가 다양하듯이 공부의 형태도 다양하다.

N잡러의 공부하는 마음

시시각각 빠르게 변하는 오늘날은 ‘초불확실성의 시대’로 불린다. 조사 기관마다 몇 년 뒤에 어떤 직업이 사라진다는 예측이 난무한다. 이런 시대에 필요한 마음은 결국 주인의식이다. 주어진 삶에 충실하면서, 또 내 삶을 내가 원하는 대로 살아가고자 하는 마음을 지속적으로 간직하는 태도가 필요하다. 그러기 위해서는 스스로를 관찰하고, 스스로와 친해져야 한다. 또 나 자신을 과소평가나 과대평가하지 않고, 타인과 비교하지도 않고 있는 그대로 수용하는 마음이 필요하다.

세상의 변화가 빠를수록 예측 불가능함 속에서 불안감도 커지기 마련이다. 그럴수록 나는 현재를 살기 위해 노력한다. 먼 미래를 살아내기보다는 이번 주에 내가 회사에서 할 일을 잘 완수하기 위해 공부를 한다. 주말에 시간이 나면 내가 원하는 메시지를 표현하기 위해 이모티콘을 그리고 고치고 공부하는 시간을 반복한다.

또 기회가 된다면 이모티콘을 통해 사람들을 만나서, 이모티콘 제작 강의를 하면서, 수강생들이 마음속에 있는 메시지를 직접 이모티콘으로 표현하는 시간을 갖길 소망한다. 일하거나 공부하다가 푹 쉴 때에도, 문득 내가 원하는 삶이 무엇인지 스스로에게 묻고 조금씩 삶에 새로움을 더해나가며 살아가고 있다. 어른이 되어서도 여전히 삶의 고민은 끊이지 않지만, 한 걸음씩 내딛다 보니 어린 시절에 간직했던 꿈들을 이루게 됐다. 예술가로서 창작하는 일도 하게 되었고, 누군가를 가르치는 경험도 했다. 앞으로 내 삶이 어떻게 변화할지 알 수 없지만, 삶을 탐험해나갈 수 있는 동력은 결국 내가 몰랐던 나 자신과 마주하는 일이다. 그것은 미지의 세상을 알고자 하고, 새로운 일을 시도하고, 탐구하고, 연마하는 공부다. 회사원이 되기 위해서도, 이모티콘 작가가 되기 위해서도 결국에는 공부가 필요했다. 현재의 삶에서 새로운 삶으로 나아가기 위해서는 이전에 알지 못했던 것들을 채우는 공부라는 행위가 기본이 된다는 것을 이모티콘 작가라는 성취를 통해 다시 체득하게 되었다.

서나연

나는 시로 살아남았다 :

상처를 기록으로 바꾼 회복의 공부

상처가 문장이 될 때

사형선고와 최초의 독자

어린 시절, 엄마와 생이별했다. 10살 때 아빠가 다른 여자와 살림을 차렸기 때문이다. 보호자의 도움 없이 살아남을 수 없던 나는, 우선 생존을 택했다.

다행히 곁에는 언니가 있었지만, 연년생 자매가 그토록 자주 싸웠던 건 당연한 일이었겠지. 하루는 아빠가 홧김에 "다 너 때문이야. 너만 없으면 돼."라고 말했다. 총을 맞아본 적 없지만, 총을 맞으면 어떤 느낌인지 알 것만 같았다. 나라는 존재를 지워버리는 그 말 한마디가 사형 선고 같았다.

우리 가족의 불행이 다 나 때문이었던 것 같았던 시절. 무엇이 어디서부터 잘못됐는지 몰라서, 모든 걸 돌이킬 수만 있다면 무엇이든 하고 싶었다. 하지만 아무것도 할 수 없었던 내가 시를 읽었던 것, 책상 위에 글자와 책이 있었던 것을 보면 신이 나를 도왔다고 생각한다. 글을 읽을 줄 알고, 느낄 줄 아는 사람이라 다행이었다. 이것은 과장이 아니라, 죽음으로부터 나를 끌어올려준 시와 글에 대한 기록이다.

계절이 흐르듯 쯔매일 아침 교탁 위에 일기장을 쌓아두던 시절이 지나고 교복을 입는 시절이 왔다. 이제 수학 문제 푸는 것이 숙제가 되었지만 나는 여전히 일기 쓰기에 빠져 있었다. 일기란 내 마음을 적는 것이었다. 채점되고 점수화되는 과목 공부보다 훨씬 재미있었다. 영화를 보면 영화표를 붙이고, 가을이 되면 낙엽을 붙였다. 책가방에 넣고 다니다가 주스를 쏟아 젖거나 구겨져 이리저리 부풀어 오른 일기장은 고대 유물같이 보이기도 했다.

나는 몰랐다. 나의 일기가 공부였다는 걸. 담임 선생님이 아래에 적어주던 빨간 글씨가 내 글에 달린 최초의 댓글이었다는 걸. 그가 다정한 독자였다는 걸. 그것이 내게 가장 중요한 공부였다는 것을 나중에야 알았다.

보통 일기장을 1년에 두세 권 정도 쓴다는데 나는 일고여덟 권을 쓰는 학생이었다. 방학에는 일주일에 두 번 이상 일기 쓰기가 숙제였는데 보란 듯 매일 썼다. 일기를 쓰고 나면 가족 신문 만들기나 환경 포스터 만들기가 쉬워졌다. 그토록 많아보이던 숙제를 빠짐없이 다 하고 개학날 어깨가 으쓱했던 것은 일기 쓰기 덕분이었지 싶다. 일기장에 사각사각 연필로 글씨를 써내려가고, 그걸 담임 선생님이 읽어준다는 보장이 나에게는 있었다.

나에게 공부는 성적보다 먼저, 살아남기 위한 기록이었다.

차가운 교실에서 만난 온기

나는 왜 시를 공부하게 되었는가. 그것은 내 삶을 통째로 구해준 문장이 있었기 때문이다.

중학생이 되자 학교 분위기가 '학업'에 맞추어지는 듯했다. 좋아하던 피아노 학원도 그만둬야 했고, 교탁 앞에는 일기장 대신 수행 평가지가 놓였다. 필기시험 문제도 "답을 구하세요."가 아니라 "답을 구하시오."로 문체가 변해버렸다. "고등학교에 가면 '구하라'가 된대." 같은 말이 괴담처럼 느껴졌다. 고등학생인 언니가 그것은 실제로 벌어지는 일이라고 말해주었다.

답을 요구하는 세계는 너무나 차가웠다. 중학교 2학년 때 정호승의 「내가 사랑하는 사람」을 읽으며 '시'의 온도에서 극도의 따뜻함을 느꼈던 건 그런 차이 때문이었나 보다. 냉탕에 있다가 갑자기 온탕을 만난 것처럼, 아니, 꽁꽁 얼어붙었던 발이 순식간에 녹아내리는 기분이었다.

삶에 당도하는 갖가지 불행들에는, 평범한 디저트집 메뉴처럼 이름도 재료도 많겠다. 어른이 되어서 그 시절 내 불행을 돌아보니 아빠의 선택에서 비롯된 것이었다. 아빠는 메뉴 하나를 주문했다가 취소하듯 손에 들고 있던 그릇을 깨트렸던 것일까. 얼마나 약한지, 얼마나 소중한지 모르고 말이다. 영원을 약속했던 여자를 배반한 것은 그 딸에게 유리 파편이 되어 상처를 냈다. 물론 모든 이혼 가정의 아이가 나처럼 상처받지는 않는다는 걸 알기 때문에, 이혼이 곧 불행이라는 이야기를 하고 싶은 건 아니다.

아빠가 무엇을 잘못했든, 내가 되돌리거나 고칠 수 있는 게 아니었다. 오히려 나는 가족이 아니라 나를 바꾸는 방식으로 세상에 살아남았다. 형언할 수 없는 아픔이 있다면, 지금에야 스스로 꿈을 해몽하고 일기를 쓰면서 나를 대하는 법에 익숙해졌지만, 어린 시절의 나에게는 아무것도 없었다. 그래서 외로웠을 것이다. 하지만 상처받은 스스로를 자랑스럽게 느끼게 해준 시가 있다.

나는 그늘이 없는 사람을 사랑하지 않는다
나는 그늘을 사랑하지 않는 사람을 사랑하지 않는다
나는 한 그루 나무의 그늘이 된 사람을 사랑한다

'그늘이 있는 사람'이었던 나는 상장을 받은 것처럼 어깨가 으쓱해졌다. 하나의 시대를 지나 박준 시인도 '슬픔도 자랑이 될 수 있다'고 말했던가. 시는 나의 그늘을 자랑으로 여길 수 있게 해주었다. 답을 요구하는 세계 속에서, 시는 처음 만난 숨 쉴 수 있는 언어였다.

친구 중에는 아빠가 일찍 돌아가셨거나, 나처럼 부모의 이혼을 겪은 아이도 있었다. 우리는 슬픔을 공유했다. 그런 감정은 '말'보다 '편지'에서 전해질 때가 많았다. 휴대폰도 없던 시절 손편지를 주고받으며, 아이들의 웃음 속에서는 한없이 작아지던 내 모습이 친구들과 비로소 '비슷해졌다'. 하지만 중학교에 들어가고 나서는 선생님에게 편지를 쓸 일이 없었다. 초등학생 시절의 나에게 선생님은 최초의 독자이자 비밀 친구 같은 존재였던 것이다.

나는 시를 좋아했다. 답을 요구하는 세계 속에서, 시는 처음으로 '답이 없어도 되는 언어'처럼 느껴졌다. 국어 교과서를 받으면 제일 먼저 하던 일이 시를 몽땅 읽는 일이었다. 아무 일 없는 것처럼 적당히 돌아가는 세상에서, 문학은 "사실 우리에게는 이런 일이 일어나고 있어."라고 알려주는 비밀 편지 같았다. 박경리의 세계관처럼, 세계가 높고 아득해질수록 내면에서는 보이지 않는 무언가가 함께 자라나고 있었다.

　정호승이나 도종환의 시는 단순했지만 명징한 언어로 내게 삶이란 무엇인가를 알려주었다. 너의 그늘은 나에게 위로가 되고, 너의 그늘은 결국 세상을 더 아름답게 바라볼 수 있는 창이 될 거라고. 흔들리지 않고 피는 꽃이 어디 있겠냐고, 이 세상 그 어떤 꽃들도 다 흔들리면서 피었다고.

　나는 시를 외워 낭송하는 아이였다. 짧은 문장 속에 담긴 인생엔 선생님과 눈도 못 마주치던 내가, 시를 외울 땐 당당히 교실 앞에 섰다. 이형기의 「낙화」를 또박또박 외웠던 날, 국어 선생님이 나를 보는 눈빛이 반짝반짝 빛났다. '낭송'이 숙제였지만 처음부터 끝까지 국어책 한 번 안 보고 시를 읊은 아이는 나밖에 없었다. 다른 과목 암기에는 자신이 없었는데, 시의 구절들은 머리가 아니라 가슴에 새겨지는 듯했다. 낭송하는 내내 이형기 시인이 내 손을 잡고 이끌어주는 것 같았다.

　내가 태어나기도 전에 생을 마감한 사람과, 시간을 건너서 애절하게 연애하는 기분을 느끼기도 했다. 고등학교 3학년 때 국어 선생님께 추천받은 기형도 시인의 『입 속의 검은 잎』은 내가 제일 반복해서 읽은 시집이다.

아주 오랜 세월이 흐른 뒤에
힘없는 책갈피는 이 종이를 떨어뜨리리
그때 내 마음은 너무나 많은 공장을 세웠으니
어리석게도 그토록 기록할 것이 많았구나
(중략)
나의 생은 미친 듯이 사랑을 찾아 헤매었으나

단 한 번도 스스로를 사랑하지 않았노라
- 기형도 「질투는 나의 힘」 중

기형도의 언어는 세상의 외로움을 다 겪어낸 사람으로부터 마침내 나에게 당도한 편지처럼 보였다. 시집의 모든 시를 다 이해할 수는 없었고, 마음에 와닿는 시도 모든 행이 찰떡같이 읽히지는 못했다. 그래도 송곳처럼 마음을 파고드는 구절들이 있었다.

시간이 흘러 지금 나는 서른이 훌쩍 넘었고 스물아홉에 죽은 청년 기형도보다 나이가 많은 사람이 되었다. 10대의 나는 기형도를 두고 '젊은 어른'이 일찍 죽었구나 정도로 생각했다. 그러나 지나보니 기형도의 삶은 시작과 동시에 끝나버린 것 같다. 나와는 동시대를 단 한 순간도 공유하지 못한 사람이라서 그런지, 보이지 않는 다리를 타고 이어져 있는 듯하다. 기형도는 세상을 떠났지만 여전히 내 안에 머물러 있다. 존재했고, 사라졌던 그의 역사 자체가 내 삶에 변하지 않는 인식 하나를 물려준 듯하다.

잘 이해되지 않는 시를 읽는다는 건, 풀기 어려운 수학 문제나 외우기 어려운 물리 문제를 푸는 것과도 비슷했다. 아무리 목소리로 읽어보고, 외워보고, 시간 날 때마다 읽어봐도 의미를 명확히 알 수 없었다. 누군가는 수학 과목이 딱 떨어지는 정답이 있어서 좋다고 한다. 시의 정답은 삶에 있는 것이 아닐까 한다. 잘은 모르겠지만, 시 한 편 가슴에 품고 살다 보면, 시인이 느꼈던 감정이 이런 걸까 하고 정돈이 될 때가 있다. 나는 위로가 아니라, 슬픔을 정면으로 바라보는 법을 공부하고 있었다.

무너진 자리에서 배운 것

16시간의 공부가 남긴 것

공부를 작은 가치 하나 정도로 보이게 하는, 선생님의 멸시를 가뿐히 뛰어넘게 하는 것이 우리에게 있었으니, 연애나 사랑 같은 감정이었다.

'예쁘다'는 말을 듣는 것이 '내 존재에 대한 인정'으로 받아들여지던 시절이었다. 나는 그들에게 '사랑'을 느꼈다기보다, 그들과 만남으로써 세상과의 '연결감'을 갖고 싶었던 것 아닐까. 사랑과 연결감은 이음동의어라고 불러도 좋을 만큼 가까운 단어인 것 같아서. 연결된 만큼 사랑할 수 있고 끊어진 만큼 동떨어지는 것 같아서. 가족에게 의지하기 힘든 상황이어서 또 다른 중심을 찾아 헤매었는지도 모르겠다.

어쨌든 부모에게서 독립하면 모든 것이 나아질 거라고 믿었다. 드디어 혼자 살 수 있기 때문이기도 했지만, 꿈꾸던 문학을 대학에서 배운다는 기대감이 컸다. 그러나 대학에서 만난 사람들은 상상과 달랐다. 공강 시간에는 근로장학생을 해서 생활비를 벌었고, 창작에 대한 고민을 털어놓을 동기도 없었다. 막상 학과생들은 시라는 커다란 매개로 묶이는 것이 아니라, 배경이나 성적에 따라 편을 나누고 서로를 경계하는 듯 보였다.

시를 좋아하는 마음 하나로 들어간 나는 돈을 벌면서 학교에 다녀야 하는 빠듯한 상황이었다. 돌이켜보면 시를 쓰기 위해서는 산문, 즉 문장 연습이 절대적으로 필요했는데, 그런 구체적인 지도를 받지도 못했다. 시만 배우는 전공이 아니라 소설, 아동문학, 평론 등 여러 과목을 병행하다 보니 배움이 깊어지기 어려웠고 교수님들에게선 거리감을 느꼈다. 내가 공들여 쓴 시는 C-를 받았고, 어디서 베껴온 듯한 평론은 A를 받았다.

나는 점점 위축되었다. 우리 가족은 공부로 삶을 일군 사람들이었다. 엄마와 아빠는 CC였고, 그 대학을 졸업한 것을 자랑스러워했다. 아빠는 대기업을 다니다가 사업을 하겠다고 걸어차고 나왔고, 엄마는 결혼을 하면서 취준은커녕 주부가 된 케이스였지만 말이다. 엄마가 이혼 후 독학으로 영어 선생님이 된 것도, 그리고 그 이후에 빨리 돈을 벌어서 언니와 나를 집으로 데려올 수 있었던 것도, 생각해보면 그 '공부'란 게 도움이 되었던 건 맞다. 언니도 머리 좋은 그들을 닮아 명문대, 대기업 테크를 탄 걸 보면, 내가 글이니 시니 하는 방식으로 우리 가족에게 섞이고 인정받기 힘들었던 건 어쩔 수 없었던 일 같다. 자연스레 나도 '공부가 답이다.'라고 생각하게 되었다.

나는 순수문학에서 방향을 틀어, 보다 현실적인 진로를 고민하기 시작했다. 광고의 카피를 쓴다든가 방송국에 막내 작가로 들어간다든가 해야 할 것 같았다.

결국 편입을 결심하고 학원을 등록했다. 조금 더 좋은 대학에 가면 선택권이 늘어날 거라고 믿었다. 성적과 등수가 벽에 공개되는 학원 분위기 속에서 나 역시 스스로를 점수로 평가하고 줄 세우는 데 익숙해졌다. 학원생들은 어떤 사람이 되겠다거나 어떤 직업을 갖겠다는 목표가 아니라 어떤 '점수'와 어떤 '대학'을 목표하고 있었다. 내 마음을 송곳처럼 찔렀던 시집들과 내 인생이 담긴 일기장들은 그곳에서 아무짝에도 필요 없는 종잇조각처럼 느껴졌다.

나는 더 이상 일기를 쓰지 않았다. 일기를 쓸 때의 감각은 흐릿해졌고 쓰는 시간도 아까웠다. 그해 벚꽃이 지난해보다 얼마나 빨리 폈는지, 여름에 먹은 수박이 얼마나 달았는지, 은행나무 자국이 바닥에 얼마나 많은 꽃을 피웠는지 기억나지 않는다. 여름이나 겨울이나 기온이 18도로 맞춰져 있는 학원 속에서, 나는 내가 동경하던 커다란 세상과는 다른 묘한 이질감을 느꼈다. 조금만 더 열심히 하면 확실한 결과가 나올 거라고 스스로 다독이며 하루에 16시간씩 공부하기를 1년. 영어 단어는 정말 많이 알았지만, 나는 바보가 된 것 같았다. 밥 대신 먹은 초콜릿으로 8kg가 찌고 나서야 학원에서 뛰쳐나왔다.

공부가 삶을 살리는 것이 아니라 삶을 갉아먹는 순간. 이때 처음으로, 공부를 다시 정의해야겠다고 느꼈다.

매트 위에서 흘린 눈물

편입 공부를 그만둔 후 너덜너덜해진 나는 '나에게 맞는 공부는 무엇일까.'라는 질문을 다시 붙들게 되었다. 회사에 취직하기 위한 스펙 말고, 먼저 내가 완전해지는 길을 찾고 싶었다.

우선은 생존이 문제였다. 비싼 학원비를 1년 치나 낭비하고 나온 나에게 엄마는 더 이상 용돈을 주지 않겠다고 선언했다. 무언가를 포기한 나는, 어쩌면 그 빈자리에서 내가 원하는 것을 찾을 수 있을지도 모른다고 생각했다. 스물셋, 출가를 결심했다.

모아놓은 돈은 없었다. 당장 월세가 필요했기에 대학 휴학생 대출을 받았다. 당장 먹을 밥과 월세, 가스요금이 필요했기에 일을 했다. 카드사에 입사해서 고객들에게 카드를 팔았다. 쇼핑몰 점장이 되어 40~50대 사장님들을 상대로 영업을 하기도 했다. 친구에게 빌려준 돈을 못 받아 대출금이 늘어났던 시기에는 한 달에 한두 번 쉬면서 하루에 12시간씩 일했다. 정말 궁지에 몰렸다는 생각이 들었을 때 내가 도망친 곳은 블로그였다. 비공개 블로그를 만들어 혼잣말을 털어놓으며 비밀의 방을 만들었다. 허허벌판처럼 아무 사람도, 아무 목소리도 없는 곳이었지만, 나밖에 들어갈 수 없는 그 공간이 산소통 같았다.

그 와중에 뜻밖에도 매트 위에서 나의 탈출구를 발견했다. 어깨가 아파서 시작한 요가 첫날, 마지막 '사바아사나' 자세에서 숨죽여 울었다. 처음으로 나에게 맞는 일을 찾았다고 느꼈고, 5년 동안 성실하게 일했다. 아침에 일어나자마자 수업을 하러 달려가고, 저녁 때 회원들이 퇴근하면 다시 요가원으로 출근하면서. 내가 움직이고 싶은 대로 몸을 움직이다 보면 억제되었던 내 몸이 해방되는 순간이 있었다. 매트 밖에서 나는 엉터리였지만, 몸을 단련하는 시간은 마음을 붙들어 주었다. 취미로 시작한 요가로 지도자 과정을 수료한 뒤 요가원으로 출근하기 시작했다.

몸을 돌보는 것이 가장 기초적인 공부라는 깨달음이 있었나 보다. 몸을 돌보고 나면 저녁에는 마음을 돌보고 싶어졌다. 요가를 한 저녁이면 글을 쓰고 싶어졌다. 빚을 모두 청산하고 요가로 적당히 생활비를 벌면서 20대 후반의 삶을 살아갔다. 자기소개를 할 일이 있으면 여전히 "서나연이고요, 요가 가르칩니다. 그리고 시를 좋아해요. 자꾸 글을 써요."라고 말했다. 지역에서 열리는 독서 모임에 참여하고, 독립 책방에 가고, 웹진의 필진이 되어 지역 아티스트들을 인터뷰하러 다니기도 했다. 돈 되는 일은 아니어도 굶지 않을 정도로 매달 벌었다. 조금 숨통이 트였지만 여전히 미래는 불확실했다. 연인과는 아무리 사랑했어도, 결국 헤어졌다.

나는 혼자를 원하면서도 함께 있기를 원하는 까다로운 사람이었다. 그런 내가 아니면 안 된다는 남자를 만나 결혼을 했다. 낙엽을 주워 책상 위에 올려놓으면 버리지 않고 사진을 찍어 남겨놓는 사람이었다. 자신은 죽지 않고 영생할 거라는 말을 진지하게 하는 사람. '뭐 이런 사람이 다 있나' 싶으면서도, 내게 가라앉은 우울을 녹여줄 것 같은 그의 손을 잡고 가정을 이루었다.

결핍을 사랑하는 법

시는 감정이 아니라 훈련이다

출산 직후에 들었던 에세이 쓰기 수업이 다시 나를 글쓰기의 세계로 이끌었다. 마침 아이를 낳은 나는 부모에 대한 감정을 글로 정리할 소중한 기회를 얻었다. 세상이 만들어주지 않은 내 삶의 의미를 내가 스스로 의미화하고, 한 편의 글을 완성하면 신이 났다. 나는 부모에게 상처받은 과거를 조금씩 정리하고 미래를 바라볼 수 있는 시야를 가지게 되었다. 일기장에만 머물던 글이 '에세이'라는 형식을 입고 세상 밖으로 나왔다. 친구에게 수다를 떨던 사람이 세상 앞에서 웅변을 하게 된 것이었다. 브런치 작가가 되고, 오마이뉴스 시민기자가 되었다.

그렇게 몇 년간 에세이를 쓰던 중 다시 한번 기회가 찾아왔다. 대구에서 용인으로 이사를 앞두고 있을 때, 서울의 한 대학에서 문예창작 전문가 과정을 모집한다는 공고를 보았다. 자소서 하나만 제출하면 되고, 면접도 시험도 없었다. 수능을 다시 치지 않고도 학생이 될 수 있다는 낮은 문턱이 나를 다시 공부의 자리로 불러주었다.

첫 강의 날, 황인찬 시인이 했던 말이 아직도 기억에 남는다. "시란 동일성의 세계로 편입하는 것이 아니라 더 많은 차이를 발견하는 것이다. 너를 사랑한다는 것은 너와 결코 하나가 될 수 없다는 것을 인정하는 것이다. 그 불가능이 욕망을 낳는 것이다. 그 횡단 불가능한 간극이 운동을 발생시키는 것이다." 그 말은 내 안에 움트던 무언가를 '운동'이라 명명해준 최초의 문장이었고, 시가 다시 내 삶에 들어오는 순간이었다.

　시를 배우며 시를 더 많이 읽게 되었다. 그중에서도 황인찬 시인의 『구관조 씻기기』에 실린 「무화과 숲」을 읽었을 때는 깜짝 놀랐다.

쌀을 씻다가

창밖을 봤다

숲으로 이어지는 길이었다

그 사람들이 들어갔다 나오지 않았다

옛날이다

(중략)

사랑해도 혼나지 않는 꿈이었다

– 황인찬 「무화과 숲」 중

　시를 나름의 방법으로 읽었다. 예를 들면, 나에게 쌀을 씻는 것은 늘 능동적인 삶의 자세였다. 쌀을 씻고 나서 그날 저녁에 자살하는 사람도 있을 것이다. 그러나 나는, 쌀을 씻다 보면 자살하지 못할 것 같다. 비유이지만 정말 죽음과도 관련이 있다. 특히 나처럼 자주 죽음을 생각하는 사람은 말이다. 즉석밥도 아니고, 배달 음식도 아니고, 쌀을 씻다니. 그러다 창을 바라본다. 숲으로 이어지는 길이 있다. 사람들은 들어갔다 나오지 않는다. 숲의 풍경은 액자처럼 멈춰 있다. 영원히 초록속으로 들어가는 모습은 아름답다. 사랑을 하면 혼이 나는 사람이 있다. 그런 사랑은 어떤 사랑이고, 그런 사람은 어떤 사람일까?

　하지만 내가 시를 쓰는 것은 또 다른 문제였다. 에세이 쓰기 수업에서는 '그리고'라는 접속사를 빼라는 조언을 자주 받았다. 그러나 시를 쓰면서 접속사에 대한 나만의 생각을 정립할 수 있었다. 문장과 문장 사이에 여백이 필요하다고 믿던 나는 '그리고'를 자주 썼다. '그리고'를 자꾸 쓰고 싶었던 이유는 문장과 문장 사이에 여백을 만들고 싶은 내 열망이었다. 시는 문장과 문장 사이를 발명하는 일이라는 말을 시 수업에서 들었다. '그리고'가 없어도 연과 연 사이의 거리를 독자가 상상할 수 있다는 것이다. 오히려 너무 연끼리 붙어 있으면 시가 에세이 같다는 평을 듣곤 했다.

나처럼 일기를 쓰던 사람이 시를 쓰기까지는 많은 단계가 필요했다. 산문에서 운문으로 전환하기란 상당히 까다로웠다. 에세이에서는 구체적인 경험을 솔직하게 드러내면 좋게 평가받지만, 시에서는 일부러 숨기고 여백을 만들어야 했다. 제일 하고 싶은 말을 지우고, 차라리 오독하게 내버려둬야 했다.

기성 시인들의 수업에 합평 시를 제출하면, '시의 논리가 안 맞다'는 평가를 듣기도 했다. 내가 생각하는 가장 해방적인 언어인 시에서도 법칙을 고려해야 한다고 생각하니 일종의 좌절감이 들기도 했다. 그러나 기본적인 시론을 배운 후에 나만의 세계를 찾아갈 수 있을 거라는 희망으로 그 법칙을 '공부'하고 싶어졌다. 어른들이 종종 '일단 공부를 하고 적성은 나중에 찾아라.'라던 말이 뒤늦게 생각났다. 어른들이 말하던 적성, 내가 하고 싶은 공부를 이제야 찾은 느낌이었다. 시는 감정일 뿐만 아니라 훈련이기도 하다는 깨달음이었다.

나에 대한 사랑이 타인에 대한 사랑과 용서로 이어지길 바랐다. 상처가 다른 이름을 입고 세상으로 나오듯, 일기에 자주 등장하던 엄마와 가족의 이야기를 운문으로 옮겨오자 감정이 덜 아프고 더 멀리 나아갈 수 있게 되었다.

이 시는 차마 산문으로 옮길 수 없다. '엄마는 스물다섯에 나를 낳았다. 너무 이른 계절이었다. 북극성 같은 사람. 내가 보았던 모든 방향은 그녀로 통했다.' 이런 산문의 문장은 너무 뾰족한 의미 단위가 되어 나를 찌른다. 하지만 그 이름들이 운문의 리듬을 입자 전혀 다른 얼굴로 나타났다. 북극성, 지구, 착륙 같은 상징이 좋았다. 시가 된 상처는 더 멀리까지 갈 수 있다. 날개를 달 수 있고, 더 오래 살아남을 수 있다. 나는 그 과정을 통해 나도 타인도 조금은 더 사랑하게 되었다.

구멍 난 팬티와 무찌르는 별

시를 공부하면서 내가 털털해졌다는 점을 떠올렸다. 오래된 것은 흔적이 있다. 바랜 색, 해진 실밥, 천의 얇아진 질감. 그 자국들이 마치 오래된 상처처럼 보였다. 시간이 지나며 희미해지지만 완전히 사라지지는 않는 것들. 그것을 찾는 것이야말로 시가 하는 일이었다.

지난겨울, 친한 언니와 함께 옷을 정리하던 중이었다. 언니는 내 낡은 티셔츠를 보더니 휙 집어던졌다.

"버려야겠다."

우리는 옷을 버리지 못하고 쌓아두는 사람들이기에 서로의 옷을 대신 버려주자고 말했었다. 꽤나 멀쩡해 보이는 티셔츠 하나는 내가 먼저 헌옷수거함에 넣겠다 말해놓고, 그 낡아빠진 티셔츠는 주섬주섬 주워왔다. 언니에게 펼쳐 보이면서 말했다.

"이거 제 애착 티셔츠예요! 너무 예쁘지 않아요? 이 바다 무늬랑 색감이랑."

티셔츠는 하도 많이 빨아서 손을 대면 훤히 비칠 만큼 천이 얇아져 있었다. 나는 그렇게 오래 입다 보니 찢어질 때까지 입은 옷이 몇 벌은 된다고 했다. 언니는 갑자기 미친 듯이 웃었다. 그 허름한 티셔츠랑 내 진지한 표정이 너무 웃겼다고 했다.

"내가 웬만하면 남의 집 옷을 고민도 없이 홱 던지진 않는데, 이건 너무 심하다. 하하하하!"

친구에게 구멍 난 팬티를 보인 적도 있다. 친구 집에서 옷을 갈아입는데 엉덩이 부근에 구멍이 나 있었던 것이다. 친구는 그 이후로 나를 더 좋아하게 되었다고 말했다.

"얘가 이렇게 털털한 애구나 싶더라고."

세상의 사소한 것들, 보잘것없어 보이는 것들 속에서 아름다움을 찾아내는 일. 시는 결핍을 숨기지 않고, 함께 사는 법을 가르쳤다.

어릴 적 나는 병뚜껑, 스티커, 플라스틱 하트 같은 쓸모없는 것들을 모았다. 심지어 죽은 쥐를 피아노 가방에 넣어서 집에 가져간 적도 있다. 엄마는 빨아도 벼룩이 안 없어진다며 기함을 했다. 철없는 행동이었지만 내겐 죽은 쥐가 징그럽다기보다 불쌍해 보였다. 어른이 되면 생각이 달라질 법도 한데, 나는 그 죽은 쥐를 가엾이 여기던 나의 마음이 오래도록 좋았다. 시간이 흐르면 증발하거나 세월에 씻겨 내려가는 마음도 분명히 있다. 그러나 나는 그 구깃구깃한 것을 내 마음의 박물관에 보관하고 싶었다. 마음속 박물관에 어느 시절의 나를 보존할 공간을 만든다면, 나는 어릴 때의 순수한 마음을 그곳에 두고 잊지 않고 살아갈 수 있을 것이다.

"구멍 난 팬티를 입고 싶을 때가 있어."라고 시의 첫 구절을 쓴 날이 있다. 그날 나는 진짜로 구멍 난 팬티를 입고 있었다. 엉덩이 쪽에 난 구멍이니 멀쩡한 곳이 더 많고 여전히 팬티의 기능을 수행하는 친구였다. 그건 부족해도 사회에서 기능을 하고 있는, 어딘가 있을 존재 같았다. 사실은 그 구멍 난 팬티가 나 같았다. 그 마음을 붙잡고 있을 때 "구멍 난 팬티를 입고 싶을 때가 있다"는 첫 구절을 쓸 수 있었다. 구멍 난 팬티를 버렸더라면 없었을 구절이다.

<blockquote>
구멍 난 팬티를 입고 싶을 때가 있다

평일 실행 리스트에 수영 가기를 적어 놓고

수영을 가지 않고

수영 가기를 지우는 날

수영 갈 시간에 하는 다른 것들이 수영에 잘 대치되는 기분은

그냥 원이야

− 서나연 「별자리가 이어지기 전에도」 중
</blockquote>

그 어설픈 팬티를 시로 쓰고 나자 내 어설픈 행동을 이해할 용기가 생겼다. 그런 삶의 한 조각이 문장 하나가 되어 세상에 남는다는 것은 얼마나 든든한가. 그렇게 만들어진 하나의 문장은 반드시 불러온다. '그다음 문장'을 말이다. 위에 인용한 내 시에서 말한 것처럼, 매일 가기로 약속했던 수영을 가지 않고도 나를 대변하는 언어를 찾는 일

은 재미있었다. 사회적으로 단순히 규칙 위반이나 게으름으로 스스로를 부르고 싶지 않았다. 시는 새로운 의미를 만들기 좋은 방법이었다. 수영과 빨래, 낮잠 같은 사소한 일상들이 하나의 의미 체계로 묶이고 그 안에서 감각이 살아났다.

여전히 쓰고 있는 이유가 그것이다. 쓰다 보면 영 모르겠는 때가 많다. 시에는 정답이 없기에 누군가에게 이게 맞느냐고 물어보기가 애매하다. 내가 아는 대부분의 시인은 줄노트가 아니라 무지노트를 가지고 있다. 종이에 줄이 있을 수 있다는 사실도 까먹은 채로 자신의 감각을 밀고 나가는 것 같다. 물에서 본능대로 수영을 하다가 지느러미와 아가미가 자라는 느낌과 닮았다. 기술을 완벽히 익히고 수영을 해야 한다고 생각하면 몸이 굳어져 팔과 다리가 마음대로 움직이지 않는다. 그럴 때는 조금 더 마법 같은 방법이 필요할 때가 있다. 이를테면 이런 주문이다. "내가 물고기라고 상상해보자." 공기를 마시던 사람이 물로 나가기 위한 첫 번째 준비물은 '용기'이기 때문이다. '물에 있으니 당연히 물을 마신다'고 생각하면 새로운 공간에 대한 두려움이 옅어진다. 경험해본 적 없는 것을 감각으로 펼치고 논리로 재편하며 새로운 인식을 갖게 되는 시 쓰기와 닮았다.

나에게 공부란

모래성 앞의 바다, 파도에 쓸려가는 깃발, 아무렇지 않게 움직이는 물, 그 안에서 각자의 자리에 존재하는 사물들, 또 그 옆의 나, 나의 과거. 이런 파편화된 문장에 세상의 질서가 아닌 내 질서를 부여하고 싶다면, 시를 쓰고 싶은 순간이 된다. 누군가는 파도에 쓸려가는 깃발을 보고 마음이 아플 것이기 때문이다. 그러나 '아프다'라고 쓰기엔 우리의 마음은 매일 변하는 하늘빛처럼 다채롭다. 레고를 조립하듯 문장을 최소 의미 단위로 쪼개다 보면 무언가 새로운 감정을 발견할 수 있지 않을까 싶다.

하얀 원피스를 입은

언니와 모래성을 쌓았다

파도가 지나가면 깃발은 무너진다

깃발도 문진이 되고 싶었을 것이다

(중략)

목련 그늘 아래 앉아

편지를 읽던 언니도

파도 속에 남아 있는 것만 같다

딱 하나 남은 것은

아무것도 없는 것처럼 느껴지고

그럴 때

내가 혼자라는 걸 알게 된다

    - 서나연 「바다의 문진」 중

시 쓰기 공부는 오랫동안 나를 따라다녔던 상처를 극복하는 방법이 되었다. 한때 나는 어두운 역사를 젓가락으로 콩 집듯 골라내어, 다시는 볼 수 없는 우주로 던지고 싶었다. 그렇게 하면 영화의 하이라이트처럼 밝은 장면만 남아 행복해질 거라고 생각했기 때문이다. 그러나 지우고 싶다고 해도 그럴 수 없다는 것을 알았다. 상처받은 기억일지라도 가지고 살 수밖에 없다는 진실이 교묘한 희망을 주었다. 방법은 하나밖에 없었다. 죽든가, 아니면 살든가. 이왕 살아갈 거면 확실하게 살아야 했다. 나를 계속 괴롭힐 순 없었다.

만약 악마가 나타나서 어떤 기억 하나를 지워 주겠다고 한다면, 트릭 하나가 숨겨져 있을 거라고 상상하곤 한다. 영화 「인사이드 아웃」의 기억 구슬처럼, 삶의 장면을 하나만 쏙 잃어버리거나 저 먼 곳으로 보낼 수는 없을 거라고 말이다. '시'는 파편화된 나의 모습, 상처, 추억 등을 진열해둘 수 있는 공간이 되었다.

물론 유명해지고 싶지만, 내 꿈을 '시인이 되는 것', '신춘문예에 당선되는 것'이라고 표현하기에는 부족하다. 오히려 내가 별 볼 일 없어지는 감각에 더 가까울 때가 있다. 시를 읽고 있으면 어쩐지 차에 난 흠집도, 집 벽지의 뜯김도, 낡아가는 물건들도 모두 괜찮아진다. 시로 쓰면 되니까. 얼마짜리 물건이 아니라 나에게 의미가 있는 물건이 된다. 시로 쓰면 되니까. 차는 닳아갈 운명이고, 사람도 마음도 결국 그러하다. 상처가 나도 괜찮다고 믿는다면, 나를 긁고 간 자동차에게도 호의를 베풀 수 있게 된다. 통장에 잔고가 100억이 쌓일 일은 이번 생에 없겠지만, 내 시 창고에 시가 1000개 쌓일 일은 있을 것이다.

별 하나에 추억과

별 하나에 사랑과

별 하나에 쓸쓸함과

별 하나에 동경과

별 하나에 시와

별 하나에 어머니, 어머니,

  - 윤동주 「별 헤는 밤」 중

별자리처럼 세상에 시를 남기고 간 멋진 시인들을 생각한다. 죽음을 넘어서 함께 있는 사람들. 내가 외로우면서도 외롭지 않은 것은 그런 이들 때문인지도 모른다. 홀로 있는 사람은 홀로 있는 것이 아니다. 그림자처럼 앞의 세상을 살다 간 선조들이 있다. 내가 어떤 공부를 한다 해도, 어떤 학문에 목맨다 해도 이미 그렇게 했던 이가 있었을 것이다. 그들은 별이 되었을 것이다. 나 또한 누군가의 별이 될 것이다.

윤동주의 별처럼 유명한 별이 아니더라도, 칼 세이건의 『코스모스』에 나오는 무찌르는 별이 아니더라도, 그 하나에 이름을 붙여 진득하게 사랑하는 일이 내가 할 일이다. 그러다 보면 어느 하늘의 이름 없는 별 하나에 이름이 생길 것 같다. 그렇게 이름 붙여진 나의 고유한 것들이, 오늘 밤에도 나를 살게 한다.

돌이켜보면, 내 삶에서 공부는 한 번도 성적표 위에만 있었던 적이 없다. 공부는 늘 살아남기 위한 기술이었고, 나를 잃지 않기 위한 언어였으며, 상처를 견디기 위한 거리 두기였다. 일기를 쓰는 일도, 시를 읽는 일도, 요가로 몸을 세우는 일도 모두 같은 방향을 향해 있었다. 나는 시를 공부했지만, 사실은 삶을 공부하고 있었는지도 모른다. 시는 나에게 정답을 주지 않았다. 대신 견딜 수 있는 문장을 주었고, 무너지지 않게 버틸 수 있는 여백을 주었다. 내 삶의 공부는 언제나 부족했고, 자주 어긋났지만, 그 어긋남 덕분에 나는 끝내 나 자신을 포기하지 않는 법을 배웠다. 나에게 공부란, 더 나은 사람이 되는 일이 아니라, 사라지지 않는 사람이 되는 일이었다.

작가 소개

강후림 @thick.forest / qhd219@gmail.com

고등학교 국어 교사이자 교육 에세이스트. 학생들을 사랑하고 직업적 보람도 느끼지만, 교육 현실 앞에서 자주 회의하며 시와 그림책, 글쓰기로부터 위안을 구한다. 교사이자 엄마로서 마주한 현실의 모순과 내면의 성찰을 담아 『별걸 다 말합니다』를 출간했다. 입시로 환원되는 폭 좁은 공부 환경 속에서, 질문하고 탐색하며 삶을 확장해가는 공부의 본질을 회복하고자 끊임없이 배우고 쓰며 살아가고 있다.

윤경 yoon.vertclaire@gmail.com

10년 차 전업주부로 살고 있다. 학창 시절을 프랑스에서 보내고 인도의 오로빌 공동체에서 2년간 생활했다. 코로나 시기에 한국으로 돌아와 경주에서 책 모임과 밭농사를 중심으로 대안교육공동체를 실험했다. 현재 해남 미세마을에서 두 아이를 돌보며 자급적 삶을 배우고 있다. 웹진 《세상의 모든 문화》와 《생태적 지혜》에 글을 연재하고 있다.

곽설영 @sseol_lib / fermata917@naver.com

문헌정보학을 전공했고 학교도서관 사서교사이자 읽고 쓰는 즐거움을 타인과 함께하고 싶은 사람이다. 학생들과 독서 모임을 하고 이야기 나눌 때가 가장 기쁘다. 정해진 답이 아닌 나만의 답을 찾아가는 여정에 함께 서고 싶다.

김진화 @wannafly_jinhwa / violetmemory@hanmail.net

20년 이상 특수교사로 일하며 특수·통합교육 컨설턴트로도 활동하고 있다. 25년간 45개국을 여행한 배낭여행자이자 뇌병변장애를 입은 엄마를 11년째 돌보는 돌봄자이기도 하다. 2025년 돌봄 에세이 『나는 듯이 가겠습니다』를 출간하며 작가 활동을 시작했고, 출판기획 에이전시 '책과강연' 코치, 백일백장 프로젝트 리더로 활동 중이다. 연대하는 삶을 지향하고 '좋은 돌봄'과 '비혼 1인 가구의 행복한 삶과 노년'에 관심이 많다. 특수교사와 돌봄자의 이중 시선으로 돌봄 사회에 기여하기 위한 여정을 이어가고 있다.

정지우

20년간 매일 쓰는 작가이자 문화평론가, 저작권 분야 변호사. 대학 시절 『청춘 인문학』을 출간하며 작가 활동을 시작했다. 인문사회 및 청년 세대, 법 분야에서 꾸준히 집필 활동을 하며 20여 권의 책을 출간했다. 저서로 『분노사회』, 『인스타그램에는 절망이 없다』, 『돈 말고 무엇을 갖고 있는가』, 『사람을 남기는 사람』, 『AI, 글쓰기, 저작권』, 『글쓰기로 독립하는 법』 등이 있다.

김현정 iamwriting7205@gmail.com

20년 이상 출판 번역가로 일하고 있다. 2005년에 출간된 『경제 저격수의 고백』을 시작으로 『부의 공식』, 『세상을 바꾼 10개의 딜』 등 50여 권의 책을 번역했다. 저서로 2024년 출간된 미술 에세이 『조그만 별 하나가 잠들지 않아서』(공저)가 있다.

서하연

데이터와 AI 분야에서 오랫동안 일해왔다. 데이터를 활용해서 데이터 프로덕트와 데이터 서비스를 만들고, 인공지능 기술로 사용자의 문제를 해결하며 기업의 가치를 높이는 일을 한다. 대통령 직속 데이터 자문위원회 민간위원, 경찰청 과학수사 자문, 국가데이터정책위원회 위원, 고용노동부 데이터정책 심의위원을 맡고 있으며, 구글을 비롯한 여러 스타트업의 데이터 멘토로 활동 중이다.

김주화 @drsprings

학사, 석사, 박사 과정을 각각 다른 전공으로 마쳤다. 공부에 대해 누구보다 진지하게 질문을 던지며 숱한 방황을 해왔다. '공부'라는 목표를 두고 더 이상 방황하는 사람이 없기를, 그리고 공부를 통해 삶을 좀 더 사랑하는 사람이 많아지기를 바라는 마음으로 이 글을 썼다. 현재 메디컬 라이터로 의료 및 제약 분야에서 글쓰기와 번역을 하고 있다. 저서로 『그 일을 하고 있습니다』(공저)가 있다.

전지은 @podosnje / recoverywriting@kakao.com

스트레스와 회복에 관심 많은 심리학자이자 회사원. 에세이 쓰기 모임에서 느낀 효과를 검증하기 위해 글쓰기 프로그램 심리학을 연구하고 논문을 썼다. 웹진 《세상의 모든 문화》에 글을 연재하고 있다. 저서로 『세상의 모든 청년』(공저)이 있다.

정연   @startup.hr / justin.jy.hwang@gmail.com

20년간 HRM·HRD·OD 분야에서 일해온 인사 전문가이자 연구자, 에세이스트. 사람과 조직, 일과 배움에 관한 질문을 품고 글을 써왔으며, 본사와 인재개발원, 생산 현장과 경영연구원을 오가며 실천과 이론의 교차점에서 인사 제도와 인재 개발, 리더십과 조직문화를 연구해왔다. 현재는 미래경영연구센터에서 포용적 리더십과 다양성 포용, 시니어 구성원 커리어 개발에 관한 연구를 수행하며, 일터 안팎에서 '살아 있는 공부'를 이어가고 있다. 글을 통해 존재의 방향을 탐색하고 타인과 연결되기를 바라며, 이 책을 통해 질문하고, 듣고, 쓰며 살아온 배움의 여정을 풀어놓았다. 저서로『그 일을 하고 있습니다』(공저),『나의 시간을 안아주고 싶어서』(공저)가 있다.

선샤인   sun3hine.studio@gmail.com

삶에 도움이 되는 서비스를 만들고 싶은 IT업계 직장인이자 그림을 통해 마음을 나누고 싶은 이모티콘 작가. 카카오 이모티콘 4건과 네이버 OGQ, 라인 이모티콘 9건을 출시했다. 귀엽고 사랑스러운 그림을 좋아하고 나다운 삶에 관심이 많다. 다양한 단체나 기관에서 아동이나 일반인을 대상으로 이모티콘 창작 강의와 멘토링을 했다.

서나연   nyseo12@naver.com

문예 창작을 전공했고, 시 감성이 유독 충만한 사람. 매일 쓰고 다듬으며 살아간다. '내가 죽으면 무엇이 될까?'라는 질문이 나를 살게 한다. 언젠가, 나는 무엇이 되고 싶다. 《Popopo magazine》, 《Amang》, 《Mung》 등의 잡지에 글과 사진을 실었고, 웹진《세상의 모든 문화》에 글을 연재하기 시작했다. 글쓰기 모임의 리더로도 첫발을 뗐다. 저서로『전지적 언니 시점』(공저)이 있다.

공부가 좋아서

배움으로 삶을 바꾼 12인의 이야기

초판 1쇄 발행 2026년 3월 24일

지은이　　강후림 윤경 곽설영 김진화 정지우 김현정
　　　　　서하연 김주화 전지은 정연 선샤인 서나연
펴낸이　　이민·유정미
편집인　　최미라
디자인　　(주)스튜디오우당탕탕 (채아람·이혜림)

펴낸곳　　이유출판
주소　　　34630 대전시 동구 대전천동로 514
전화　　　070-4200-1118
팩스　　　070-4170-4107
전자우편　iu14@iubooks.com
홈페이지　www.iubooks.com
페이스북　@iubooks11
인스타그램　@iubooks_14

ISBN 979-11-89534-83-7(03810)